GUARDIÕES DA GALÁXIA: SEM CORAGEM, SEM GLÓRIA

GUARDIÕES DA GALÁXIA

M. K. ENGLAND

SEM CORAGEM, SEM GLÓRIA

Tradutor: Gian Desiderio

SÃO PAULO, 2024

Guardiões da galáxia – sem coragem, sem glória
Copyright © 2021 by M. K. England
Copyright © 2024 by Novo Século Editora Ltda.

Marvel's Guardians of the Galaxy desenvolvido por Eidos-Montréal
Arte de capa de Frederic Bennett e Bruno Gauthier-Leblanc, desenvolvida por Oxan Studio

Esta tradução de *Guardians of the Galaxy: No guts, no glory*, lançada a primeira vez em 2021, foi publicada mediante acordo com Titan Publishing Group Ltd.

Editor: Luiz Vasconcelos
Gerente editorial: Letícia Teófilo
Coordenação editorial: Driciele Souza
Preparação: Elisabete Franczak Branco
Revisão: Driciele Souza
Estagiária: Marianna Cortez
Composição de capa: Ian Laurindo
Projeto gráfico e diagramação: Manoela Dourado

Texto de acordo com as normas do Novo Acordo Ortográfico da Língua Portuguesa (1990), em vigor desde 1º de janeiro de 2009.

Dados Internacionais de Catalogação na Publicação (CIP)
Angélica Ilacqua CRB-8/7057

England, M. K.
 Guardiões da galáxia : sem coragem, sem glória / M. K. England ; tradução de Gian Desiderio. — São Paulo : Novo Século, 2023.
 288 p. ; 16 x 23 cm

ISBN 978-65-5561-697-2
Título original: Guardians of the Galaxy: No guts, no glory

1. Guardiões da Galáxia (Personagens fictícios) 2. Super-heróis 3. Ficção norte-americana I. Título II. Desiderio, Gian

23-6101   CDD 813

GRUPO NOVO SÉCULO
Alameda Araguaia, 2190 – Bloco A – 11º andar – Conjunto 1111
CEP 06455-000 – Alphaville Industrial, Barueri – SP – Brasil
Tel.: (11) 3699-7107 | E-mail: atendimento@gruponovoseculo.com.br
www.gruponovoseculo.com.br

PARA MEUS IRMÃOS DA GAMEFEST

OBLITUS
7801

PETER QUILL realmente precisava prestar mais atenção aos detalhes. Os detalhes eram a diferença fundamental entre, digamos, um pai caloteiro e ausente e o maldito Darth Vader. Ou entre um fofo-porém-nojento mamífero terrestre comedor de lixo e um soldado guaxinim geneticamente modificado com uma arma muito grande.

Ou a diferença entre receber cem mil unidades de dinheiro realmente utilizável... e acabar com cem mil unidades de pasta de proteína inútil no porão da sua nave. Além disso, bônus: uma equipe pronta para colocar sua cabeça em uma estaca.

Os passos de Peter aceleraram quando a *Milano* ficou à vista, as mãos enfiadas nos bolsos da jaqueta blindada vermelho-ferrugem. Sua nave o esperava pacientemente no atracadouro de preço exorbitante alugado por eles, o primeiro de muitos negócios imprudentes neste lugar esquecido por Deus.

DIAS ATUAIS

Mental, emocional e espiritualmente, ele já havia se teletransportado para o assento do piloto e deixado a pilha de lixo em forma de estação espacial que era Oblitus no retrovisor. Fisicamente, isso era tudo o que ele podia fazer para conter o impulso de correr para a rampa de embarque da nave. Você não pode escapar da vergonha.

Esta foi apenas a última de uma série de missões fracassadas que começavam a parecer menos com "equipe de desajustados lutando para fazer seus negócios decolarem" e mais com "grupo de idiotas sem esperança que mal sobrevivem a tarefas básicas". A pior parte dessa missão em particular foi o fato de que eles realmente acertaram em cheio, pela primeira vez. Algo precisava de guarda? Feito! Pessoas precisavam de proteção? Estavam cem por cento vivas e bem! Um trabalho bem-feito, merecedor de muitos tapinhas nas costas e apertos de mão satisfeitos para todos os membros dos Guardiões da Galáxia: Drax (que definitivamente não é assassino em série), Gamora (filha de Thanos, ex-assassina), Groot (único sobrevivente da espécie *Flora colossus*), Rocket (mamífero modificado geneticamente de espécie indeterminada, mas que definitivamente não é um guaxinim)... e Peter.

Sim, o fracasso nesta ocasião em particular foi totalmente atribuído a Peter Jason Quill – Senhor das Estrelas se você for desagradável – falhando nos detalhes básicos de ser pago.

— Eu vou matar você, Peter Quill — Drax disse com naturalidade, seus passos pesados ameaçadoramente sacudindo o convés sob seus pés. — Mas, primeiro, vou estripar aquele saco de carne miserável que nos contratou. Vou arrancar seus membros de suas bases. Vou destruir esta estação com minhas próprias mãos. Eu vou...

Peter ignorou o discurso. Era muito fácil de imaginar. Drax, músculos salientes sob a pele azul-esverdeada e marcas vermelhas, rasgando a sucata da nave soldada às pressas que compunha

Oblitus, separado nas costuras, gargalhando de alegria o tempo todo. Um arrepio percorreu a espinha de Peter, e ele cedeu ao impulso de subir a rampa e ir direto para a cabine de comando.

— Eles disseram que estavam pagando em moeda forte! — gritou ele em legítima defesa enquanto se prendia ao assento do piloto e aquecia os motores. — Parecia um negócio perfeito!

— Mas você não perguntou em que moeda, não é, Quill? — indagou Rocket rispidamente, sua barba trançada balançando enquanto ele virava a cabeça para olhar para Peter em seu caminho. As quatro estações da tripulação foram dispostas em um quadrado na frente do piloto, e Rocket subiu em seu assento no lado direito dianteiro. — Qualquer coisa é moeda se você chamar assim. Por exemplo, eu adoraria pagar por sua estupidez com granadas acionadas agora.

— Nah, a taxa de câmbio é um lixo — desaprovou Peter, meio que preparado para uma granada de verdade vir voando até seu colo.

Nunca se sabia com Rocket. Quando se viu ainda vivo um momento depois, ele chutou os elevadores e seguiu suavemente, levando a *Milano* para o espaço aberto enquanto os outros entravam para ocupar seus lugares. Groot resmungou algo ininteligível, provavelmente consistindo nas palavras "eu" e "sou" e "Groot". Ele se elevava por cima do assento de Rocket como a árvore que era, um dedo de madeira o cutucando na parte de trás da cabeça em advertência antes de tomar seu próprio assento na frente à esquerda. Rocket soltou um "Tch!" ao terminar suas verificações dos sistemas táticos e de armas que ele supervisionava de sua estação.

— Bem, então, se não vamos voltar, deveríamos explodir o iate chique daquele desprezível em pedacinhos. Eu poderia fazer das duas formas — disse ele. — Alguém merece uma explosão por isso.

— Desculpe interromper este divertido compartilhamento, mas poderíamos falar sobre a nave da Tropa Nova que acabou de sair logo atrás de nós? — interrompeu Gamora, trazendo uma visão da nave na tela principal, depois se virando para olhar para Peter. Ou... foi um brilho? Às vezes era difícil dizer. Com as tatuagens pretas que enchiam as cavidades dos olhos e desciam ao longo de cada bochecha da pele verde, Peter meio que sentia que o olhar dela era um buraco negro sugando a força vital de qualquer um. Junte-o às pontas vermelho-fogo em seu cabelo preto e à assimetria acentuada de seu corte, e Gamora apresentava uma face intimidadora.

Groot estendeu a mão para cutucar Rocket novamente e assentiu para as palavras de Gamora.

— Eu sou Groot — acrescentou.

— Você está sendo paranoico —alertou Rocket, descartando o comentário de Groot. — Eles não estão nos seguindo.

— Ah, eles definitivamente estão nos seguindo — insistiu Gamora.

Mais alguns comandos na tela e um caminho destacado se iluminou na esteira da nave Tropa Nova e da *Milano*. Todos ficaram em silêncio e observaram as duas listras brilhantes enquanto a *Milano* se afastava de Oblitus, ganhando velocidade. A sobreposição perfeita.

— Não deveríamos parar e ver o que eles querem? — perguntou Gamora.

— Nãooo, uh-uh, não — disse Peter, olhando a nave com cautela. — Não vou parar, a menos que me digam que devo.

Gamora suspirou.

— Qual era o sentido de se registrar na Tropa Nova se vamos continuar fugindo deles? Não ajuda muito a nossa imagem de negócio legítimo fugir toda vez que vemos uma de suas naves.

— Talvez eles não tenham recebido um de nossos cartões de visita — zombou Rocket. — Como eles saberão que somos legítimos? Rápido, Drax, jogue um deles pela câmara de descompressão.

Drax se virou para ir para a câmara de descompressão de popa, mas Gamora estendeu a mão pelo corredor para pegar Drax no caminho para fora de seu assento e silenciosamente balançou a cabeça. Drax voltou a se sentar.

— Sim, ok, olhe, prefiro não me arriscar — disse Peter. — Por que eles estão nos seguindo se não fizemos nada de errado? Talvez tenhamos andado fora da faixa enquanto estávamos em Oblitus ou algo assim. Você conhece suas leis? Eu não.

— Eu as conheço — afirmou Rocket. — Porque eles não têm nenhuma. E se tivessem, definitivamente não seria a flark da Tropa Nova as aplicando.

Peter detestava quando Rocket fazia ruídos lógicos com sua boquinha peluda.

A luz de alerta do comunicador piscava sem parar enquanto a nave da Tropa Nova repetidamente saudava a *Milano*. A última vez que Peter teve um confronto hostil com a Tropa Nova foi durante seus dias pré-Guardiões da Galáxia, antes de conhecer Rocket e Groot. Ele conseguiu sair dessa por pouco, e só porque a oficial no comando, Centurião Ko-Rel, era um caso antigo. Eles deixaram as coisas em boas condições, mas ele ainda não havia se transformado exatamente no cidadão completamente limpo, responsável e honesto que a galáxia esperava que ele se tornasse. Se eles pudessem fazer esse negócio de "heróis de aluguel" decolar de verdade...

— Olha, não vamos parar. Alguma ideia brilhante para nosso próximo destino além de Lugar Nenhum?

— Sim, eu tenho uma — disse Rocket. — Vire esta nave e nos leve de volta para Oblitus, para que eu possa deixar um pequeno presente de despedida. Vou ensinar aquele pedaço da escória a pagar com pasta de proteína quando ele tiver mais unidades para queimar do que Xandar inteira.

— Eu concordo. Ele era uma pilha de esterco desonrosa e sua traição merece uma resposta proporcional. Devemos voltar — protestou Drax. — Além disso, não há comida a bordo desta nave desprezível.

— Há pasta de proteína — declarou Rocket com um sorriso malicioso.

Drax virou a cabeça e cuspiu no convés.

— Não vou me rebaixar a consumir tal vil substância.

— Podemos, por favor, nos concentrar? — disparou Gamora. — Se eles estão aqui para nos prender, estão sendo muito educados sobre isso.

— Eu preferiria comer o grotesco roedor falante — continuou Drax, ignorando-a.

Gamora revirou os olhos e continuou:

— Sem tiros de advertência? Sem manobras agressivas? Se eles quisessem nos prender...

Rocket virou a cabeça.

— Ele está falando de mim? Porque, se ele quer tanto comer, eu adoraria alimentá-lo com o cano da minha arma.

— Eu sou Groot — falou Groot suavemente.

— Podemos, por favor, parar de falar sobre comida? — gritou Gamora.

Um audível ronco no estômago preencheu o silêncio momentâneo que se seguiu. Gamora sibilou.

— Diga alguma coisa, eu o desafio.

— A mulher mais mortal da galáxia, equipe. Eu ficaria de boca fechada — respondeu Peter.

— Equipe? Ha! — soltou Rocket. — Isto não é equipe coisa alguma. Isto aqui é um bando de perdedores seguindo outro perdedor falhando em ganhar dinheiro o suficiente para manter seus traseiros alimentados. Se você me perguntar...

— Ninguém te perguntou — Peter e Gamora proferiram em uníssono.

— E talvez esse seja o problema por aqui! — disse Rocket. — Ninguém nunca pergunta o que eu...

Gamora, em um acesso de sabedoria nascido da autopreservação, lançou-se de seu assento e mergulhou para os controles de comunicação na estação de Groot. Alguns toques rápidos na tela de controle e a luz de comunicação piscando incessantemente parou quando a cabeça e os ombros de uma mulher com uniforme de Denarian apareceu na tela principal. Peter olhou para Gamora com uma expressão de *que diabos é isso?*, então se voltou para a tela.

— Ei, desculpe, não vi você lá atrás. O que posso fazer por você, Denarian? — questionou Peter, cheio de charme casual e suave.

— Você está disposta a comprar de nós cem mil unidades de pasta de proteína? — perguntou Drax.

A mulher na tela piscou.

— Por Deus, não.

— Você está aqui para nos prender? — indagou Rocket.

Ela levantou uma sobrancelha.

— Eu deveria?

Gamora cobriu os olhos com uma das mãos e balançou a cabeça.

— Você está aqui para me tirar da minha miséria?

— Eu sou Groot — ecoou Groot.

A Denarian abriu a boca como se fosse perguntar, então balançou a cabeça e encontrou os olhos de Peter através da tela.

— Meu nome é Mox. Você se lembra de mim, certo, Peter?

Peter se debateu mentalmente no pânico de alguém que muitas vezes se encontra do lado errado dessa questão.

— Oh, sim, com certeza! Mox! Bom... te ver?

— Melhor do que a última vez que nos vimos — disse ela com tristeza. Diante do silêncio constrangedor de Peter, ela acrescentou: — Em Mercúrio. Durante a guerra.

Peter estalou os dedos como se as palavras dela tivessem provocado algo mais do que uma vaga sensação de familiaridade. Afinal, a Guerra Galáctica contra os Chitauri tinha terminado havia quase doze anos. Ele certamente poderia ser desculpado por não se lembrar de cada pessoa com quem cruzara. Especialmente quando ela estava usando o brilhante capacete dourado da Tropa Nova, obscurecendo tudo, exceto o nariz e a boca.

— Sim. Tempos sombrios. Coisas desagradáveis — concordou Peter.

Eufemismo. A guerra havia perturbado significativamente todos a bordo da *Milano* de uma forma ou de outra, embora Peter conhecesse apenas as bordas do trauma que moldara todos eles. Não era exatamente um assunto que qualquer um deles estivesse ansioso para relembrar.

— Então, uh, se você não está aqui para nos prender, não que devesse estar, não fazemos nada ilegal há algum tempo...

— Algum tempo? — perguntou Mox, estreitando os olhos.

— Pelo contrário — falou Drax. — Hoje de manhã, o rato-besta nojento roubou uma arma bastante grande de um...

— Ei, ei, ei, estávamos em Oblitus quando aconteceu, não há leis contra nada lá. Se você deixar suas coisas ao ar livre em um lugar como esse, então está pedindo por isso.

— Esta é realmente sua fala mais inteligente sobre a conversa para se ter agora? — Gamora disse para ninguém em particular.

— Eu sou Groot.

Rocket levantou-se de seu assento para olhar para Groot.

— Ah, você também, não, Groot. Não foi grande...

— Vocês não vão calar a boca? — Mox gritou do outro lado da linha.

Os Guardiões ficaram em silêncio, virando-se para encarar Denarian, que parecia tão exausta quanto se pode parecer em um grande capacete dourado.

— Estou aqui para contratá-los — anunciou ela. — A menos que não gostem de unidades?

Um momento de silêncio.

Alguém bufou, tentando não rir.

Um pacote de pasta de proteína atingiu Peter no rosto, caiu no convés e imediatamente explodiu em uma gosma cinzenta.

Peter olhou para baixo por um longo momento, então olhou de volta para Mox.

— Unidades de quê? — perguntou ele.

O ESPAÇO EM TORNO DE OBLITUS 7801

MOX piscou, e o silêncio na ligação se estendeu até um constrangimento profundo e potente.

Peter se manteve firme. Ele não cometeria o mesmo erro duas vezes.

— Unidades. De... dinheiro? O que mais poderia ser? Por que a pergunta? — questionou Mox, sua boca virada para baixo em uma carranca confusa. Peter relaxou, seu rosto clareando.

— Nada, motivo nenhum. Por favor, continue.

— Ok — concordou. Ela abriu a boca como se fosse fazer uma pergunta complementar, então balançou a cabeça e seguiu em frente sem fazer comentários: — Bem, eu sei que estão ocupados esses dias. Provavelmente com vários trabalhos esperando depois... seja lá o que estavam fazendo em Oblitus.

— Apenas coisas dentro da legalidade, eu garanto — afirmou Peter.

Alguém zombou atrás dele, mas o sorriso cheio de charme de Peter permaneceu no lugar, determinado. Drax arruinou tudo soltando uma risada áspera.

— Na verdade, não temos trabalho algum e provavelmente morreremos de fome em algumas rotações — disse ele.

Peter apoiou o cotovelo no apoio de braço do assento do piloto e cobriu os olhos com uma das mãos.

— Cara, você pode ser legal por, tipo... um segundo?

— O quê? — perguntou Drax, olhando para os outros. — O quê?

Gamora voltou para sua própria estação e se sentou de braços cruzados.

— Você pode apenas... nos falar mais sobre esse trabalho? Por favor? Antes que alguém diga mais alguma coisa?

O olhar de Mox foi para Gamora, seus olhos se estreitaram momentaneamente, então ela olhou de volta para Peter. Ela respirou fundo e logo expirou, parecendo envelhecer dez anos com aquele único movimento.

— Sinto muito trazer velhas lembranças à tona, Peter, mas temo que isso tenha a ver com a guerra.

Peter ficou tenso, imediatamente em guarda. Memórias antigas *não* eram problema para Peter, a menos que envolvessem fitas cassete ou falta de roupas. Ele não teve o mesmo nível de envolvimento direto na guerra que Gamora ou Drax, mas não estaria entre as estrelas sem isso. Sua mãe foi morta por essa razão, porque os Chitauri decidiram que o filho mestiço de 13 anos do imperador de Spartoi seria a garantia perfeita para manter o Império Spartax fora do caminho de seu pequeno plano de expansão. Ele estava cuidando da própria vida na Terra, sendo um adolescente mal-humorado obcecado por sua música e seus bonecos de ação, até que alguns lagartos idiotas em outra galáxia decidiram se tornar um império do mal.

Mox deu a ele um momento para que a enxurrada de memórias se abrandasse, então expôs tudo:

— A antiga base da Resistência em Mercúrio, onde lutamos contra os Chitauri... foi abandonada às pressas quando a maré da guerra mudou, não muito depois de você partir — contou ela. — Tudo foi desativado, qualquer coisa de valor foi empacotada, eles nos despacharam para outras frentes e trancaram a porta na saída.

Ela sorriu tristemente.

— Porém, não bem o bastante, aparentemente.

— Deixe-me adivinhar. Não está mais tão abandonado? — perguntou Rocket.

Mox assentiu.

— Exatamente isso. Há um intruso na Base Mercúrio que precisa ser despejado.

— Alguma pista de quem pode ser? — perguntou Gamora. — Piratas? Nacionalistas Chitauri?

A boca de Mox enrijeceu.

— Não, não faço ideia. E a Tropa Nova não fará nada a respeito. Mesmo que a Tropa tenha sido essencialmente reconstruída a partir das fileiras da Resistência após o fim da guerra, ainda não é tecnicamente uma instalação *deles* e eles não têm recursos para se dedicar a isso. Já faz quase um ciclo e esse invasor não mostra sinais de sair.

— Espere, espere, espere — interrompeu Rocket. — Uma base como essa não teria sistemas de armas e segurança de nível militar?

Mox olhou para Rocket e assentiu.

— Você entende o problema. Foi uma instalação de inteligência que viu muita ação no fim da guerra e tem uma forte rede de defesa.

— É perigoso isso estar nas mãos erradas. Não apenas isso, mas...

Mox parou e desviou o olhar da câmera, apertando a mandíbula. Quando ela olhou para trás, seus olhos eram de aço.

— Tantas pessoas morreram lá, antes e durante seu tempo conosco, Peter. Para muitos de nós que estávamos posicionados lá, parece uma violação.

— Como andar sobre um túmulo — disse Gamora calmamente.

Mox piscou observando Gamora e estreitou os olhos brevemente, então ela continuou:

— Há um grupo de nós que lutou na guerra, que contribuiu para pagar uma recompensa de cem mil unidades. Depois que todos vocês eliminarem os sistemas de segurança e armadilhas, devo poder encontrá-los lá, presumindo que minha investigação atual termine a tempo. Há alguns arquivos que preciso recuperar.

Ela apertou a boca em uma linha rígida e balançou a cabeça.

— Suponho que você não se lembre de toda aquela situação de vazamento de segurança?

De repente, Peter se lembrou, e toda a empolgação sobre as cem mil unidades se esvaiu dele.

— Oh. Sim. Você não era... uma das suspeitas?

Mox riu ironicamente.

— Eu certamente era. Isso ainda me incomoda, para ser honesta, eu ter sido uma das acusadas. Mas sei que a comandante não tinha como saber qual de nós três era, então não a culpo. Porém, eu ainda quero resolver esse mistério. Quem quer que fosse quase me matou e matou mais da metade de nossa força. Quando eu encontrá-lo lá, vou baixar todos os nossos dados antigos. Acho que nossos analistas da Tropa Nova conseguem desvendar isso.

Ela suspirou.

— Eu sei que é tarde demais para qualquer tipo de justiça de verdade. A última vez que soube, Tasver foi morto na prisão e Suki estava metido com alguma igreja. Mas apenas saber a resposta vai trazer pelo menos um pouco de paz, sabe?

Rocket chutou o painel e pensativamente puxou as contas amarradas em sua barba. Uma delas tinha adorável semelhança com a cabeça de seu melhor amigo Groot, e absolutamente ninguém mencionou isso. Nunca.

— É isso mesmo? — perguntou ele. — Por cem mil unidades? De *dinheiro*?

Mox assentiu em concordância.

— Sim... e não. Eu quero ser clara sobre no que vocês estão entrando. A pessoa que transformou essa base em seu novo lar estará no centro da instalação, no centro de comando. Também é onde precisarei encontrá-lo para recuperar os arquivos. Isso significa abrir caminho através da segurança tradicional, arrombando algumas fechaduras, você sabe..., mas as medidas de segurança do bloqueio final são mais como armadilhas explosivas. Você se lembra de todos aqueles droides de segurança bizarros que descobrimos após o contra-ataque Chitauri?

— Vagamente — admitiu Peter. — Na verdade, nunca os vi pessoalmente, apenas ouvi pessoas reclamando sobre a engenharia distorcida.

Armadilhas, no entanto. Peter se imaginou brevemente com um chapéu e chicote no estilo Indiana Jones, balançando em uma corda sobre um poço de cobras. Gamora pode ou não ter estado lá.

Incrível.

— Cem mil unidades, não é? — indagou ele pensativo.

Mox assentiu.

— E... de novo, só para deixar claro, estamos falando de unidades de dinheiro?

Mox fez uma careta, mas assentiu novamente.

— Sim?

Uma longa e esquisita pausa. Então:

— Você pode esperar um segundo? — perguntou Peter.

Ele silenciou o feed e fechou a transmissão antes que ela pudesse responder, então se levantou para chamar a atenção de todos.

— Então, sim? Certo? Alguma objeção?

Rocket saiu de seu assento e ficou no apoio de braço para olhar melhor para Peter.

— Não acabamos de fazer um trabalho com armadilhas e sistemas de segurança que queriam nos matar? Só eu me lembro disso? — questionou ele, olhando ao redor em busca de apoio.

— Eu sou Groot — disse Groot.

Rocket apontou para ele para dar ênfase.

— Exatamente. Foi uma droga e, embora fosse incrivelmente engraçado assistir Star-Jerk ficar azul prendendo a respiração, quase morri. Eu não vou fazer isso de novo.

— Concordo — afirmou Gamora. — Isso parece muito com outra situação como a de Hark Taphod.

— Não tem nada a ver com aquele babaca! — disse Peter, jogando os braços para cima. — Vamos, pessoal, isso vai ser tão fácil! Conheço aquele lugar como a palma da minha mão. Vamos entrar, apontar algumas armas... — Ele olhou para Gamora e Drax, ambos de braços cruzados, parecendo céticos. — E *espadas*, ajudar Mox a corrigir um antigo erro, e bum. Somos heróis com um pagamento de cem mil unidades. Unidades de verdade. Não dá para argumentar contra isso, certo?

Silêncio.

Então Drax:

— Primeiro paramos para comer ou eu como o roedor.

— Simmm! — Peter levantou a mão para um *high five*, então a passou pelo cabelo quando Drax o deixou esperando. — É disso que estou falando!

Rocket sacou uma arma de algum lugar e a apontou para a cabeça de Drax.

— Me chame de roedor mais uma vez, cabeçudo, e eu vou te dar outra cicatriz bem no meio do seu...

— Vamos aceitar o trabalho — concordou Gamora, ainda pressionando o dedo na tela de controle de comunicação. — Queremos vinte e cinco por cento adiantado. Peter lhe enviará os detalhes da conta. E se você precisar de qualquer outra ajuda assim que este trabalho estiver concluído...

Gamora olhou para os outros. Rocket apontando uma arma para Drax. Um dos braços de Drax se ergueu para trás, a lâmina apontada para a garganta de Rocket. Groot com tentáculos enrolados nos pulsos de Drax, segurando-o. Peter silenciosamente gesticulando para eles se acalmarem.

— ... meus serviços podem estar disponíveis. *Sozinha* — Gamora encerrou, então se virou e se afastou.

— Gamora, espere! — Peter a chamou e suspirou. — Sim. Está certo. Então, uh... mais alguma coisa que precisamos saber?

Mox olhou por cima do ombro de Peter, para a pequena briga acontecendo atrás dele, então encolheu os ombros.

— Você provavelmente se lembra de quando foi com os Ravagers até lá naquela época, mas pousar em Mercúrio é... desafiador se for a hora errada. Durante todo o tempo em que você esteve lá, era, essencialmente, a luz do sol da manhã. No momento, o sol está diretamente sobre a base e estará nos próximos ciclos. Você vai precisar encontrar uma maneira de pousar dentro da base.

— Eu conheço um jeito — interveio Rocket, mas Peter se apressou em interrompê-lo.

— Certo — disse ele. — Definitivamente encontraremos uma maneira que não envolva abrir um buraco na lateral da base e anunciar nossa chegada o *mais alto possível.*

— Ah — exclamou Rocket, suas orelhas caídas.

— Você ainda conhece algum dos engenheiros que trabalhavam conosco? — perguntou Mox. — Um deles ainda pode saber o código do transmissor para acessar o compartimento de pouso.

Peter sorriu. Finalmente, uma pausa.

— Sabe, eu realmente conheço a pessoa certa. Enviarei os detalhes da conta para a transferência das unidades. Deixe-nos saber como entrar em contato com você e começaremos a trabalhar.

— Prazer em fazer negócios, Quill — declarou Mox antes que seu holograma desaparecesse.

Rocket tombou para trás em seu assento, deixando cair a arma para o lado (mas ainda com fácil alcance), e olhou para Peter.

— Então, Quill, você *realmente* conhece alguém que pode nos fazer entrar, ou vamos derrubar a porta?

— Oh, eu realmente conheço alguém. Ela pode até ficar feliz em me ver — Peter disse com um sorriso. Ele voltou para os controles e acelerou os motores. — Definir curso para Lugar Nenhum.

INTERLÚDIO: 12 ANOS ATRÁS

MERCÚRIO 7789

KO-REL olhava pela janela de visualização para o planeta cinza indefinido abaixo, fazendo o possível para ignorar os resmungos ao seu redor. A viagem havia sido curta, graças ao portão de salto local do sistema solar, mas o transporte de tropas era pequeno e as frustrações eram grandes, como uma névoa constantemente recirculando pelo sistema de ventilação da nave.

Ela *entendia* o ressentimento com o qual seu povo estava lidando e o compartilhava até certo ponto. Apenas uma rotação antes de estarem no centro da guerra galáctica contra os Chitauri, servindo sob o comando do próprio Richard Rider enquanto liderava a ofensiva. Ele era praticamente uma lenda viva, o único membro da Tropa Nova a sobreviver ao ataque dos Chitauri a Xandar.

Foi um momento decisivo da guerra – no qual os Chitauri conseguiram acabar com toda a organização de policiamento galáctico alimentada pela Força Nova, o que significava que o restante da galáxia não podia mais tratar aquela campanha expansionista como se fosse um problema ao qual estavam alheios. É verdade que a maioria dos membros da Tropa Nova tinha acesso apenas a uma pequena quantidade dessa vasta reserva de energia, mas os escalões superiores, os Centuriões como Rider, conseguiam voar, manipular campos de energia e muito mais. E eles simplesmente... sumiram. Exceto Rider, agora detentor de toda a Força Nova e que a utilizava para liderar a Resistência, fazendo ofensivas a naves de guerra Chitauri e ajudando sistemas ameaçados a contra-atacar. Ko-Rel o respeitava imensamente e, se ele um dia reconstruísse a Tropa Nova, ela seria a primeira a se inscrever.

Mas chegara a notícia de que os Chitauri estavam xeretando seu planeta natal, a Terra. Então, Ko-Rel e sua pequena força passaram de um reforço das defesas de um planeta próximo a ser atacado, bem no ponto central da ação... isso. Uma pequena rocha empoeirada perto do sol terrestre, lar de um posto de inteligência secreto e algumas estações de monitoramento avançadas. E nada mais.

Ko-Rel teve a honra de ser encarregada de garantir a segurança do lar de Rider, mas ela também sentiu a frustração de seu pessoal. Afastar algumas naves de reconhecimento Chitauri para desencorajar um ataque em grande escala foi um trabalho importante, mas não tão satisfatório quanto verdadeiramente contra-atacar, dando duro para forçar os Chitauri a sair do espaço Kree ou colocar a linha de frente contra o Chitauri Prime. Ela ainda não teve tempo de conhecer sua tripulação pessoalmente, mas algumas coisas eram óbvias. Todos eles perderam pessoas para a guerra. Alguns haviam perdido tudo. *Ela* havia perdido tudo.

Todos eles queriam sangue em troca, e defender esta rocha não lhes daria isso.

— Comandante, estamos prontos para nossa abordagem final — declarou a piloto, virando o rosto para Ko-Rel. — Devemos saudar a base?

Ko-Rel suspirou e assentiu.

— Transmita os códigos e coloque o comandante da base na tela. Vamos ver com quem vamos trabalhar.

Ela caminhou até a estação de comunicação e ficou atrás do ombro do terráqueo, esperando que a conexão fosse completada. Abaixo, o minúsculo planeta cinza apareceu na aba de visualização, sua superfície marcada por meteoros eclipsando o vazio negro do espaço ao seu redor conforme eles se aproximavam. O silêncio se estendeu até que Ko-Rel, franzindo a testa, colocou a mão na parte de trás da cadeira do oficial.

— Algum retorno, oficial Tasver? — perguntou ela.

— Ainda não, comandante — respondeu ele, movimentando os dedos sobre a tela reluzente. — Vou continuar tentando.

A piloto se recostou na cadeira, examinando.

— Devemos esperar para pousar?

Ko-Rel examinou a superfície do planeta e olhou para o visor do sensor; nada digno de nota. A nuca dela se arrepiou com *alguma coisa*, uma leve sensação de advertência... mas não havia sinal de nada que justificasse a preocupação. A base estava a toda potência, não havia nada visivelmente errado do lado de fora e não havia evidência da presença de Chitauri nas proximidades. Ko-Rel comprimiu os lábios e balançou a cabeça.

— Não, eles devem estar esperando por nós. Vamos em frente. Podemos estar chegando no meio de seu ciclo noturno.

O oficial Tasver bufou.

— Quem deveria estar monitorando as comunicações provavelmente ficou entediado e adormeceu.

Ko-Rel reprimiu uma gargalhada. Ela poderia até simpatizar com as frustrações de seu pessoal, mas não devia demonstrar isso, ou sua moral cairia junto com sua atitude perante àquilo. Ela lideraria esta tripulação focando seu dever e como executá-lo com excelência... mesmo quando a excelência significava ficar sentada, e então Mercúrio (e a Terra) pareciam alvos um pouco menos atraentes. Não era exatamente o tipo de conteúdo de guerra glamoroso, mas era vital da mesma forma.

A piloto anunciou sua aproximação e Ko-Rel se sentou em sua própria estação para se preparar para o pouso. Ela consultou a lista de pessoal, embora já a tivesse praticamente memorizado. Não era particularmente longa. Alguns oficiais de inteligência, analistas e agentes de campo; uma pequena unidade de combate; e uma quantidade mínima de pessoal de apoio. Muitas pessoas estavam em dupla função, como o oficial de inteligência Tasver, encarregado das Comunicações, ou o capitão Lar-Ka, cuidando do console de artilharia e comandando as tropas terrestres. Sobretudo, eles estavam contando com a tripulação que já estava na base. O pessoal de Ko-Rel era apenas reforço.

Ela encaminhou a lista para o comandante da base, preparando-se para a primeira reunião com ele, e em seguida olhou para cima, a tempo de ver as portas do hangar se separarem e recuarem, permitindo a entrada da nave. A piloto os baixou habilmente pela abertura e para dentro, e a descida foi suave e controlada – até que ela gritou e puxou os controles para trás, jogando todos contra o encosto dos assentos.

— Há... corpos — disse a piloto, com a voz tensa, e Ko-Rel soltou os cintos para ter uma melhor visão através da janela frontal.

— Capitão...

O capitão Lar-Ka nem esperou ela terminar a frase.

Ele saltou e correu para a porta.

— Unidade de combate, dirija-se à rampa de acoplagem, prepare-se para a descida — ordenou ele pelo comunicador, com suas palavras se dissipando enquanto seguia as próprias ordens. Ko-Rel se voltou para a piloto com uma expressão sombria.

— Encontre um local para nos colocar no chão e se prepare para lutar.

O "Sim, comandante" foi engolido pela cacofonia que irrompeu na ponte enquanto Ko-Rel corria até seus aposentos. Muitos cenários terríveis cruzaram sua mente, e também muitas lembranças. Os corpos no chão, as *pessoas*... eles tinham famílias? Esposas? Filhos? (Ela já teve essas coisas, uma vez, mas afastou os pensamentos. Ela precisava de foco, e não da onda de dor que a sufocaria se ela permitisse.) Ela pegou sua arma secundária e o colete tático de seu minúsculo aposento em formato de caixa e correu para a rampa de atracação, tropeçando quando o impacto do piso irregular tornou seus passos instáveis.

Ko-Rel chegou exatamente quando o capitão Lar-Ka pedia a atenção de seu pessoal. Uma pequena tropa, apenas oito esquadrões de quatro pessoas; no entanto eram bons soldados. Todos estavam prontos, rifles de pulso em mãos, e suas armaduras ajustadas perfeitamente no corpo. Ninguém saberia que eles estavam relaxando preguiçosamente na sala de descanso poucos momentos antes. Ko-Rel e o capitão se olharam e trocaram um aceno. Uma verificação silenciosa de prontidão.

Ko-Rel acionou os controles da porta, e Lar-Ka foi o primeiro a descer a rampa, com o rifle em punho e a equipe logo atrás dele. O segundo pelotão seguiu, e Ko-Rel se juntou ao terceiro, descendo a rampa e examinando o hangar através do cano da própria arma. O lugar estava com iluminação baixa, seguindo o ciclo noturno, conforme previram. Duas outras naves estavam ali: uma pequena, para ataque leves, de fabricação Kree e uma ágil e discreta nave de exploração de origem desconhecida. Montes de caixas de suprimentos e equipamentos estavam empilhados próximo a cada nave e em fileiras ordenadas próximo às portas que levavam ao restante da base. Um espaço com dupla utilidade, servindo como hangar de pouso e instalação de armazenamento, como frequentemente ocorria em pequenas instalações como essa. Seu cérebro processou essa primeira varredura de informações em macro em apenas alguns ticks. Então, seu olhar se fixou nos detalhes críticos.

Havia quatro corpos nas imediações. Todos estavam com as faces voltadas para baixo, eram humanoides e vestiam as cores da Resistência.

Os soldados, com todo seu profissionalismo frio e distanciamento, espalharam-se ao redor da sala e assumiram posições defensivas. Cada corpo ali foi cuidadosamente virado e teve o pulso verificado, à procura de sinais vitais. As chamadas vieram rapidamente:

— Morto em combate. Morto em combate. Ainda sem sobreviventes.

Ko-Rel notou um movimento rápido pelo canto do olho direito. Ela rapidamente apontou a arma para um homem humanoide que emergia de uma pequena porta sinalizada como *Enfermaria*.

— Identifique-se — exigiu Ko-Rel.

— Não atire! — ele gritou de volta, levantando as mãos. — Há outros vindo atrás de mim. Por favor, nos ajude.

Ko-Rel abaixou um pouco a arma e observou os outros que seguiram o homem até o hangar de pouso. Eles eram, em sua maioria, Kree e Xandarianos, com alguns outros, todos vestindo uniformes de equipe de apoio. Cozinheiros, enfermeiros, pessoal de manutenção... mas algo incomodava Ko-Rel. Alguma coisa parecia estranha.

— O que aconteceu aqui? Por que seu comandante não está respondendo? — Ko-Rel esbravejou contra o homem que falou primeiro.

Ele abaixou as mãos e olhou para a tripulação que o havia seguido, depois se voltou para Ko-Rel e sorriu.

— Houve um ataque — disse.

Então uma arma apareceu em sua mão. Ele disparou.

Ko-Rel se jogou para o lado, já em movimento antes mesmo de a arma disparar, seu instinto dois passos à frente de seu cérebro. O fogo irrompeu no ar acima enquanto ela rolava atrás de uma pilha de caixotes para se proteger, os gritos e os berros da batalha ecoando pelo lugar. Ao redor dela, cada esquadrão entrou em ação treinada, emitindo comandos e estabelecendo padrões de disparo.

Essa mesma calma de batalha também recaiu sobre Ko-Rel. O mundo se estreitou e desacelerou. O treinamento entrou em jogo, tanto o estudo da academia quanto o trauma que moldou a reação de seu sistema nervoso à ameaça. Para o bem ou para o mal, seu corpo sabia exatamente como se proteger.

Ko-Rel se curvou sobre os caixotes para dar alguns tiros e fazer o reconhecimento da situação. O número de pessoas na baía havia aumentado, mas todos usavam identificação da Resistência: distintivos de unidades, braçadeiras, camisetas de trabalho baratas impressas às pressas. Esse tick extracrucial na identificação de um alvo — amigo ou inimigo? — custaria vidas.

Ko-Rel se curvou novamente, preparada para disparar contra o líder deles, mas um corpo desabou quase em cima assim que ela se inclinou para fora. Ko-Rel caiu para trás, para fora do caminho de um homem sangrando, e bateu a cabeça no convés com um baque doentio, um buraco queimando em seu peito... e bem diante de seus olhos, sua pele derreteu e passou de um tom médio de cobre marrom para um verde escamoso e leitoso.

Era um Chitauri.

De repente, tudo fez sentido.

— Há metamorfos Chitauri aqui — gritou ela pelo comunicador. — A base foi infiltrada.

Por isso ninguém responderá às suas ligações. Por isso ninguém estivera lá para saudá-los. E porque não havia nenhum sinal da presença dos Chitauri no sistema.

Eles já estavam aqui.

— O esquadrão um caiu — gritou o capitão Lar-Ka. — Temos três feridos, um morto.

— O esquadrão dois está com metade da equipe, temos dois em estado crítico — informou a próxima unidade.

— Esquadrão três, um morto em combate.

Um a um, os demais reportes foram chegando, traçando um cenário sombrio. Eles já não eram uma força com grande número de pessoal. Para começar, apenas trinta e dois soldados de combate no total. A emboscada lhes custou caro. Ela examinou o hangar, calculou mentalmente os números e tomou sua decisão.

— Recuem para a nave — disse Ko-Rel, movendo-se para seguir as próprias ordens. —Assim que a última pessoa estiver a bordo, tire-nos daqui.

— E as pessoas com base aqui? Não podemos simplesmente deixá-las — protestou um dos jovens líderes do esquadrão, embora tenha sido rapidamente repreendido pelo capitão Lar-Ka pelo comunicador.

— Se sofremos uma emboscada como essa, eles provavelmente já estão mortos. O esquadrão seis não se apresentou e estava fazendo reconhecimento em direção ao centro de comando. Esta instalação está sob o controle do inimigo. A comandante Ko-Rel está correta. Precisamos recuar.

Embora suas ordens não devessem ser explicadas, Ko-Rel ainda estava grata pelo apoio, pois todos os membros sobreviventes do esquadrão subiram a rampa. Assim que as últimas botas tocaram o convés, Ko-Rel gritou para o piloto: — Nos leve para o ar!

A nave deu uma guinada, e os soldados se chocavam enquanto decolavam novamente. Os motores sequer tiveram tempo de esfriar. Ao redor dela, soldados feridos gemiam enquanto os dois oficiais médicos que haviam trazido corriam entre eles, fazendo a triagem dos feridos e saltando sobre os mortos. Afinal, prontidão já não importava mais.

Assim que a nave se afastou das portas do hangar, a piloto acelerou ao máximo. Então, uma explosão sacudiu a nave com tanta força que Ko-Rel caiu de joelhos. Ela cambaleou, tentando manter-se de pé, mas a nave guinou para o outro lado, arremessando-a contra a porta. Ela sentiu o choque violento no ombro e ricocheteou, batendo o joelho enquanto caía. Gritos de pânico ecoaram de todos os cantos da nave, enquanto a gravidade parecia mudar constantemente de direção, levando o coração de Ko-Rel junto com ela.

— O que... — foi tudo o que ela conseguiu dizer antes de outra série de baques atingir a nave, o último abrindo um buraco do tamanho de uma unha no casco diretamente à esquerda de seu rosto. O gemido dos motores aumentou de intensidade, e o estômago de Ko-Rel revirou quando a nave mergulhou com força... e não voltou mais a subir.

— Vamos cair! — Ko-Rel gritou para os soldados ao seu redor.

Eles não poderiam estar muito longe do chão. Talvez o dano não fosse tão ruim.

— Preparem-se para o impacto! — a piloto gritou pelo comunicador, antes de ser interrompida por um horrível RANGIDO. O som alto de metal rasgando abafou os gritos que Ko-Rel sabia que estavam sendo emitidos. Corpos caíram, batendo em Ko-Rel, nas paredes, no teto, o mundo girando sem parar. Havia breves vislumbres: bocas abertas, gritos, olhos arregalados pelo terror, sangue brilhante, saliva e rachaduras repugnantes.

Então silêncio. Quietude.

Nada.

A CAMINHO DE LUGAR NENHUM
7801

PETER acreditava que seria um milagre real e honesto se toda a tripulação da *Milano* chegasse a Lugar Nenhum sem alguém ter cometido um assassinato ou infligido ferimentos graves. Ele deixara Rocket assumir o comando para levá-los para os cafundós do espaço, com Groot lá em cima como companhia e supervisão, então poderia se atentar à outra metade da tripulação.

Se houvesse a possibilidade de um assassinato iminente, aqui estaria a cena do crime: a área comum da *Milano*, o espaço grosseiramente circular, a partir do qual todos os alojamentos da tripulação se ramificavam e levavam direto à escotilha. Não era o arranjo ideal para sonâmbulos, mas só foi problema uma única vez. Para ser justo, era improvável que a garota visitasse a *Milano* novamente *de qualquer forma*, então pouco importava para Peter. Ele havia colocado uma tela

de exibição portátil na mesa e tentado mostrar uma variedade de vídeos divertidos para distrair seus amigos assassinos.

Infelizmente, nada poderia superar a sombria influência da pasta de proteína.

Isso era, resumindo em uma só palavra... *revoltante.*

— Como eles têm a audácia de chamar isso de comida? — Drax se enfureceu, explodindo um pacote ao apertá-lo com muita força.

A nojenta gosma cinzenta espirrou na mesa e em todos os que estavam sentados nela. Incluindo Peter. Mas principalmente Gamora.

Gamora, com uma quietude e calma mortais, raspou uma gota da pasta do material branco e limpo de sua armadura e a limpou nas almofadas amarelas que revestiam o assento ao redor da mesa. Então ela olhou para Drax, com um olhar que teria feito as bolas de Peter recuarem para um lugar seguro.

— Você poderia, por favor — ela começou baixinho —, ir para literalmente *qualquer outro lugar* nesta nave e deixar a maldita pasta de proteína em paz?

Ao fim, ela estava gritando. Peter estremeceu e enfiou o dedo na orelha.

— Eu *não* vou — Drax gritou de volta, sacudindo o pacote explodido em Gamora. — Esta *pasta* é um insulto à própria ideia de mantimento, e não tolerarei tal presença nesta nave.

Com isso, Drax pegou um dos caixotes e passou-o por cima da cabeça, virando-se em direção à escotilha.

— Ei, não, Drax, amigo — interveio Peter, levantando-se em um salto e dando a volta para a frente de Drax. — Vamos apenas colocar a pasta no chão, ok? Esse material pode ser útil em Lugar Nenhum.

— Não será — disse Drax. — Porque estará vagando pelo espaço até o coração do sol mais próximo.

— Não, não, não! — protestou Peter, mas foi sumariamente empurrado para o lado quando Drax impiedosamente lançava o primeiro caixote em direção ao espaço. — Ah, cara, vamos lá. Esse foi o nosso pagamento.

— Já falamos sobre isso, Peter — declarou Gamora, colocando os pés em cima da mesa. Ela apontou para a rampa que levava à área de carga e à comporta de ar, onde as noventa e nove caixas restantes jaziam empilhadas. — *Aquilo* não conta como pagamento. Se realmente conseguirmos garantir algumas unidades neste pequeno trabalho recordando seus tempos de guerra, *então* podemos usar palavras como "pagamento".

— Eu não estou nessa pelas boas recordações sobre apodrecer em uma prisão de Chitauri — disse Peter, a voz carregada de sarcasmo e deliberadamente não pensando na referida prisão. — Estou *tentando* nos fazer ganhar o suficiente para nos manter no espaço.

— E alimentados — acrescentou Drax, pegando outra caixa.

— Você pode *parar de falar* sobre comida? — disparou Gamora. Drax largou a caixa e deu um passo na direção de Gamora.

— Sim, tenho certeza de que você nunca se preocupou com comida em toda a sua vida. Você matou a sede com o sangue de seus inimigos enquanto matava a mando de Thanos e os Chitauri.

Gamora revirou os olhos.

— Sim, foi exatamente o que fiz. E você, é claro, tem as mãos perfeitamente limpas, nunca cometeu nenhum tipo de assassinato em série! Que sorte temos de estar na presença de um *herói* de coração tão puro.

— Pelo menos eu reconheço meus pecados passados — rosnou Drax. — Estou aqui com esta tripulação desprezível *por causa* desses pecados. Se Thanos realmente estiver morto, devo encontrar outra coisa que valha a pena fazer com minha existência. Você, Filha de Thanos, anda por aqui como se todos devêssemos nos curvar em agradecimento porque você se tornou uma traidora.

Peter levantou o dedo.

— Na verdade, a deserção dela para a Resistência *meio* que mudou o curso da guerra e...

Drax se virou para lhe lançar um olhar frio.

— E eu vou calar a boca e me sentar agora — finalizou Peter.

Gamora se levantou e, em um piscar de olhos, estava bem na cara de Drax.

— Eu não faço isso — sibilou ela. — Sei muito bem que nunca vou me redimir por meu passado. Mas posso tentar fazer melhor com o meu futuro.

Gamora parou e olhou para Peter, depois de volta para Drax, balançando a cabeça.

— Embora pareça a cada dia mais que eu talvez esteja no lugar errado para isso, na maioria das vezes não tenho ideia de por que estou aqui.

Drax cruzou os braços e assentiu.

— Sim. Eu também.

— Ei, olhe aqui — exclamou Peter, de olhos arregalados. — Já chegamos bem longe. Agora somos profissionais! Estamos registrados no Bagoo! E, na Tropa Nova, temos um nome, temos até cartões de visita. De quantas equipes com *cartões de visita* de verdade vocês fizeram parte?

— Eu *não* faço parte de equipes — disse Gamora, voltando para o outro lado da mesa. — E estou começando a achar que devia ter continuado assim.

— Nenhuma outra equipe a aceitaria, de qualquer forma, sua assassina — retrucou Drax.

Gamora estreitou os olhos.

— Sim, e quantas estavam fazendo fila para cumprimentá-lo quando você foi libertado de Kyln? Não finja que é mais virtuoso do que o restante de nós. Você está tão sozinho quanto eu.

Diante disso, Peter ficou em silêncio. Ele passava muito tempo fazendo um imenso esforço para *não pensar* em coisas do gênero, e lá estava Gamora apenas... falando sobre isso. Eles estavam tentando, mas tentar não estava funcionando, e Peter podia ver as arestas de seu pequeno esquema de Guardiões da

Galáxia começando a desmoronar. Ele realmente ficaria sozinho novamente se não pudesse consertar as coisas.

Ele tentou seguir sozinho depois de vender Yondu para a Tropa Nova e deixar os Saqueadores. Apesar do custo, ele ainda achava que aquela fora a decisão correta; havia limites que Peter não cruzaria, e sequestrar crianças era um deles. Pode-se dizer que esse era um assunto delicado. Mas depois de ter passado toda a vida adulta como um Saqueador, ele estava sem rumo.

Ele saltou sem destino pela galáxia até ter a ideia de se tornar um "herói de aluguel", tirou o nome Senhor das Estrelas de sua banda de heavy metal favorita e começou a procurar trabalhos mais heroicos. Definitivamente, era melhor do que ser um pirata, mas a vida era muito quieta sem dezenas de Saqueadores por perto para trazer o caos. A recompensa que Yondu colocou em sua cabeça foi quase um presente, pois foi o que uniu Rocket e Groot a ele. Ou melhor, trouxe Rocket e Groot até ele, querendo coletar a dita recompensa. Felizmente, o destino (e Peter) tinham outros planos.

Drax concordou com relutância em se juntar a eles, mas apenas porque estava usando a equipe como uma substituição de Kyln — uma forma de controle para evitar que ele agisse como o Destruidor. Gamora... bem, Peter não tinha ideia de por que ela se juntou a eles depois de esbarrar em seu grupo emergente em uma missão. E, desde então, ele banca o árbitro entre ela e Drax, que simplesmente não conseguia acreditar que Gamora não estava escondendo seu pai morto de alguma forma. Rocket e Groot eram os membros mais estáveis da equipe... e só de pensar nisso Peter sentia uma pontada de desespero no coração.

— Ei, vocês, idiotas, apertaram os cintos? — Rocket os chamou. — Porque estamos atingindo o ponto de salto, quer vocês estejam prontos ou não. Divirtam-se.

A *Milano* deu um solavanco enquanto Rocket metia o pé no acelerador, e Peter, Drax e Gamora cambalearam com a sensação característica de instabilidade ao atravessar um portal de salto.

— Eu a abomino — repeliu Drax, segurando-se na borda da mesa.

— É recíproco — respondeu Gamora do lado oposto.

— Podemos todos apenas focar em pensamentos pacíficos e de não assassinato? — pediu Peter, principalmente para si mesmo.

— Eu sou Groot — disse Groot do convés de voo.

— É. Eu achei que não — Peter não aprendeu a interpretar a linguagem de Groot de uma hora para outra, mas às vezes as traduções questionáveis de Rocket não eram necessárias. Sem dúvida, Groot podia enxergar o mesmo que Peter: as rachaduras naquela fundação. A areia movediça ali. A coisa toda dos Guardiões da Galáxia estava prestes a entrar em colapso a qualquer rotação, a menos que houvesse algum tipo de avanço.

Cerca de vinte e seis saltos depois, Rocket anunciou a chegada, Peter relutantemente deu as costas para Drax e Gamora e se dirigiu para a cabine de comando. Pela janela frontal, Peter viu a cabeça decepada de um Celestial flutuando a curta distância, empoleirada na borda do universo conhecido e cercada por naves como moscas zumbindo.

Lugar Nenhum. Colônia de mineração, ponto de parada, lar de um mercado famoso e uma infinidade de habitantes da galáxia.

Eles haviam chegado. Quase que inteiramente intactos até. E bem.

Peter enfiou a cabeça de volta na área de descanso. Gamora e Drax não estavam à vista, mas não havia sangue, e as noventa e nove caixas restantes de pasta estavam intactas. Peter deu um pequeno suspiro de alívio.

Pelo menos a pasta de proteína estava em segurança.

O pescoço de Peter e os Guardiões como um todo? Isso eles teriam de ver.

INTERLÚDIO: 12 ANOS ATRÁS

MERCÚRIO
7789

MURMÚRIOS, lamentos. Uma luz brilhante. Sons de sibilar.

Um grunhido, depois outro. Choro.

Ko-Rel se remexeu no lugar, movendo os braços e depois as pernas, fazendo uma varredura corporal completa sem movimentar a cabeça dolorida. *Nada quebrado*, pensou ela. Porém, seus olhos — ela tentou abri-los, mas lágrimas os inundaram por causa da intensidade do brilho ali. Tudo estava embaçado, flutuante, mesmo depois que as lágrimas escorreram pelo rosto, limpando suas vistas. Será que ela tinha batido a cabeça tão forte assim?

— Comandante? — uma voz soou distante.

Ko-Rel murmurou em reconhecimento, virando a cabeça suavemente de um lado para o outro. Alguém precisava desligar o sol.

— Comandante? Você está machucada? — a voz repetiu.

Uma mão pousou em seu ombro, áspera e urgente. Isso pareceu trazê-la à consciência. Ko-Rel piscou de novo, e de novo, sua visão clareando e a cabeça latejando a cada piscada.

— Por quanto tempo eu apaguei? — perguntou ela, já tentando forçar o cérebro confuso a avaliar a situação.

O capitão Lar-Ka se ajoelhou ao lado dela. Ele tinha um corte sangrento sobre o olho, vazando um rastro azul-escuro pelo lado da face.

— Por alguns ticks — respondeu, examinando-a em busca de ferimentos graves. — Consegue ficar de pé?

Ko-Rel estendeu a mão, que ele segurou e usou para ajudá-la a se levantar. Seu joelho machucado protestou veementemente, e sua cabeça girava, mas ela estendeu a mão para evitar qualquer oferta de ajuda.

— Cuide dos feridos — alertou ela. — Os Chitauri podem estar em nosso encalço a qualquer momento para terminar o trabalho. Vou verificar a tripulação na ponte.

— Sim, comandante — disse Lar-Ka e se virou para ajudar uma das oficiais médicas a se desvencilhar da rede de carga.

Ko-Rel mancou pelo longo corredor até a frente da nave e fez uma careta ao ver a escada que levava à ponte de comando. Ela conseguiu subir com uma perna só, enquanto seus braços suportavam a maior parte do esforço, ela agradecia mentalmente seus pais militares de carreira pela dedicação máxima ao desempenho físico ao longo da vida. Quando estava perto do topo, alguém estendeu a mão para ajudá-la, e juntos eles coordenaram sua desajeitada queda na plataforma da ponte de comando. Ko-Rel levantou-se e sacudiu a perna dolorida, agradecendo com um aceno a oficial Xandariana que a havia ajudado a se erguer.

A oficial que restava estava completamente sozinha na ponte, com os braços apertados ao redor de si mesma.

Seu nariz estava claramente quebrado, escorrendo sangue, e seu rosto marrom pálido estava marcado com pequenos cortes de sangue azul. Ela olhou inexpressivamente nos olhos de Ko-Rel, recusando-se a se virar e olhar para o restante do lugar. E Ko-Rel podia ver por quê. Ninguém ali se movia.

Ko-Rel foi de pessoa em pessoa, verificando os sinais vitais. A piloto estava morta, com a garganta cortada por estilhaços. O engenheiro-chefe. O navegador. Quando ela chegou à estação de comunicação, porém, uma forte pulsação vibrou no pescoço do policial Tasver. Nocauteado, mas vivo. Ela ligou para a equipe médica para que eles pudessem encaixá-lo em seu plano de triagem, então usou o próximo console para puxar um relatório de diagnóstico para a nave.

A maior parte das naves estava bloqueada devido à ruptura nos cascos. Mais importante, porém, era o vazamento de combustível. Se eles conseguissem retomar a base e consertar os tanques, poderiam reabastecer usando quaisquer suprimentos que estivessem à mão. Até então, eles estavam essencialmente sentados em uma poça gigante de explosivos apenas esperando que um infiltrado Chitauri acendesse um fósforo.

Não era nada bom. Eles não podiam ficar ali.

Ko-Rel levou um momento para se recompor. À beira de sua consciência, havia a lembrança de outro acidente, muito mais mortal do que esse, e as semanas de horror que se seguiram. Ela reconheceu isso, encarou essas memórias de frente e simplesmente pensou consigo mesma: *eu vejo você. Não tenho tempo agora, mas vejo você.*

O reconhecimento acalmou parte da confusão em sua mente, e ela acenou com a cabeça para si mesma, depois voltou-se para a silenciosa mulher Xandariana que a ajudara a subir a escada.

— Qual o seu nome e cargo, oficial? — perguntou Ko-Rel.

Ela sabia, mas pensou que a recitação rotineira de informações poderia ajudar a mulher a se recompor. Com certeza, a policial pareceu se sacudir e voltar ao momento presente.

— Adomox. Inteligência. Parte da equipe de campo.

Ko-Rel assentiu.

— Obrigada por sua ajuda, Adomox. Volte para seus aposentos e prepare seu equipamento. Vamos precisar procurar abrigo. Entendido?

Adomox respirou fundo, soltou o ar lentamente e assentiu.

— Sim, comandante.

— Bom. Vejo você na rampa de acoplagem em cinco minutos.

Adomox se virou e se afastou, cedendo espaço para um oficial médico subir a escada e, em seguida, desaparecendo pouco depois. Ko-Rel transmitiu as mesmas ordens pelo sistema de comunicação para o restante da nave. Eles precisavam encontrar abrigo, e rapidamente. Se o resumo da missão fosse indicativo de algo, eles estariam enfrentando um ambiente muito hostil.

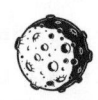

QUANDO Ko-Rel retornou à rampa de embarque com sua bolsa de equipamentos pendurada no ombro, a visão que lhe deu as boas-vindas fez seu estômago se retorcer. Havia corpos alinhados ao longo de uma parede, cobertos por lençóis retirados das agora inúteis acomodações da tripulação. A equipe reunida estava quase toda vestida com seus trajes ambientais, assim como Ko-Rel, e remendos improvisados foram colocados sobre quaisquer rompimentos no casco que não tinham sido fechados pelas divisórias. A tripulação corria de um lado para o outro, empacotando equipamentos essenciais, preparando os feridos para o transporte, desviando-se uns dos outros com intensidade focada em suas tarefas. Tasver, o oficial de comunicações que havia sido nocauteado na ponte, estava sentado no topo de uma caixa com uma bolsa de gelo químico pressionada contra a testa, parecendo dolorido, mas bem.

Eles estavam tão prontos para sair dali quanto poderiam estar. Não havia tempo a perder; um esquadrão Chitauri poderia chegar a qualquer tick para acabar com eles. Ko-Rel pretendia estar bem longe quando eles chegassem.

Ela chamou a atenção do capitão Lar-Ka com um gesto rápido, e ele, em uma discussão profunda com um oficial subalterno, acenou para ela de onde estava.

— Temos um ponto de encontro? — perguntou Ko-Rel.

Lar-Ka fez sinal para que a jovem oficial falasse, e a mulher pigarreou nervosamente.

— Oficial de inteligência Hal-Zan, comandante. Fiz algum treinamento como navegadora antes de mudar para a inteligência, então o capitão me pediu que analisasse nossa posição.

Ela tirou um display portátil do colete e abriu a tela, mostrando um mapa da base e da área circundante.

— Precisamos levar em consideração o calor, pois o nascer do sol chegará em breve e podemos esperar temperaturas perigosas — começou Hal-Zan. — A nave caiu *aqui*, a cerca de cinco quilômetros a leste da base. Se seguirmos em direção a estas colinas aqui, podemos manter a nave entre nós, a base como proteção e obter um pouco de sombra. Pode até haver algumas cavernas que...

— Perfeito, bom trabalho — falou Ko-Rel, interrompendo a mulher. — Lar-Ka, você e Hal-Zan assumem o controle. Faça-nos seguir nessa direção e vamos nos ajustando à medida que avançamos.

— E a sua perna, comandante? — perguntou Lar-Ka, apontando para a perna com a qual ela mancara antes. — Você vai precisar de ajuda?

Ela balançou a cabeça.

— Já superei. Não farei nenhuma corrida hoje, mas consigo acompanhá-los. Preocupem-se em encontrar abrigo para nós, eu me preocuparei em chegar até ele.

Lar-Ka e Hal-Zan fizeram suas saudações e foram se afastando, então Ko-Rel chamou a atenção de toda a sala.

— Se o traje de vocês não estiver selado e pressurizado, cuidem disso agora. Vou abrir esta comporta em dez ticks, então partiremos — disse ela, observando as pessoas reunidas para avaliar sua prontidão.

Alguns ainda estavam enfrentando dificuldades com os capacetes e controles do traje, mas ninguém estava atrasado ao ponto de não conseguir acompanhar. Ela continuou:

— Não sabemos o que nos espera depois de abrirmos aquela porta. Precisamos estar preparados para uma ofensiva Chitauri a cada tick desde que desembarcamos. O capitão Lar-Ka está enviando todas as coordenadas para um ponto de encontro caso aconteça de nos separarmos.

Ko-Rel respirou lenta e uniformemente, convidando a calma clareza da batalha para sua mente.

— Armas prontas. Dez ticks, agora.

Ela fez a contagem regressiva, examinando a tripulação reunida. Uma quietude recaiu sobre todos eles, tensa e rígida como uma corda do instrumento favorito de seu falecido marido. Estavam tão preparados quanto podiam estar para o que os aguardava.

Ko-Rel acionou os controles da rampa e prendeu a respiração.

A escotilha sibilou, a rampa vibrou e rangeu enquanto descia, revelando a paisagem marciana cicatrizada lá fora.

Vazio. Pelo menos por hora.

— Vá em frente, capitão — incentivou ela, sinalizando para Lar-Ka.

Ele e Hal-Zan conduziram a equipe pela rampa até o campo. Um silêncio tenso pairava sobre o grupo enquanto eles contornavam o bico danificado da nave. A bela e poderosa nave de guerra que havia sido confiada a eles jazia avariada e abatida no regolito cinza empoeirado, uma poça lodosa de combustível lamacento encharcando a parte traseira. Uma explosão prestes a acontecer. Ko-Rel passou a mão ao longo da parte inferior do bico da nave enquanto a contornavam para a asa oposta. *Obrigada pela carona. Voltaremos por você.*

— Comandante — Lar-Ka disse em seu canal de comunicação privado, e apontou para a base.

E lá, no horizonte, uma onda de soldados Chitauri surgiu, vindo na direção deles.

Ótimo. Ela tinha esperança de uma pequena pausa ao menos, mas deveria saber. A esperança nada mais era do que a decepção posta em espera.

— Quão distante estão? — perguntou ela, apertando o rifle de pulso.

O capitão tocou na lateral do capacete, ajustando a mira de longo alcance.

— Cerca de um quilômetro e meio.

— Então vamos nos mover — incitou Ko-Rel, virando-se para Hal-Zan. — Sua estratégia sobre as montanhas é boa. Um terreno alto nos seria útil agora.

— Sim, senhora. Nos levarei até lá — disse Hal-Zan com uma saudação.

— Avançar! — ordenou Lar-Ka, partindo em direção às montanhas com Hal-Zan ao seu lado.

O restante dos oficiais de inteligência, incluindo Adomox, que estava muito mais feroz e determinada, se juntou a eles, correndo ao seu lado. Uma das outras oficiais de inteligência, Yumiko, pensou ela, estava praticamente colada ao lado de Hal-Zan. Era bom ver o apoio entre a equipe de inteligência. Eles enfrentariam algumas horas, rotações e ciclos difíceis.

Ko-Rel olhou ao redor até encontrar Tasver, o oficial de comunicação da inteligência, ferido. Ela acenou para que ele avançasse. Ele correu ao lado dela, acompanhando seu ritmo.

— Você está bem? — perguntou ela, apontando para a cabeça enfaixada dele.

Ele assentiu automaticamente, então estremeceu.

— Eu posso funcionar — respondeu com uma expressão triste.

A pele marrom-escura de sua testa estava marcada por um curativo e uma mancha de sangue seco. Se as circunstâncias fossem diferentes, Ko-Rel diria a ele para descansar, ir ao setor médico e tirar um tempo para se curar. Infelizmente, os Chitauri tiraram deles essa opção. Ela insistiu:

— Precisamos entrar em contato com os postos avançados de operações e avisá-los — começou, mas Tasver balançou a cabeça antes que ela pudesse terminar.

— Eu tentei. Não obtive resposta, não de nenhum dos postos avançados. Há sinais vindos das estações, mas são codificados. Eu acho...

— ... Que eles também foram infiltrados. Ok — disse Ko-Rel.

Ela ergueu o olhar para avistar o céu enquanto corria, desejando que seu coração acelerado se estabilizasse. Não era para ser um posto com muitas baixas, mas ali estavam eles, já reduzidos a dois terços de sua força e sem nenhum dos reforços que deveriam estar no planeta. Eles precisavam enviar uma mensagem de volta para a linha de frente da guerra. Eles precisavam retomar a base e todos os postos avançados.

Mas, primeiro, eles precisavam sobreviver à próxima rotação.

Um grito veio de trás do grupo, e Ko-Rel arriscou um olhar por cima do ombro... bem a tempo de ver uma nave Chitauri aparecer *do nada*, disparando contra os retardatários que estavam por último no grupo.

— Dispersar! — gritou ela, virando-se para apontar a arma para a nave. A rajada de raios de energia sibilou do escudo de força, foi inútil e fraco. Não era o bastante para derrubá-lo. No entanto, forneceu um momento de distração para o grupo se espalhar e criar alguns alvos menos fáceis.

— Esquadrão quatro, fogo cruzado ofuscante! — advertiu o capitão Lar-Ka. — Heavies, concentrem os disparos nos motores de bombordo!

A segunda em comando do capitão Lar-Ka, tenente Chan-Dar, soltou um poderoso "*Hooah!*", também gritado por seus companheiros de batalha Heavys. Ela tirou a enorme mochila das costas para usar como tripé e, em seguida, juntou-se aos membros do esquadrão em uma montagem de campo digna de um manual, utilizando a maior artilharia que trouxeram consigo. Enquanto eles carregavam o primeiro disparo, Ko-Rel vasculhava as montanhas à frente, procurando uma boa saliência rochosa, um vale, qualquer coisa que fornecesse um pouco de cobertura para os mais vulneráveis do grupo.

Então ela viu exatamente o que a oficial Hal-Zan esperava. Uma caverna. A abertura quase não era grande o bastante para permitir a entrada de uma nave, mas parecia profunda. Exatamente do que eles precisavam. Normalmente, ela preferia ficar ao ar livre quando estava sendo perseguida por um inimigo. Do lado de fora eles ao menos teriam opções; poderiam recuar e evitar ficarem presos. Agora, porém, eles precisavam de abrigo, um ponto que pudessem controlar, um ponto para focar seu fogo.

— Vão para as cavernas à frente! — Ko-Rel falou pelo comunicador.

Alguém, provavelmente Hal-Zan, estava um passo à frente dela, e as coordenadas para o sistema de cavernas apareceram no display de seu traje. A nave Chitauri rugiu acima, dando a volta para fazer outra passagem, mas não foi isso que instalou o verdadeiro terror no coração de Ko-Rel.

Eram as outras três naves Chitauri vindo de encontro a eles, e pontos distantes de mais naves seguindo logo atrás. Vários cenários cruzaram sua mente, e cada um deles foi rapidamente descartado.

As chances de derrubar quatro naves, mais todas as que estavam no horizonte, eram quase nulas. Mas eles não podiam simplesmente parar e esperar a morte.

Se não havia mais nada a ser feito, eles cairiam lutando.

— Heavies, movam-se — ordenou Lar-Ka, lendo sua mente. — Vamos nos reagrupar sob abrigo.

Na entrada da caverna, Ko-Rel se virou e fez um gesto para seu pessoal avançar, atirando sobre os ombros para desencorajar as naves Chitauri. Aqueles na frente do grupo entraram apressadamente na caverna, com a respiração ofegante devido ao esforço e ao terror. Na retaguarda do grupo, algumas almas corajosas ajudaram os feridos, mesmo sabendo como isso os atrasaria.

Atrás deles, o chão estava coberto com as vítimas da primeira passagem da nave Chitauri. Cinco jaziam abandonados em seu rastro. Ko-Rel esperava que eles pudessem recuperar os corpos mais tarde, mas, sendo realista, ela sabia que provavelmente no fim não sobraria ninguém vivo para recuperar o que quer que fosse.

— Erga os pilares da barreira e forme uma linha, armas prontas — disse ela, com voz firme. — É aqui que faremos nosso último ato de resistência.

No horizonte, todas as quatro naves Chitauri se juntaram em formação, avançando sobre o sistema de cavernas que escondia tudo o que restava das forças da Resistência. A barreira de energia poderia resistir a uma nave, por um tempo, mas mantê-la contra quatro era um exercício de futilidade.

Pelo menos eles morreriam tentando e, com sorte, derrubariam uma nave no processo.

Ko-Rel se juntou à linha de atiradores e se ajoelhou, apoiando o rifle e mirando na nave da frente.

— Esperem — gritou o capitão Lar-Ka. — Atirem ao meu sinal!

O suor escorria em sua testa, pingando em seu olho dentro do capacete. Seu coração parecia inflar, era seu último momento, seu último ato de resistência. Se ela fosse morrer, não queria que fosse com medo no coração, mas com a memória de sua família fresca na mente.

Seu doce bebê, Zam, partiu cedo demais. Suas mãozinhas gordinhas agarrando a camisa dela. Seu cabelo macio como pluma fazendo cócegas em seu queixo enquanto ele a escalava como se ela fosse um playground. Os momentos de silêncio enquanto ele se aninhava nela, quente e sonolento, enquanto ela cantarolava para ele antes de dormir.

E seu marido. O talentoso, impetuoso e corajoso Tar-Gold. Seu coração estava tão cheio de música, sua mente tão livre e aberta. Ele a abriu para um mundo totalmente novo que ela nunca pensou que iria querer ou ter. Ele mudou todo o curso de sua vida.

E agora, graças aos Chitauri, ambos estavam mortos. E logo ela também estaria.

Ela manteve firmemente o rosto deles na mente e no coração enquanto apertava o gatilho, estreitando o olhar, até que tudo desapareceu, exceto o alvo em sua mira. Sua respiração ecoava no capacete, orelhas, peito, um inspirar áspero, um expirar...

— FOGO! — gritou Lar-Ka.

A nave da frente explodiu. BUM!

Ko-Rel abaixou o rifle, confusa, olhando para seu pessoal. Eles mal tinham disparado alguns tiros, certamente não o suficiente para derrubar uma nave inteira. Os Heavys sequer tinham disparado.

As outras três naves Chitauri se desviaram do curso, revelando um conjunto de naves que estavam no horizonte distante.

Não eram naves Chitauri.

Uma dúzia — não, *dúzias* — de naves M com pinturas variadas e excêntricas invadiam o céu, perseguindo as naves restantes. À distância, mais naves realizavam ataques próximos à base enquanto outras pousavam nas proximidades. Ko-Rel ajustou o aprimoramento de visão no capacete para ampliar as figuras no solo. Elas mal eram visíveis àquela distância, mas todas pareciam estar usando casacos e equipamentos diversos e portavam uma incrível variedade de armas.

— Oficial Tasver — chamou ela. — Você pode nos colocar no canal deles? Quero saber quem são essas pessoas.

— Já estou trabalhando nisso — disse Tasver, agachado sobre a unidade portátil de comunicação de campo que carregava.

Ele digitava freneticamente na tela até que se levantou com um pequeno "Ah-há!" e conectou o sinal ao traje dela.

— *Uhuuuuu!* — gritou uma voz desconhecida. — Peguem os lagartos, rapazes! Deixe-os saber que os Saqueadores estiveram aqui!

LUGAR NENHUM
7801

DIAS ATUAIS

AH, o bom e velho Lugar Nenhum. Não era exatamente um lar — *Milano* era seu lar, sempre —, mas esse lugar talvez fosse a outra coisa mais próxima disso. Ao longo dos anos Peter encontrou todos os melhores produtos da Terrestres que tinha no famoso mercado de Lugar Nenhum, desde figuras de ação e fitas cassete, até o cara que o abastecia com licor da Terra sempre que a bebida ficava misteriosamente disponível. Lugar Nenhum nunca deixou de fornecer os bens de que precisava ou algo interessante que sempre procurou.

Peter colocou sua bolsa no ombro enquanto se aproximava da escotilha da *Milano*, passando por Rocket e uma coleção verdadeiramente impressionante de armamento ao longo do caminho.

— *Você* não está planejando começar uma briga, está? — perguntou Peter, olhando para a pilha de detonadores que Rocket guardava cuidadosamente na bolsa, um de cada vez. — Nós viemos em paz, você sabe. Entre, pegue o que precisamos e saia para ganhar nosso pagamento fácil.

— Talvez *você* venha em paz — disse Rocket, verificando uma de suas muitas armas antes de guardá-la em um dos bolsos do peito do macacão blindado alaranjado. — Mas eu e o Groot? Nós nunca subestimamos Lugar Nenhum. Tem história aqui. Precisamos ser cuidadosos.

— Acho que cuidadoso e paranoico podem ter se confundido em sua cabeça em algum ponto — ressaltou Peter. — Estamos apenas indo ao mercado. Ficaremos por aqui por, no máximo, meia rotação.

— Não, *você vai* ao mercado. Groot e eu não vamos chegar nem perto desse lugar. O Colecionador tem seus dedinhos nojentos em tudo por lá, e nós temos uma história antiga. Eu vi a nave dele pousada quando chegamos, então ele está por aqui em algum lugar.

Peter se recostou na mesa da sala de recreação e cruzou os braços.

— Qual é exatamente o seu problema com o Tivan? Você sempre fica tão estranho quando ele está por perto.

Rocket parou de fazer as malas e apontou um pequeno dedo de guaxinim para Peter e rosnou.

— Não é da sua conta. Basta dizer que Groot estava com problemas, eu o salvei e...

Rocket gesticulou expansivamente para sua coleção de brinquedos personalizados.

— ... isso envolveu alguns atos espetaculares de roubo de minha parte. O resto é história. História privada. Então, não, não vamos ao mercado com você.

Rocket virou uma complicada engenhoca de cabeça para baixo, mexeu em alguns fios e depois a deixou de lado em vez de colocá-la na bolsa.

— De qualquer forma, você disse que queria novos trajes para a equipe para ajudar com a identidade visual, então eu e Groot vamos fazer uma visita a um cara que conheço. Um designer muito bom com esse tipo de coisa e respeitoso com meu gênio pessoal no que diz respeito aos detalhes extras. Seja discreto até estarmos prontos para partir, entendeu?

Peter ficou... estranhamente tocado. Ele mencionou os trajes ocasionalmente, presumindo que fossem um sonho fantasioso que custaria muitas unidades para ser viável em algum futuro próximo. Deixe com Rocket a masterização dos brinquedos brilhantes.

— Ei, cara, isso é muito legal da sua parte — exclamou Peter.

— Ainda bem que alguém por aqui ainda acredita nos Guardiões.

— Sim, sobre isso. Sério, Quill, você precisa saber que vai ser preciso mais do que trajes e cartões de visita para manter essa equipe unida. Nesse ritmo, tenho certeza de que sairemos de Lugar Nenhum com apenas quatro membros.

Peter cobriu os olhos com uma das mãos e balançou a cabeça.

— Olha, Drax e Gamora vão sobreviver a esta viagem, eu prometo. Estarei com eles o tempo todo.

— Eu não estava falando sobre eles — disse Rocket com uma sobrancelha erguida. — É melhor tomar cuidado enquanto você está andando por aí com esses trogloditas. Ainda tenho a opinião pessoal de que estaríamos melhor com apenas você, eu e Groot, mas se você quer que sejamos um quinteto, precisa se cuidar.

Peter piscou.

— Oh. Certo.

Rocket fechou o zíper da bolsa e se levantou, jogando-a sobre o ombro e acenando para Groot enquanto se juntava a eles perto da escotilha de ar.

— Apenas não estrague dessa vez, Quill. Não estou dizendo que é sua *última* chance de fazer isso funcionar, mas... na verdade, sim, é exatamente isso que estou dizendo. Última chance, amigo. Você consegue... provavelmente.

Rocket caminhou até a rampa e pulou no braço de Groot, agarrando-se ao arreio de ombro que ele construiu para si mesmo. Aparentemente, era para dar a ele um ponto de vista melhor para situações como um tiroteio. Mas Peter pensava que a maior razão na verdade era que Rocket e Groot gostavam de ficar juntos e cuidar um do outro. Groot levantou uma mão videira para Peter em despedida, um pequeno broto verde florescendo na ponta de um dedo, então serenamente se virou para a agitação de Lugar Nenhum. Rocket conversava com Groot quando os dois iam juntos em direção à multidão, permanecendo visíveis por um bom tempo devido à altura imponente de Groot.

Pensativo, Peter os observou partir.

— Última chance, hein? — murmurou Peter, então deixou o pensamento de lado, para que o Futuro Peter lidasse com ele. — Bem, acho que somos apenas eu e os dois que querem se matar. E matar a mim. Legal.

— Não tenho planos de assassinar Drax — declarou Gamora ao sair de seus aposentos. — No momento.

Ela não disse nada sobre não matar *ele*, Peter notou, mas decidiu que estava implícito. Drax apareceu por cima do outro ombro de Peter e bufou, resmungando mal-humorado. Peter quase teve um ataque.

— Não confie na feiticeira assassina, Peter Quill — alertou ele. — Ela já mudou de lado antes e pode fazer de novo.

Gamora suspirou.

— Achei que já tínhamos superado essa coisa de "feiticeira assassina".

Peter acionou os controles da câmara de descompressão e saiu, acenando amigavelmente para uma mulher xandariana que estava próxima. Ela o examinou com um olhar avaliador, seus olhos passando rapidamente de sua jaqueta (incrível) para suas botas a jato, então continuou andando. Ah, bem. Ele estava aqui a negócios, de qualquer maneira.

— Ela não vai mudar de lado, Drax — insistiu Peter. — Em primeiro lugar, não há lados, a guerra acabou *há doze anos*, por que está trazendo isso de volta de repente?

Houve um momento de silêncio constrangedor.

— E em segundo lugar? — Drax finalmente perguntou.

Peter piscou.

— Como é?

— Você disse: "Em primeiro lugar" — continuou Drax. — Você não pode dizer "em primeiro lugar", a menos que isso implique haver um "segundo lugar".

— Ele está certo — assentiu Gamora. — Não faz o menor sentido.

Drax lhe lançou um olhar de soslaio.

— Não acredito que haja um "segundo lugar" neste caso. Uma vez que você cometeu traição, uma traição futura é sempre uma possibilidade.

— Eu não preciso de absolvição de um assassino em série — retrucou Gamora, avançando e abrindo caminho no meio da multidão.

— Estou no inferno — declarou Peter a um Skrull que passava aleatoriamente. Tudo que ele recebeu como resposta foi um olhar de estranhamento.

Tudo bem; ninguém realmente poderia entender o sofrimento de Peter Jason Quill.

Através do mar de cores de peles e penas e ao menos um rabo de cachorro, Peter e Drax finalmente alcançaram Gamora, exatamente quando entraram no famoso mercado de Lugar Nenhum. A rua principal estava alinhada de ambos os lados com vitrines e bancas de mercado. Alguns estavam cobertos com toldos de tecido, outros reforçados por placas de metal cortadas a laser, alguns lotados e outros quase desertos. Os proprietários ficavam na frente de muitos empreendimentos, chamando os transeuntes e vendendo seus produtos. Ao redor deles, corpos se pressionavam na multidão, se movendo entre si e afastando os dedos ágeis dos batedores de carteira. Quando Peter apareceu ao seu lado, Gamora se virou para olhar furiosamente para ele por um momento e depois voltou a examinar a multidão em busca de ameaças.

— Onde está essa sua amiga engenheira? — Gamora soltou repentinamente, claramente ainda irritada.

Peter suspirou internamente e olhou por cima das cabeças da multidão, procurando a placa da loja. Já fazia um tempo, mas ele tinha certeza de que ainda estaria aqui. Ten-Cor era uma empresária de sucesso e sua loja fazia bons negócios vendendo tecnologia de segunda mão e obras de arte feitas de sucatas tecnológicas reaproveitadas, a menos que alguma mudança drástica tenha acontecido. Por fim, avistou a peça tridimensional de arte em metal soldado que era o letreiro da loja, feita pela própria Ten-Cor. Nela se lia TC'S TECH em letras maiúsculas, com engrenagens, circuitos e fiação deterioradas habilmente afixados na borda. Era muito chamativo.

— Ali, é aquela loja do outro lado da rua — disse ele, gesticulando com o queixo.

Drax se animou.

— Aquela com a carne pendurada?

— Não, próximo a essa.

— Aquela com as dançarinas? — perguntou Gamora, afiada e mortal.

Peter estremeceu. Artistas seminuas espalhadas em torno de uma placa barata que dizia, WIGGLES: *todos os gêneros, todas as espécies, o tempo todo!*

— Não, próximo a ela, do outro lado — disse Peter, com as mãos levantadas para protestar por sua inocência. — E, para ser justo, aquele clube contrata apenas profissionais. Nenhum contrato de servidão. Ouvi dizer que o salário e os benefícios são ótimos.

Aquilo fez Gamora relaxar, seu instinto protetor assassino domesticado no momento. Ninguém precisava ser salva.

— Cliente fiel, não é? — então ela perguntou, levantando uma sobrancelha.

Peter deu de ombros.

— Fui uma ou duas vezes. Ótimo bufê.

Ele atravessou a multidão, liderando o caminho através de um labirinto de pessoas até a loja da Ten-Cor. À medida que se aproximavam e mais detalhes da loja se tornavam visíveis, Gamora e Drax ficaram tensos, suas mãos vagando em direção ao cabo de suas várias lâminas.

— *Aquela*? A que diz: "Somente Kree, todos os outros morrerão?" — perguntou Gamora com uma calma mortal.

— Ei, uau, é uma piada, veja! É um... ei, guarde isso — disse Peter, colocando a mão no braço de Drax. Um olhar de Drax e ele afastou a mão, passando-a pelo cabelo. — Olha, Ten-Cor só tem um senso de humor distorcido. Ela acha que é hilária. A guerra afetou a todos nós de maneiras diferentes, não é?

— E como afetou você, Senhor das Estrelas? — perguntou Gamora revirando os olhos.

Peter olhou para a loja sem responder.

— Oh, olhe, lá vem ela. Ten-Cor! — Peter acenou. Ele não a via há pelo menos dois anos, mas, honestamente, isso era um ponto a favor deles. Esperançosamente, o tempo teria entorpecido a memória do completo e absoluto idiota que ele fora na última vez que se viram. — Que bom ver você! Está linda como sempre.

Ten-Cor tinha acabado de sair de um prédio baixo e sem janelas que, em uma rápida olhada, parecia estar lotado de pedaços de tecnologia de todas as civilizações desta galáxia e da próxima.

A parte principal da loja ficava na frente, onde um banco comprido estava espremido entre dois pilares que sustentavam um toldo com o mesmo logotipo "TC'S TECH" de seu letreiro sofisticado. Atrás do banco, Ten-Cor jogou-se de volta em uma cadeira e colocou as botas na bancada de trabalho. Ela olhou para Peter de cima a baixo e revirou os olhos teatralmente.

— Oh, veja só, é o macaco rosa — disse ela. — O que você quer desta vez?

— Estou aqui para pedir um favor a uma velha camarada de guerra — expressou Peter, abrindo os braços e exibindo seu sorriso mais encantador.

Ten-Cor cruzou os braços e se recostou mais na cadeira.

— Eu não faço favores. Tente novamente.

Peter sabia que teria de se esforçar para conseguir, mas esperava ter um começo mais fácil do que esse. Ele deu um passo para mais perto, estendendo as mãos em súplica.

— Ajudaria se eu a pedisse em casamento de novo?

Isso arrancou uma gargalhada de Ten-Cor. Ela abaixou os pés no chão e se levantou, inclinando-se sobre o banco e relaxando um pouco.

— Nem um pouco. Embora eu esteja lisonjeada por você não estar bêbado desta vez. Não vou cair nos seus jogos, Quill.

— Quais jogos? Hoje em dia sou um homem de negócios honesto — manifestou Peter, enfiando a mão no bolso interno da jaqueta em busca de um cartão de visita.

Ele o ergueu para ela ver e o sacudiu para... mostrar como eles eram resistentes, ele supôs? Foi uma coisa que ele viu alguém fazer em um filme uma vez.

— Guardiões da Galáxia. Heróis de aluguel. Estamos aqui porque precisamos de sua experiência única em nosso trabalho atual.

Um pouco de lisonja nunca fez mal. Ele deslizou o cartão de visita sobre o banco para ela, e ela o pegou com ar de alguém prestes a jogá-lo na lata de lixo mais próxima assim que se afastasse.

— Pode pular as formalidades, Quill. Vamos ao que interessa. O que você está...

Ela parou de repente, com os olhos fixos nos companheiros de Peter. Em meio tick, havia uma arma em sua mão. Uma arma grande do tamanho de um foguete, vinda do nada.

Seus olhos ficaram muito, muito intensos.

— Você vem mantendo uma companhia deveras mortal nos últimos tempos, Senhor das Estrelas.

Ela engatilhou a arma e apontou diretamente para os olhos de Drax.

INTERLÚDIO: 12 ANOS ATRÁS

MERCÚRIO
7789

KO-REL emergiu da caverna, usando o braço para proteger os olhos do sol que lentamente se elevava. Seu traje emitiu um aviso de temperatura, mas ela o ignorou. Estava ficando quente acima do que o escudo de força temporário que haviam erguido aguentava, mas ainda não era perigoso. Por enquanto. Parecia que o perigo real havia passado. Pelo menos por enquanto.

A pequena frota de Naves M que havia aparecido do nada pousou no solo fora da entrada do sistema de cavernas, com seus motores reluzindo e asas se dobrando. Não eram naves da Resistência, mas também não eram Chitauri. O nome que eles haviam usado era Saqueadores. Cada nave exibia um pequeno logo de chama branca em algum lugar, presumivelmente o símbolo do grupo.

Alguns de seus compatriotas já tinham ouvido falar deles antes: um bando de piratas que vinha atacando comboios de abastecimento tanto dos Chitauri quanto da Resistência desde o início da guerra, além de outras atividades. Os oficiais de inteligência (Hal-Zan, Adomox, Suki Yumiko e Tasver) imediatamente se reuniram ao redor da unidade de comunicação de campo portátil de Tasver para ouvir, pesquisar e coletar o máximo de informações possível sobre os recém-chegados.

Eles captaram parte da conversa da batalha pelo comunicador, o suficiente para saber que essas pessoas não estavam ali para matá-los, que eliminaram os infiltrados da base que Ko-Rel e seu povo foram enviados para defender. Mas chegaram *tarde demais* para protegê-la.

O que restava saber era se esses *piratas* exigiriam pagamento por sua assistência ou simplesmente os deixariam ali para morrer enquanto saqueavam a base.

A nave mais próxima, uma azul e laranja com um logotipo de chama branca estampado perto da ponta, zumbiu quando sua câmara de descompressão de popa se abriu. Um humanoide usando um capacete de olhos vermelhos brilhantes saiu de lá, olhou em volta, então caminhou em direção a Ko-Rel com os polegares enganchados nas alças do coldre. Seu andar era casual, seus modos eram calmos e despojados, nada parecidos com os de alguém que acabara de lutar. Ele parou vários metros fora da barreira de energia e ergueu a mão em um aceno.

— Cuidei do seu pequeno problema chamado Chitauri — anunciou ele, encolhendo o ombro casualmente, como se não fosse grande coisa. — No entanto, sua base está meio bagunçada. Lagartos mortos por todos os lugares. Peço desculpas por isso.

Ele apontou para a barreira brilhante e esboçou a forma retangular de uma porta com um dedo.

— Se importa se eu entrar?

Ko-Rel olhou para ele em silêncio. O homem estava sozinho e ela, cercada por suas tropas. Se ele tentasse algo, estaria morto antes que pudesse apertar o gatilho. Ela digitou um comando em sua unidade de pulso. Uma área do escudo do tamanho de uma porta brilhava em azul, e o homem a atravessou, mantendo seus passos lentos e deliberados como se estivesse com medo de assustá-la. Talvez ele devesse mesmo temer. Após a rotação que ela teve, seu dedo se contraía no gatilho.

— Achamos que era tarde demais — disse ele, parando a poucos metros dela. — Quando tudo o que víamos eram lagartos, pensávamos que eles já tinham matado todo mundo. Então vimos aquelas naves Chitauri perseguindo vocês e, nossa, que alívio! Então aqui não virou a Cidade dos Lagartos no fim das contas.

Ele tocou em algo atrás da orelha e o capacete se retraiu, revelando o rosto de um jovem humanoide, talvez um terráqueo, que não devia ter mais do que 20 anos. Cada centímetro dele estava em constante movimento: saltando na ponta dos pés, passando a mão pelo cabelo castanho-claro, mudando o peso de uma perna para a outra. Transbordando energia. Cheio de vida.

Ao redor de Ko-Rel, o que restou de seu esquadrão trabalhava para sobreviver: empacotando equipamentos, mancando com as pernas feridas, segurando membros deslocados protetoramente contra o peito, ajudando camaradas feridos. Agora eram bem poucos. Apenas o suficiente para manter a base, uma vez que eles não tiveram a chance de retomá-la, muito menos recapturar todos os seus postos avançados e erradicar os Chitauri, que ainda estavam no planeta. Eles teriam que enviar uma mensagem para Rider pedindo reforços, fazer um balanço do equipamento que sobreviveu ao ataque...

— Ei, você está aí? — perguntou o rapaz, inclinando a cabeça e dando um passo para mais perto. — Alôoooo?

Ela olhou para ele e estreitou os olhos.

— Quem é você? Quem o mandou? — retrucou ela, completamente incapaz de controlar a raiva e sem sequer se importar com isso.

Quem esse homem, esse *menino*, pensava que era, caminhando até ela como se não tivesse acabado de passar por cima dos cadáveres de seu pessoal? Como se ela não estivesse preparada para morrer com a memória do marido e filho mortos em seu coração? Como se sua ajuda lhe desse direito a sorrisos, gratidão e elogios? Tudo o que ela tinha para dar era exaustão e raiva. Ela não devia coisa alguma a ele.

Depois de tudo o que acontecera... a raiva era mais fácil.

— Uau — disse ele, erguendo as mãos no sinal universal de "não atire". — Estou do seu lado, ok? Os Saqueadores... — Ele gesticulou para a nave atrás de si. — Nós abatemos um comboio de suplementos Chitauri e ouvimos sobre o plano de infiltrar a base aqui. Eu convenci Yondu, aquele cara azul ali, ele é o nosso líder, a vir ajudar e entregar os suprimentos que conseguimos. Eu sou da Terra, sabe, então não gostei muito da ideia daqueles lixos em forma de lagartos batendo à minha porta da frente. Não que eu esteja planejando voltar ou algo assim, mas...

— Chega — concluiu Ko-Rel, interrompendo a tagarelice com um gesto acentuado. Esse terráqueo falava demais. — Havia algum sobrevivente da Resistência no posto avançado? Alguém do nosso lado saiu vivo?

O rapaz chutou o regolito cinza-ardósia e evitou os olhos dela.

— Não. Há apenas Chitauri por lá. Mas nós cuidamos disso para você, certo? — indagou ele, iluminando-se. — Você deveria ter estado lá. Foi uma loucura! Houve um momento que foi totalmente como o pistoleiro Han Solo. Eu estava com minhas armas em punho, sabe, e tinha um Chitauri bem na minha frente, e ele era um *cara grande*, e eu...

Ko-Rel avançou rapidamente e o agarrou pela frente do casaco.

— Olhe... qual é o seu nome, terráqueo?

— Peter Quill? — respondeu ele, soando como uma pergunta.

— Então, Quill — disse ela, sacudindo-o um pouco e apontando para a base — sabe aquelas pessoas lá dentro? Elas *morreram*. Perderam a vida para aqueles assassinos Chitauri. Suas famílias...

Ela parou, sua garganta de repente fechada demais para prosseguir.

Suas famílias nunca mais os veriam. Assim como ela nunca mais veria a própria família. Pensar em seu bebê e no marido, no que ela pensou que seriam seus últimos momentos, havia rompido o selo colocado por ela naquela parte de seu coração, e agora ela não conseguia parar. Seu filho, criado e alimentado com seu próprio corpo. De quem ela cuidou enquanto ele aprendia sobre o mundo, com cada folha sendo uma descoberta maravilhosa. Seu marido brilhante e bobo, o centro do mundo de Zam. É verdade o que dizem sobre a maternidade. Ela muda você.

Ela mudou Ko-Rel mais do que ela compreendia ser possível. E ela amou cada tick. Até que isso a destruiu.

Ko-Rel desviou o olhar de Peter Quill e o deixou ir, olhando para o distante nascer do sol. Ela não tinha tempo para meninos bancando o herói.

— Isso não é um jogo — disse ela finalmente. — Estamos em uma guerra.

Peter também se virou para olhar, ignorando deliberadamente os gritos de seus companheiros tentando chamar sua atenção.

— Acredite em mim. Eu sei.

E havia algo em sua voz... um peso, uma ressonância. Algo que falava de cicatrizes. Havia mais enterrado sob a bravata. Ko-Rel deu a ele uma segunda olhada, estudando-o mais de perto desta vez.

E ela acreditou nele.

Talvez ele fosse mais do que um menino impetuoso, afinal.

O SOL dourado rastejava para cada vez mais perto do solo esburacado em direção à frota dos Saqueadores e ao alvoroço do resgate. O capitão Lar-Ka conversava com Yondu, os dois gesticulando enfaticamente e ficando muito mais próximos do que uma discussão em um canal de comunicação exigia. Ko-Rel observou por um momento antes de decidir que a postura não era ameaçadora, era, na verdade, bastante divertida.

— Comandante.

A voz de Lar-Ka pelo comunicador a tirou de sua análise.

— Pode falar, capitão.

— Eu negociei nosso transporte de volta para a base. Yondu e seus Saqueadores estão nos oferecendo uma carga completa de suprimentos roubados de um comboio Chitauri. Há armas, equipamentos médicos e rações em quantidade suficiente para repor o que perdemos no acidente e um pouco mais.

Ko-Rel sentiu uma esperança cautelosa florescendo em seu peito, mas hesitou.

— E qual pagamento ele pede?

— É só isso, comandante — disse ele, incrédulo. — Ele continua fazendo referência a um tal de Quill, um membro de sua equipe, que o convenceu a apenas... nos dar, de graça. Chamou de sua "boa ação para o milênio". Devemos aceitar?

Parecia uma decisão óbvia, mas Ko-Rel entendeu sua hesitação. Nada nunca vinha fácil, especialmente em um universo em guerra e, principalmente, de piratas. Mas que escolha eles tinham?

— Não estamos em posição de negar, capitão. Por favor, diga a Yondu que aceitamos sua oferta com gratidão. Se ele vier buscar minha cabeça mais tarde, então eu cuidarei disso. — Depois de um tempo, ela acrescentou: — Não repasse essa última parte.

— Eu imaginei — Lar-Ka declarou dando risada.

Ko-Rel respondeu da mesma forma, a risada soando oca e desgastada.

— Apenas me certificando.

A comandante fez o chamado para as tropas começarem a carregar os feridos nas naves M dos Saqueadores, e seu povo entrou em ação sem hesitar. Bom. As rotações em Mercúrio eram longas, mas estavam em um ponto crítico; a temperatura subiria rapidamente, e logo. Se demorassem muito mais eles queimariam até a morte, não importava quão boa fosse sua barreira de energia e o quão profundas fossem as cavernas.

Que incrível e terrível a forma como um mero acaso do tempo determinava a vida e a morte.

— Venha. Vamos ver os suprimentos que você trouxe — expressou Ko-Rel, e caminhou em direção à nave de Peter. — Está prestes a ficar muito quente lá fora.

— Ótimo, eu poderia aproveitar um bronzeado — disse Peter, trotando ao lado dela. —Você não acreditaria como meu traseiro ficou branco e molenga depois desse tempo todo no espaço. Ei, os Krees se bronzeiam ao sol?

— Acho que você não vai querer ficar deitado ao sol aqui — insinuou Ko-Rel com um sorriso irônico. — A menos que sua ideia de bronzeado seja queimar a camada superior da carne.

Peter sugou o ar por entre os dentes.

— Aah, sim, eu passo, obrigado.

Ko-Rel assentiu.

— Escolha inteligente. E obrigada, a propósito. O capitão Lar-Ka falou que foi você quem convenceu Yondu a nos dar os suprimentos gratuitamente.

Peter olhou para ela com um sorriso aliviado.

— Ah, ele deu a vocês, que bom! Eu realmente duvidei por um momento. Yondu é um cara legal, mas nem sempre é o mais... *generoso* do universo. Tenho certeza de que ele vai querer que eu compense a perda de alguma forma. — Ele acenou com a mão vagamente para seu futuro eu. — Eu vou lidar com isso. Você quer falar com Yondu agora, ou posso te dar uma carona de volta para a base?

Ko-Rel olhou para o capitão Lar-Ka e Yondu, ainda imersos em sua discussão, e decidiu que, pela primeira vez, ela deixaria outra pessoa lidar com os detalhes. Havia uma situação maior que precisava ser resolvida. Ela abriu um canal de comunicação para Lar-Ka.

— Desculpe interromper o que tenho certeza que é uma negociação fascinante, mas estou pegando carona de volta para a base com Quill para avaliar os danos. Verei o que posso fazer para me preparar para a chegada dos feridos. Você pode supervisionar a operação de transporte?

— Sim, comandante — respondeu ele, então baixou a voz: — Tem certeza de que confia nesse tal de Quill o suficiente para voar sozinha com ele?

Ko-Rel olhou para Peter, que esfregava uma mancha de algo na parte inferior de uma das asas da nave. Ele olhou para seus dedos por alguns longos ticks, esfregou-os juntos... então os lambeu.

Pois bem.

— Não estou certa sobre *confiar* — confessou ela. — Mas tenho certeza de que vou ficar bem. Eu posso lidar com ele se tudo der errado. Eu dou retorno assim que chegarmos.

Ko-Rel fechou o canal e olhou para Peter.

— Então, vamos entrar na sua nave ou apenas lambê-la?

Peter riu timidamente e esfregou a nuca.

— Desculpe. Eu não gasto muito tempo olhando para ela, e ela está um pouco mais prejudicada do que eu imaginava.

— Você realmente ama essa nave, não é? — perguntou Ko-Rel.

— Ela é minha casa — disse ele com um encolher de ombros. Com isso, ele abaixou a rampa de atracação e acenou para que ela o seguisse. — Bem-vinda a bordo da *Milano*. *Mi casa, su casa*. Só... não olhe muito de perto para nada.

INTERLÚDIO: 12 ANOS ATRÁS

BASE EM MERCÚRIO
7789

KO-REL se maravilhava constantemente com a resiliência dos soldados. Menos de vinte e quatro horas atrás, seu povo fugia dos destroços de sua espaçonave abatida, levando uns aos outros para um último esconderijo de emergência. Cobertos com o sangue alheio, exaustos, mas dando um passo após o outro com rifles em punho e braços em volta de quem precisava de apoio. Esforço incrível e uma drenagem incrível de recursos físicos e mentais.

E agora, no entanto, ali estavam eles: enfileirados nas mesas de um refeitório, sentados lado a lado com um bando de piratas, rindo, brigando, gritando e, num geral, estando... vivos. Ocupando assentos que antes eram ocupados por uma tripulação completamente diferente, todos agora empilhados em três, mantidos na enfermaria até que todos pudessem receber um ritual final e despedida. Claro, o oficial capelão também havia sido morto na infiltração, então um dos membros mais religiosos da equipe de reforço de Ko-Rel se ofereceu para tomar a frente e fazer o seu melhor para honrar os mortos. Aquela tinha sido uma conversa sombria, tentando descobrir o que fazer com os corpos e que nível de respeito eles poderiam oferecer a eles sem colocar todos em perigo com o atraso. No entanto, isso era importante. Honrar fazia parte do processo de cura, e era necessário que todos se sentissem bem ocupando o assento de um falecido, dormindo em seu beliche e comendo no refeitório. Era o dever deles, mas isso não impedia que fosse estranho.

Apesar de tudo, apesar do fato de que eles só estavam vivos por uma série de coincidências e boa sorte, seu povo estava indo... bem. Parte disso era sono, Ko-Rel admitia. Eles dividiram sua tripulação em turnos e um terço dormiu enquanto os outros dois terços trabalharam na limpeza da bagunça e no retorno da base ao status operacional. A própria Ko-Rel ainda não havia dormido, mas planejava fazer isso assim que o jantar tardio terminasse. Por enquanto, ela sentiu que era importante fazer uma refeição com seu pessoal e observar a moral lentamente retornando. Alguns estavam se saindo melhor do que outros. O capitão Lar-Ka se sentou em uma longa mesa com as tropas de combate, mantendo a corte enquanto eles se deleitavam silenciosamente com sua presença. Todos sob seu comando o adoravam, e Ko-Rel se sentia sortuda por tê-lo aqui. A camaradagem que as unidades de combate compartilhavam ajudou bastante a aliviar parte do choque da rotação anterior.

A equipe de apoio também parecia estar bem.

Eles foram bem protegidos pelos soldados, então suas baixas foram mínimas, mas eles também eram os menos experientes em combate. No entanto, eles também mostraram sua resiliência. Uma jovem e ousada mulher Kree de nome Ten-Cor manteve a corte em uma mesa repleta da equipe médica e técnica, sua gargalhada arrancando sorrisos e risadas de todos ao redor. Ela foi uma das engenheiras que ergueu a barreira de energia ao redor da entrada da caverna bem a tempo de parar a primeira rodada de fogo das naves Chitauri, e ela mal piscou diante da ameaça. Ela pode não ser um soldado, mas tinha nervos de aço.

Ko-Rel se preocupava mais com os oficiais de inteligência. A natureza de seu trabalho os deixava naturalmente mais isolados dos outros, às vezes, até entre si. Adomox estava sentada sozinha, cutucando os arranhões cicatrizados em seu rosto. Tasver estava sentado próximo, murmurando para sua unidade de comunicação portátil. Nenhum dos dois olhou para cima, cada um deles perdido em seus próprios pensamentos. Não era um bom sinal. Suki Yumiko e Hal-Zan pelo menos se sentaram próximas, suas cabeças inclinadas lado a lado enquanto conversavam baixinho. Uma vez que seus pratos estavam vazios, elas se levantaram e saíram juntas, ainda imersas na conversa. Provavelmente era hora de elas assumirem a vigilância no centro de comando.

E Ko-Rel? De alguma forma, ela acabou passando grande parte das últimas vinte e quatro horas na presença de um tal de Peter Quill. Ele agiu como uma espécie de ponte não oficial entre Ko-Rel e Yondu, amenizando as tensões quando militares e mercenários entravam em conflito e, de maneira geral, mantendo o clima leve. Ele colocou a mão na massa junto com as forças da Resistência, trabalhando em equipe enquanto carregavam caixas de suprimentos e consertavam os danos causados pelo ataque dos Chitauri e pelo resgate dos Saqueadores. Ele não era exatamente o pirata preguiçoso e descompromissado que ela acreditou ao vê-lo pela primeira vez.

— Ok, então me conte mais sobre seus amigos Saqueadores — Ko-Rel pediu a Peter, forçando-se a absorver um pouco da leveza no ar. — Eles parecem ser um... grupo interessante?

— Oh, você não precisa ser tão legal — disse Peter, gesticulando com sua colher para os Saqueadores reunidos. — Somos um bando de esquisitões e sabemos disso. Bem, a maioria de nós sabe disso. Alguns estão em negação.

Ele parou para dar outra mordida e mastigou, pensativo por um momento, então gesticulou com a colher para uma garota de cabelo preto.

— Esta é Sera. Ela afirma ser algum tipo de anjo ou algo assim. E ela se separou da namorada, ou a namorada foi sequestrada, ou algo assim, então agora ela está conosco. Não sei em quanto da história dela eu realmente acredito, mas tento não me intrometer.

— E aquele cara ali? — perguntou Ko-Rel, apontando com o queixo.

— O cara com o elmo de olhos de inseto? Ele nunca tira essa coisa, eu juro, parece um tipo de louva-a-deus bizarro, uma coisa tipo... — Peter ergueu os braços, com os pulsos e os cotovelos dobrados, ela assumiu que aquilo era como essa coisa de "louva-a-deus".

— Estou te vendo bem aí, tik, fazendo aquela coisa com os braços de novo, Quill — disse o homem inseto.

— Desculpe! — lamentou Peter, deixando os braços caírem e timidamente encolhendo os ombros. — Ele não é um Saqueador de verdade, está apenas pegando carona por um tempinho.

— Eu me referia ao rapaz ao lado dele, de qualquer maneira, o de armadura com uma pilha gigante de sobremesas na frente — corrigiu ela.

— Ah, esse é o Torgo — interveio Peter, voltando a comer. — Na verdade, aquilo não é uma armadura. Esse cara é literalmente feito de metal. E, no entanto, ele é totalmente viciado em doces. Não me pergunte como isso funciona.

Ko-Rel deu outra colherada e mastigou, pensativa, observando o homem inseto arrancar risadas de seus companheiros de mesa. Havia todo um ecossistema no universo sobre o qual ela não tinha conhecimento. Ela tinha apenas 25 anos e passara a maior parte da vida sendo criada por pais militares, frequentando uma academia militar ou servindo como oficial nas forças armadas. A ideia de vagar pelo universo, juntar-se a uma tripulação de piratas, ver os limites desta galáxia e o que vem depois... ela realmente não conseguia imaginar.

Porém, ela podia ver como aquilo combinava perfeitamente com Peter.

— Estou curiosa — declarou ela, olhando para Peter com a cabeça apoiada em uma das mãos. — Diga-me como um terráqueo acabou com os Saqueadores. Não há muitos de sua espécie por aqui.

— Ah, isso... — disse Peter, desviando o olhar. — Gostaria de poder dizer que é uma história engraçada, mas...

Um BUM ecoante o interrompeu no meio da frase e as luzes piscaram. Ko-Rel ficou de pé em um instante.

— Relatório — ela vociferou pelo canal de comunicação aberto, enquanto saía correndo do refeitório, com Peter logo atrás.

— Naves Chitauri estão fazendo ataques rasantes nas naves dos Saqueadores que estão do lado de fora do hangar — respondeu Yumiko do centro de comando. — Uma das naves menores foi atingida por fogo concentrado, mas até agora os escudos das outras estão aguentando.

— Nãããoo, qual a cor da nave? — Peter lamentou de algum lugar bem atrás dela. Ko-Rel franziu os lábios.

— Oficial de armas para o centro de comando. Esta base tinha uma pequena quantidade de armamento defensivo, então vamos disponibilizá-los o mais rápido possível. Capitão Lar-Ka?

Lar-Ka apareceu pelo comunicador, firme e controlado como sempre.

— Heavies, dirijam-se ao hangar. Todas as outras equipes, posicionem-se nos pontos de acesso. Equipe um, na entrada do hangar. Equipe dois, na entrada leste, equipe três, ao sul, e equipe quatro, na entrada oeste. Agentes de inteligência e todas as outras tropas no hangar. Vamos!

— Eu... — começou Peter, e Ko-Rel se virou para encontrá-lo parado no meio do corredor, hesitante.

— Vá para a sua nave — insistiu ela. — Atire em alguns daqueles bastardos.

— Certo — disse Peter, então ele recuou alguns passos, acenando em agradecimento antes de se virar para correr na outra direção.

Adomox e Hal-Zan também passaram correndo, reportando-se ao cais de desembarque conforme ordenado. Ko-Rel ansiava por se juntar a eles, pegar um rifle de mão e tirar um pouco de sangue, mas dessa vez isso não cabia a ela. Ela precisava ser a comandante, estar no centro de tudo isso, guiando a batalha enquanto seu povo arriscava a vida. Isso significava estar onde ela pudesse ver toda a batalha se desenrolar.

Ela irrompeu no centro de comando, onde a policial Yumiko estava sentada sozinha em sua estação. Ela olhava uma imagem de câmera após outra, arrastando as imagens projetadas pelo ar à sua frente até que estivessem dispostas em uma grade, todo o exterior da base visível. Ela selecionou uma imagem e a ampliou com um gesto o que parecia ser um trecho vazio da parede externa.

— Ah, *não* — disse ela.

— O que há de errado? — perguntou Ko-Rel.

Então ela viu. Um painel pendurado meio aberto, revelando um eixo de manutenção. Para onde isso levava? Ela ainda não conhecia a base bem o suficiente, embora fosse semelhante a todas as outras bases pré-fabricadas construídas às pressas em que ela já estivera. Se fosse perto do lado oeste, então aquele eixo de manutenção provavelmente levaria a...

Uma porta se abriu e uma explosão de energia passou zunindo pela orelha de Ko-Rel, atingindo uma das telas brilhantes. Ela se virou e agarrou sua arma, desejando desesperadamente que fosse um rifle de pulso.

— Abaixe-se! — ela gritou para Yumiko. Então se jogou atrás de uma pilha de entulho coletado e limpo após o último ataque e se inclinou para atirar, acertando em cheio o líder Chitauri bem entre os olhos. Ela imediatamente apontou a arma para derrubar outro... apenas para encontrá-lo lutando com Yumiko.

Yumiko se abaixou e conseguiu colocar a pistola sob as costelas do Chitauri. Um clarão, um rugido de dor, e Yumiko foi jogada para trás em uma pilha de escombros. Ela gritou e não se levantou.

Ko-Rel fez seu tiro. Assim que Yumiko estava livre, ela acertou o invasor Chitauri com mais dois disparos no ombro e na garganta, apenas para ter certeza de que ele cairia. Ela se lançou para a próxima estação de controle, movendo-se com firmeza em direção à forma imóvel de Yumiko, nunca tirando a mira ou a arma da entrada de manutenção. Mas nada veio.

Ainda nas imagens da câmera, Ko-Rel viu uma nave Chitauri pousando do lado de fora da escotilha aberta. Uma nave grande o suficiente para conter um esquadrão inteiro.

— Saqueadores, o lado oeste da base! — ela gritou pelo comunicador aberto, esperando que os Saqueadores estivessem ouvindo no mesmo canal. — Lar-Ka, precisamos de reforços para o centro de comando!

— Não temos ninguém para enviar do hangar — respondeu Lar-Ka, gritando acima do som de tiros e uma explosão distante. — Quem estiver disponível, vá!

— O esquadrão dois está encurralado — gritou um dos tenentes.

— Esquadrão três, mesma situação — disse outro. E outro. E outro.

Nenhuma ajuda estava vindo.

— Deixe comigo, Ko-Rel — afirmou Peter pelo comunicador. — Estou indo até aí agora. Kraglin, você vem?

— Claro que sim, irmão, vamos torrar alguns lagartos — replicou um dos Saqueadores. — Eles atiraram na minha nave!

Ko-Rel correu o restante do caminho até onde estava Yumiko e se ajoelhou ao lado dela, com a arma preparada. Na bochecha da mulher havia uma enorme ferida aberta na lateral, profunda e sangrando muito. Havia um kit médico de emergência do outro lado da sala com curativos, mas poderia haver Chitauri atrás dela a qualquer momento.

Ko-Rel parou ao lado de Yumiko e ouviu o som da respiração dela trabalhando em seu corpo, encontrando calma, mantendo seus ouvidos atentos à menor indicação de que novas ameaças se aproximavam. Ao longe, o bater rítmico das armas de energia no metal e no chão reverberava pelas paredes. No entanto, não estava próximo.

Depois de um momento, o barulho desapareceu.

— Sitrep? — gritou Ko-Rel.

Depois de um silêncio desconfortavelmente longo, a voz do capitão Lar-Ka veio pelo comunicador:

— As forças inimigas estão recuando — disse ele, parecendo sem fôlego.

— Eu não acho que eles pretendiam retomar a base. Este foi um ataque rápido para nos enfraquecer enquanto ainda estávamos nos recuperando e para tentar afugentar nossos reforços.

— E funcionou — assentiu Yondu, interrompendo a conversa. — Sem ofensas, pessoal, mas essa luta não é nossa. Saqueadores, façam as malas. Estamos indo embora.

— O quê? Não! — protestou Peter.

— Não me responda, garoto — advertiu Yondu. — Perdemos naves hoje, e isso nunca fez parte do plano aqui. Pouse, reabasteça e esteja pronto para partir em uma hora.

O coração de Ko-Rel ficou gelado, seus olhos fixos no sangue que pingava de Yumiko, manchando o ombro de seu próprio uniforme.

— Udonta, por favor, vamos nos encontrar e conversar sobre isso. Tenho certeza...

— Tenho certeza de que não há nada que você possa dizer para me fazer mudar de ideia, mas se quiser falar comigo enquanto carrego minha nave, faça isso — respondeu Yondu.

Ko-Rel não imploraria por um canal de comunicação aberto e desmoralizaria ainda mais seu pessoal. Todas as portas pareciam estar se fechando para ela, mas ela se forçou a fechar os olhos e respirar. Estava muito ciente de Suki Yumiko sentada ao seu lado, um respingo de sangue Chitauri em sua testa e seu próprio sangue humano vermelho escorrendo pelo lado de seu rosto. Ko-Rel precisava se controlar até que estivesse sozinha, até que Suki recebesse atendimento. Ela se inclinou, passou o braço em volta da cintura da mulher e a puxou para cima, deixando a bochecha ilesa da mulher pender sobre seu ombro.

— Estou acompanhando a oficial Yumiko até a enfermaria — disse Ko-Rel pelo comunicador. — Encontre-me lá com um relatório de baixas, capitão.

— Hal-Zan — Suki murmurou no pescoço de Ko-Rel. Certo, essa era uma boa ideia.

— E faça com que a oficial Hal-Zan nos encontre lá, por favor — acrescentou ela.

O trajeto para a enfermaria foi uma jornada longa e desajeitada até que Ko-Rel desistiu e pegou Suki nos braços, carregando-a pelo restante do caminho. Às vezes, ela se esquecia de que os terráqueos não tinham a força dos Kree. O caos as recebeu na porta da enfermaria, a equipe médica correndo de leito em leito, trabalhando na triagem dos feridos mais graves. Ko-Rel abriu caminho no meio da multidão, fazendo o possível para não bater em ninguém com o rosto ferido de Yumiko.

Finalmente, uma enfermeira sinalizou para Ko-Rel que descesse e a instruiu a sentar Yumiko em uma cadeira encostada em uma parede, distante da ação mais séria. Seu ferimento, embora doloroso e de aparência cruel, não era de forma alguma ameaçador à vida ou aos membros. Ao contrário das pessoas ao seu redor. Muitas pessoas.

— Onde Hal-Zan está? — murmurou Yumiko, com os olhos semicerrados enquanto uma enfermeira administrava um analgésico e um curativo em seu rosto.

— Vou descobrir — disse Ko-Rel, examinando a enfermaria em busca do capitão Lar-Ka.

Ela o viu se esquivar de um enfermeiro, que acenava irritado enquanto tentava fazer o capitão se sentar e se submeter ao tratamento. Lar-Ka escapou, agachando-se sob os braços do homem e caminhando em direção a Ko-Rel. Ela o encontrou no meio do caminho e eles se apoiaram em uma parede fora do caminho do trabalho essencial de manter as pessoas vivas.

— O quão ruim foi? — perguntou Ko-Rel.

Lar-Ka estremeceu.

— Muito ruim. Não tanto quanto poderia ter sido, já que eles estavam evidentemente mirando as naves dos Saqueadores, mas tivemos três KIA, dois feridos graves. Nossos números estão caindo.

Ko-Rel rapidamente fez as contas e seu coração afundou. Se perdessem os Saqueadores, eles estariam diante de uma força que mal seria capaz de equipar a base, que dirá executar qualquer operação contra os Chitauri.

Então a voz de Yumiko se elevou acima do barulho geral da enfermaria, em meio ao pânico.

— Onde ela está?

— Afaste-se, oficial — alertou o enfermeiro em tom calmo, mas firme, com as mãos estendidas para impedir Yumiko de ir mais longe.

Lar-Ka encontrou o olhar de Ko-Rel e balançou a cabeça.

— Sou eu quem precisa lidar com isso. Descanse um pouco, comandante. Não pense que eu não sei que você ainda não dormiu.

Ko-Rel ergueu as mãos para admitir a derrota e deu uma última olhada para Suki Yumiko quando Lar-Ka se aproximou dela. Yumiko se agarrou a ele imediatamente.

— Onde ela está? — insistiu ela, sua voz subindo e soando irregular ao fim das palavras.

A voz de Lar-Ka era suave, mas seu murmúrio chegou longe.

— Sinto muito, Suki...

— Não — ela o interrompeu. — Ela não é um soldado, alguém deveria estar com ela. Quem a estava protegendo? *Onde ela está?*

Um murmúrio baixo em resposta, então o lamento de Yumiko preencheu o centro de comando.

Ko-Rel fechou os olhos com firmeza contra a onda de dor que vinha dela. Ela conhecia aquele choro. Ela mesma cruzou esse limite, misturando loucura e desgosto e encarando o longo vazio do depois. Ela se perguntou quem era a oficial Hal-Zan para Yumiko. Uma irmã? Amante? Amiga? Esposa?

O cérebro de Ko-Rel se afastou dos pensamentos de cônjuges e filhos. Agora não.

Lar-Ka e o enfermeiro lutaram para gentilmente conter Suki enquanto ela se debatia contra eles.

— Eu odeio tudo isso! Odeio este lugar! Odeio Richard Rider, odeio os Chitauri e odeio *todos vocês*. Você deveria ter morrido, *e não ela!* Ela não! Vocês não merecem viver!

Era como uma faca cravada no esterno de Ko-Rel, uma forte pressão ameaçando cessar sua respiração. As palavras foram alimentadas pelo mais sombrio desespero, e essa era uma situação com a qual Ko-Rel estava muito familiarizada. Ela já esteve nessa situação, viveu, se afundou nisso. Sem o propósito na Resistência para arrancá-la disso, ela poderia ter ficado lá.

Isso significava que ela era a pessoa adequada para falar com Suki no momento. Mas simplesmente não tinha condições de fazer isso. Ela precisava de um minuto. Apenas um momento de silêncio antes da próxima tarefa miserável. Então saiu da enfermaria e foi procurar algum lugar, qualquer lugar...

Havia um armário de suprimentos. Um pouco estereotipado, mas serviria.

Ko-Rel fechou a porta atrás de si e se encostou ali, então soltou os grandes soluços que estava segurando. Em cinco minutos, ela iria encontrar Yondu e tentar convencê-lo a deixar os Saqueadores ficarem. Implorar, se fosse preciso.

Mas, primeiro, a dor de mais perdas, de erros de comando e dos únicos reforços que eles tinham, abandonando-os enquanto Richard Rider permanecia em silêncio sobre o assunto.

Cinco minutos.

Então ela seria a comandante Ko-Rel novamente.

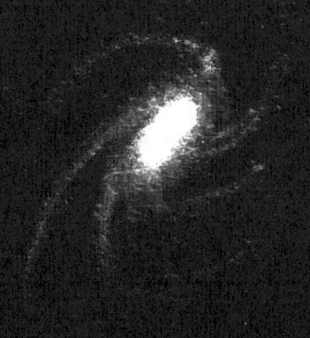

LUGAR NENHUM
7801

DRAX ergueu suas lâminas, os músculos do braço assustadoramente grandes flexionando sob tatuagens vermelho-alaranjadas, completamente inabalado pelo tamanho da arma atualmente apontada para a sua cabeça. Gamora franziu a testa, alcançando o cabo da espada, mas sem mostrar a lâmina. A situação estava quase a alguns ticks de ficar fora de controle, então Peter fez a única coisa na qual conseguiu pensar.

Ele se jogou entre Drax e Ten-Cor, os braços para cima em sinal de rendição... e imediatamente se perguntou no que diabos ele estava pensando. Que plano terrível.

— Opa, tudo bem, vamos esperar um tick — disse ele, tentando ganhar tempo para pensar. — Então, Ten-Cor, você claramente conhece Drax...

— O Destruidor? Sim. Estou familiarizada. O pai da minha esposa também. Ele estava a bordo de uma das muitas naves cheias de pessoas assassinadas porque esse homem acreditou que estavam escondendo Thanos. — Para a surpresa de Peter, Drax deu um passo para trás e embainhou suas lâminas. Ele inclinou a cabeça para Ten-Cor em reconhecimento.

— Peço desculpas. Eu não estava em meu juízo perfeito.

Ten-Cor se engasgou em descrença, o cano da arma abaixando ligeiramente.

— O quê? Como assim?

Drax assentiu.

— Sim.

Peter olhou para os dois. A expressão de Drax era prática, calma. Ten-Cor abriu a boca, ocasionalmente começando a dizer alguma coisa, então parou. Sua pele de um azul médio escureceu nas bochechas, e o volume de suas palavras semiformadas aumentava a cada palavra dita. Uma explosão era iminente. Hora da intervir. Rápido.

— Não, ok, eu entendo que Drax tenha matado muitas pessoas. E isso foi... horrível. Mas ele também matou Thanos.

— Supostamente — interveio Drax.

— Agora não é hora de procurar pelo em ovo, amigo — protestou Peter baixinho com um olhar cheio de significado.

— E por que eu procuraria pelos em um ovo? — Drax disse em seu tom de voz normal, olhando interrogativamente para Peter. — Sequer tem ovo por aqui. Eu mesmo não tenho pelos, mesmo no meu...

— Sim, ok, isso é bem mais do que o suficiente — afirmou Peter com uma careta, igualmente reproduzida por todos perto o suficiente para ouvir. — Olha, Drax, Gamora, talvez eu deva lidar com isso sozinho, ok? Apenas... procurem alguém que queira negociar conosco por comida e combustível e eu encontro vocês quando terminar.

Ten-Cor, que havia deixado o cano da arma ainda mais baixo durante a conversa, voltou a erguê-lo.

— Oh, não. Acho que não. Minha esposa nunca me perdoaria se eu o deixasse escapar.

— E eu entendo, mas você não perderia sua loja quando Cosmo viesse latir por aqui para investigar um assassinato? — Peter disse em seu tom mais calmo e lógico. — Vamos guardar as armas.

— Ah, vamos lá, você me conhece. Eu não estaria andando com Drax se ele ainda fosse... você sabe...

— Um assassino em série?

— Sim. Exato — Peter respirou fundo para se recompor. — Um assassino em série que se entregou *para* Kyln, de todos os lugares, para impedir a si mesmo. Então isso significa, sabe. Alguma coisa.

A luz refletiu na arma de forma ameaçadora.

— Significa muito, na verdade. É transformador, você sabe. Realmente... de certa forma...

Ten-Cor suspirou e abaixou a arma.

— Eles se foram, Quill. Você já pode parar de implorar.

Peter olhou por cima do ombro e viu as formas em retirada de Gamora e Drax sendo engolidas pela multidão, Gamora agarrando o antebraço de Drax, suas cabeças inclinadas juntas enquanto brigavam. Bem, isso não foi bom. Ele teria sorte se os dois aparecessem vivos e ilesos na nave mais tarde.

— Não estava *implorando* — esclareceu Peter. — Foi... uma proteção viril dos membros da minha equipe.

Outra mulher Kree enfiou a cabeça para fora da porta da loja, os olhos fixos na arma na mão de Ten-Cor. Sua pele azul era um tom mais escuro do que a da velha amiga de Peter e, embora ela usasse um vestido leve e esvoaçante, o corpo por baixo e os braços expostos diziam que ela era militar, e definitivamente não era engenheira. Ótimo. A nova esposa de Ten-Cor poderia espancar Peter, e ele trouxe o assassino de seu pai direto para sua porta. A manhã não parecia promissora.

— Está tudo bem? — perguntou a mulher, olhando para Peter.

— Nada que eu não possa resolver — declarou Ten-Cor, colocando a arma de lado.

Ela inclinou a cabeça para trás para receber um beijo na testa e um aperto no ombro, então a outra mulher desapareceu de volta dentro da loja.

— Então... você disse esposa? — Peter enfiou as mãos nos bolsos. — Você está casada agora, hein? Que chato, eu sempre achei que meio que tínhamos algo.

Ten-Cor revirou os olhos.

— Supere, filhote nascido na Terra. Eu não posso acreditar que Ko-Rel já se rebaixou para estar com você.

Peter abriu a boca para protestar, então a fechou com um aceno de cabeça e um encolher de ombros. Não, era justo. Ko-Rel era boa *demais* para ele, especialmente naquela época, quando ele mal tinha chegado aos 20 anos e não sabia scut sobre scut. Ele era uma pessoa diferente nos dias de hoje. Não necessariamente mais sábio, mas pelo menos um pouco menos ingênuo. E mantendo companhias muito diferentes. Naquela época, ele era um Saqueador, um pirata, mesmo quando fazia uma pausa para bancar o herói de guerra. Embaraçosamente, ele tinha sido essa pessoa até recentemente.

Agora, ele fazia parte de uma equipe muito diferente. Os Guardiões da Galáxia deveriam ser "heróis" de aluguel, um grupo que fazia coisas *heroicas* para obter lucro. Talvez eles não estivessem no mais *alto* nível moral, mas pelo menos estavam um passo além de roubar os dois lados de uma guerra muito sangrenta e tinham padrões sobre o tipo de trabalho que aceitavam. Pode ter havido uma grande contagem de corpos no passado para cada um deles, mas todos se juntaram à equipe pela promessa de um tipo diferente de futuro, e Peter pretendia entregar isso a eles.

Se ele pudesse impedir que todos se matassem, pelo menos.

— Isso foi há muito tempo — murmurou Peter.

Ten-Cor suspirou e passou a mão pelo cabelo, balançando a cabeça.

— Não há tempo suficiente — disse ela. — O que você *quer*, Quill? Quer comprar alguma coisa ou o quê?

Como ele diria sem soar suspeito? Peter pensou por um momento... então decidiu que a honestidade seria o suficiente.

— Na verdade, preciso voltar ao nosso antigo reduto — ponderou ele. — Consegui um trabalho para retirar um visitante indesejado do que restou da base de Mercúrio, e a superfície do planeta vai estar mais quente que as bolas de Satanás.

— E você precisa de um transmissor de código para abrir as portas do compartimento de desembarque para não fritar.

— Hum, sim. Sim. É bem isso.

— Eu *deveria* deixar você fritar — expressou ela. — Mas, pelo preço certo, deixarei que outra pessoa tenha esse privilégio no futuro.

Peter zombou em protesto.

— Ah, vamos lá, sério, você realmente guarda tanto rancor?

— Você quase me fez ser presa, Quill — protestou Ten-Cor.

— Por acidente!

— Você me embebedou.

— Eu *me* embebedei. Não é minha culpa que você começou a tomar minhas bebidas.

— Você nunca se perguntou onde aquilo tudo ia dar?

— Se eu vejo um copo vazio, eu o encho.

— E a briga de bar?

Peter hesitou.

— Sim, ok, isso foi minha culpa. Mas, para ser justo, não sabia que eles eram casados e eu...

— Ok, ok, chega — disse Ten-Cor, descartando as justificativas de Peter. — Foi há dois anos e eu aprendi minha lição.

— E qual foi a lição?

Ela olhou para ele.

— Nunca beber com um homem que se autodenomina Senhor das Estrelas de forma não irônica.

Ela se deixou cair em uma cadeira com rodinhas e deslizou até uma caixa cheia de pequenas gavetas. Ela abriu três delas antes de encontrar o que precisava: um transmissor que cabia na palma da mão, um pouco gasto e arranhado, mas com um display em funcionamento. Ten-Cor demorou a inspecioná-lo, virando-o nas mãos, retirando o revestimento e mexendo nos componentes. Depois de alguns momentos de silêncio, ela o montou novamente e o entregou a Peter.

— Deve transmitir o código de forma confiável, mas você pode exibi-lo manualmente na tela aqui caso não esteja sendo transmitido corretamente e você precise de uma solução alternativa com a comunicação da sua nave.

Peter pegou o dispositivo com uma espécie de reverência silenciosa. A última vez que ele fez uma entrada em Mercúrio não houve nenhuma batida educada à porta. Os Saqueadores haviam invadido, com armas em punho, como se estivessem atacando outro comboio de suprimentos em vez de salvar um esquadrão condenado da morte certa.

Se ao menos as mortes tivessem parado por aí.

— Obrigado, Ten-Cor — agradeceu Peter, colocando o dispositivo no bolso. — Eu te devo uma.

Ela se recostou na cadeira novamente, olhando para o nada por um longo momento.

— Você é mais corajoso do que eu. Eu não seria capaz de voltar lá — manifestou ela calmamente, então pareceu voltar à realidade. — Mas você não me deve nada, porque está me pagando. Dez mil unidades.

— Dez... — Peter parou ao ver a expressão no rosto dela. Ele inclinou a cabeça para trás com um suspiro, fez uma pausa... então se animou.

— Sim, ok. Justo. Tem de pagar para receber e tudo isso. Eu farei isso acontecer. Mandarei o pagamento em moeda forte em breve.

— Não faça com que eu me arrependa, Quill — disse Ten-Cor com um olhar cauteloso.

Peter deu um sorriso inocente.

— Por que você se arrependeria? — perguntou ele.

PETER abriu um canal de comunicação com o restante da equipe assim que saiu do mercado enquanto corria de volta para a *Milano* com o transmissor em mãos.

— Certo, pessoal, temos de voltar para a nave e decolar. Tipo, em breve. Muito em breve. O mais breve possível.

— Eu e Groot ainda não terminamos, Quill. Você não pode apressar um gênio criativo — falou Rocket pelo comunicador.

— Eu sou Groot — acrescentou Groot.

— Gênio é *exatamente* a palavra certa — protestou Rocket. — Há muitos pormenores a serem trabalhados aqui!

Peter gemeu, olhando para trás por cima do ombro, para ter certeza de que não estava sendo seguido.

— Só... informe ao seu amigo designer o seu desejo de que pareçamos uma equipe incrível de heróis à disposição para contratação que valem totalmente o dinheiro e acabe com isso!

— Não há respeito pelo processo criativo — resmungou Rocket.

— O que você fez, Peter? — interrogou Gamora pelo comunicador.

Ele decidiu que era de seu maior interesse não responder a isso; em vez disso, foi direto para onde a nave estava pousada. No entanto, ele conseguiu evitar seu destino apenas por esse determinado tempo. Gamora apareceu por cima de seu ombro esquerdo enquanto ele praticamente fugia, correndo para acompanhá-lo.

— Peter. O. Que. Você. Fez?

Droga. Como ela o encontrou tão rápido? Pelo menos Gamora estava sozinha. Ele não conseguiu lidar com a desaprovação desapontada combinada dela e de Drax simultaneamente.

— Consegui o transmissor e os códigos de que precisávamos — disse ele quando a *Milano* apareceu.

Um robô de carga transportava cinco caixas de pasta de proteína, voltando do mercado. Pelo que parecia, eles acabaram de terminar.

— Ah, Peter, *você não fez isso* — protestou Gamora, com a mão sobre o rosto. — Rocket, Groot, Drax, em quanto tempo vocês chegam?

Drax dobrou a esquina carregando uma caixa muito grande com a etiqueta *Bifes*.

— Esta é uma partida muito mais antecipada do que o planejado — manifestou ele. — Suspeito de que você tenha feito mais uma vez fez algo desonroso que nos impedirá de retornar.

— Você realmente só pensa em si mesmo, não é, Senhor-Scut? — questionou Rocket pelo comunicador. — Você nem parou para pensar que, talvez, os outros membros da equipe queiram ficar um pouco mais. Talvez queiram comprar comida, obter algumas peças de reposição ou, você sabe, trabalhar para conseguir os uniformes sofisticados que você queria fazer. Mas nãooo. Você sempre tem de...

— Ei, olha, eu estou fazendo o que precisa ser feito pelo *time* — rebateu Peter. — Isso não é sobre mim.

O comunicador de Peter bipou com urgência. Ele o silenciou, mas o som começou de novo. E de novo. E de novo.

Era Ten-Cor.

— A gente deveria ir — disse Peter. — *Agora*.

ÓRBITA AO REDOR DE MERCÚRIO
7801

ESTAR de volta ao sistema solar era... estranho.

Peter não tinha nenhum desejo de voltar à Terra, não mesmo. Sua mãe estava morta e não havia mais ninguém lá que ele quisesse visitar. Talvez fosse bom ver como era a música atualmente, quais os novos álbuns lançados pelo Senhor das Estrelas...

Exceto que a banda provavelmente havia se separado. Fazia o quê? Vinte anos desde a última vez que ele esteve na Terra? E mais alguns anos desde que sua mãe lhe deu dinheiro para comprar sua primeira fita cassete do *Star-Lord*? Os membros da banda provavelmente estavam chegando aos 50, bebendo demais, fazendo shows solo terríveis ou voltando para a inevitável turnê de reunião a que todos iriam e odiariam. Ou, eles poderiam ter levado uma vida chata totalmente normal com cônjuges e filhos e memórias afetuosas e nebulosas de seus dias de rock dos anos oitenta.

Não, deixar a Terra para trás tinha sido definitivamente melhor. Mas ele ainda sentia sua presença pairando no espaço muitos milhões de quilômetros atrás dele e, ao mesmo tempo, lhe dando uma olhada por cima de seu ombro.

A *Milano* se aproximou de Mercúrio, de seu lado escuro, pairando em sua sombra. Peter não esperava sentir muita coisa ao ver o planeta cinza empoeirado. No entanto, ele sentiu. Muito. Algum tipo de mistura emaranhada de orgulho, pavor e... quase nostalgia? Tinha sido um momento estranho em sua vida. Ele tinha feito muito do que se orgulhar lá embaixo. Ele também tinha visto algum scut ruim que não tinha nenhum desejo particular de reviver. Suas mãos escorregaram nos controles e ele enxugou as palmas suadas nas pernas da calça.

— O que estamos esperando? — Rocket quis saber. — Vamos acabar logo com isso.

Peter saiu de seu torpor e forçou um meio sorriso para Rocket.

— A base está no lado diurno de Mercúrio agora. Está quente. Tipo, quente *pra valer*. Você quer ser servido como churrasco para Drax?

— Ei! — protestou Rocket.

— Então, estamos esperando a rotação para chegar ao lado noturno? — perguntou Gamora.

Peter balançou a cabeça.

— Não, a rotação de Mercúrio é dolorosamente lenta. São como... cinquenta e oito rotações padrão. Não temos escolha a não ser pousar durante o dia, mas o calor vai causar estragos nos sensores. Uma vez que começamos, estamos *comprometidos*. Então, você sabe, só temos de estar prontos.

Drax cruzou os braços.

— Então não estamos esperando nada e você está desperdiçando nosso tempo.

Peter fez uma careta.

— Nossa, tudo bem, não sabia que estávamos com tanta pressa. Vou levar a gente para baixo.

Peter se abaixou para vasculhar a mochila ao lado de seu assento, depois entregou a Rocket o transmissor de Ten-Cor. — Quando estivermos dentro do alcance, aperte aquele botão ao lado...

— Eu sei como um transmissor de código funciona, Quill — disse Rocket de mau humor, e Peter ergueu as mãos na defensiva. Ele sentia que ultimamente estava fazendo isso com frequência.

— Tudo bem, estamos indo. Caramba.

Peter pôs as mãos em volta dos controles e olhou para a superfície cinzenta e esburacada de Mercúrio. Não adiantava adiar. Peter colocou uma música (Star-Lord, é claro) e apertou os controles novamente.

— *Mama she said, son, you'll always be on the run* — Peter cantou baixinho, terminando o verso com um zumbido enquanto acelerava, observando-os.

Peter semicerrou os olhos contra a luz intensa do sol à medida que saíam da sombra do planeta para iniciar sua aproximação. A visão da *Milano* se ajustou, mas não rápido o suficiente para evitar que Peter levasse um golpe de raios de sol demasiado brilhantes, com uma potência de 400 septilhões de watts, diretamente nos olhos, antes de conseguir se adaptar. A *Milano* os protegia do calor que rapidamente aumentava, mas era muito fácil se lembrar das primeiras horas em Mercúrio, quando o planeta lentamente se movia para a luz.

— *Tonight we ride straight into the fire* — murmurou ele, então entrou de cabeça na esfarrapada atmosfera que Mercúrio conseguia manter.

No início, tudo estava bem. Uma aproximação de pouso simples. Nada com que se preocupar.

Então, os sensores começaram a enlouquecer.

Então, começaram os disparos.

— Que flark está acontecendo? — gritou Rocket, suas ágeis mãozinhas dançando sobre os controles enquanto ele lutava contra os sensores traiçoeiros. — Você não tinha mencionado nada sobre armas antiaéreas, Quill. De onde está vindo? Não consigo travar um alvo.

— Da base, *obviamente* — gritou Gamora por cima de um chiado muito preocupante vindo do pacote de sensores a bombordo.

Peter estremeceu e se abaixou automaticamente quando uma barragem de fogo chegou muito perto de cair bem no meio da janela frontal.

— Eu não pensei nisso, ok? — disse ele. — As armas nunca foram usadas contra mim enquanto estive aqui. Eu era um dos mocinhos! E acho que foram usadas, sei lá, uma vez que eu tenha visto. Talvez doze anos atrás. Me dá um tempo!

A mancha distante que era a base ficou maior conforme eles se aproximavam, marcada pelo fluxo de raios de energia riscando o céu em direção a eles.

— Devemos estar perto o suficiente para que o transmissor funcione — ponderou Peter, reajustando o aperto nos controles. — Faça!

— Estou fazendo — assentiu Rocket, apertando o botão repetidamente.

A base, muito mais perto agora, perto o suficiente para que fosse possível enxergar a instalação do compartimento de pouso dobrada ao lado... permaneceu teimosamente fechada.

Peter começou a suar, e uma pequena suspeita insinuante o incomodou bem no fundo de sua mente.

— Tem certeza de que está fazendo certo?

Rocket soltou um desdenhoso —*Tch!*

— Se tenho certeza de que estou pressionando um botão corretamente? Sim, com certeza, Senhor das Partes Baixas. Quer ser você a apertar?

Por mais que Peter quisesse retrucar o "Senhor das Partes Baixas", a base realmente estava ficando bem próxima, e os escudos de força estavam levando uma surra infernal.

— Apenas exiba o código para que possamos enviá-lo manualmente!

— Eu fiz isso, mas. Flark!

O transmissor saiu voando de sua pata quando Peter fez uma manobra particularmente apertada (e incrível). Gamora, rápida como a assassina mortal que era, saltou de seu assento e o pegou no ar. Porém, assim que ela prendeu novamente os cintos, emitiu um som cético.

— Esse código não pode estar certo, Peter, é...

— Eu, agh! — A *Milano* mergulhou drasticamente, jogando todos para o lado. — Gamora, apenas leia o código para Rocket!

— Não, sério, Peter, acho que não vai funcionar.

— Apenas me dê aqui — disse Peter, estendendo a mão para trás.

Assim que sentiu o transmissor ser colocado na palma de sua mão, ele transferiu o controle do *Milano* para o console do Rocket e olhou para Gamora.

— Ok, envie este código: F - D - S - P - E - T - E... ah.

Um momento de silêncio.

— O código é FDS Peter Quill. Tenho certeza de que não vai funcionar.

Gamora revirou os olhos.

— Eu sou Groot — disse Groot de trás do assento de Rocket.

— Sim, sem brincadeira — falou Rocket. — Você não sabia que esses códigos podem ser alterados remotamente? Você obviamente fez algo para irritar aquela engenheira.

— Sim, Peter, o que poderia ser? — perguntou Gamora em um tom ácido de sarcasmo.

— Foi obviamente o fato de Peter Quill ter pagado em pasta de proteína — declarou Drax. — Eu sei que você é uma besta moralmente corrupta e sem alma, Filha de Thanos, mas não pensei que também fosse estúpida.

— Já estou farta do seu julgamento, Drax, o canalha — retrucou Gamora.

Peter soltou uma risada repentina, então se encolheu em seu assento. Mas já era tarde demais.

— O que é um canalha? — perguntou Drax.

— É um termo da Terra para aqueles que não têm honra — rosnou Gamora. — Aprendi com Peter.

— Você me chamou de canalha? — Drax quis saber.

Peter jurou ter distinguido uma nota de mágoa em sua voz.

— Eu não chamei você especificamente de canalha, falei que todos nós fomos um bando de canalhas durante a missão em Contraxia, e isso não é relevante agora!

— Eu sou Groot — disse Groot.

— Groot diz que você não deveria recorrer a Peter para expandir seu vocabulário, mas eu discordo! A música *"I'm a little teapot"* veio a calhar, não foi? — manifestou Rocket com uma risada abafada.

— Podemos nos concentrar no problema em questão, por favor? — gritou Gamora, a voz sobrepujando a de todos eles.

Peter suspirou internamente com a alegria iminente de Rocket.

— Bem, só há realmente uma maneira de entrar se o transmissor não estiver funcionando.

Rocket se remexeu no assento.

— Oh, o meu jeito favorito. Devíamos ter feito isso desde o início.

Sim, aí estava. Peter suspirou audivelmente desta vez.

— Bem, eu estava esperando um elemento surpresa, você sabe, mas isso claramente foi pelo ralo e deve estar boiando em Hala agora. Acho que não havia chance de fazer tudo furtivamente, de qualquer maneira, considerando que já estamos sendo alvejados. Segurem-se todos!

A base rapidamente cresceu pela vista frontal enquanto eles agilmente seguiam em direção a ela, dançando entre os raios de fogo supressivos que vinham em sua direção. Rocket, sempre especialista em abrir buracos bem grandes em coisas que não deveriam tê-los, mirou nas portas do compartimento de desembarque.

— Toc-toc — disse e puxou o gatilho.

Um enorme míssil disparou de baixo do nariz da *Milano*, traçando uma curva em direção às portas do hangar em formato de cúpula. Um tick depois, o segundo míssil se juntou ao primeiro, e juntos atingiram as portas retráteis do teto da base de pouso, deixando dois buracos muito grandes e carbonizados.

Buracos que, infelizmente, não eram grandes o suficiente para a nave inteira.

— Hum. Mais resistente do que eu pensava — disse Rocket.

— Para cima! — gritou Gamora.

Peter puxou os controles para trás, levantando o bico da *Milano*, mas ele já podia perceber que iam colidir. Os dois buracos de mísseis pareciam olhos próximos um do outro, unidos por uma fina e rangente peça de metal enegrecido e subjugado por uma arcada de marcas de explosões. Parecia um rosto sorridente.

— *Sim*, sobre isso... — disse ele.

A *Milano* colidiu com o centro do rosto sorridente e caiu no compartimento de pouso abaixo com o som estridente de metal contra metal. A pintura da nave certamente estava destruída, mas Peter estava muito mais preocupado com o chão que se aproximava deles. Ele acionou os jatos com potência total e estremeceu, sustentando fortemente ao colocar os propulsores em reverso, mas não foi o suficiente, e o convés do hangar se aproximou rapidamente deles até que...

CR-RRRUNCH!

A *Milano* rangeu e as luzes se apagaram.

INTERLÚDIO: 12 ANOS ATRÁS

BASE EM MERCÚRIO
7789

KO-REL parou na frente da pia do banheiro comunitário mais próximo do compartimento de desembarque e jogou um pouco de água fria no rosto, ouvindo sua respiração constante entrar e sair. O líquido reciclado e estéril pingou nos cantos de sua boca e encharcou o cabelo, emoldurando seu rosto, transformando os fios quase brancos em um azul pálido. Sua pele arrepiava à medida que a água pingava e secava, levando consigo o sangue seco da ferida de Suki e os resquícios de lágrimas de seu breve momento de descontrole emocional.

Ela se olhou no espelho e deu um pequeno e amargo sorriso para o reflexo. Quantidade alguma de água removeria o mínimo que fosse da cara de choro de seu rosto, mas pelo menos ela se sentia um pouco mais viva. E qualquer um disposto a falar sobre isso teria de engolir a ponta de seu rifle de pulso. Tinha sido uma rotação/ciclo/ano/guerra infernal, e ela duvidava que houvesse uma pessoa na base que não tivesse vontade de desabafar hoje. Além disso, chorar era uma reação saudável. Muito melhor do que o silêncio assustador (Adomox), um olhar sombrio (Tasver), ameaças de morte (Suki) ou fingir estar *bem* o tempo todo (Lar-Ka).

Ko-Rel secou as mãos, alisou as mechas molhadas de cabelo e ficou em pé em posição de sentido. Tinha de ser bom o bastante. Ela não estava se arrumando para sair à noite com seu marido (atrasado) ou algo assim.

Ela imploraria ao líder de um bando de piratas que, por favor, por favor, não os abandonasse com os Chitauri.

Sim. Ela estava realmente ansiosa pela conversa. Muito. Ansiosa.

Ombros para trás. Cabeça erguida.

Ela poderia implorar com dignidade.

A porta se abriu e Ko-Rel entrou no caos controlado do corredor. Saqueadores seguindo a caminho de suas naves. Tropas recém-reestabelecidas indo para os beliches para se recuperar. Oficiais se reportando aos postos de vigia para se atentar ao próximo ataque. E Ko-Rel, devolvendo as saudações com os olhos avermelhados ao entrar no hangar. Ela examinou o espaço lotado até que seu olhar pousou em Yondu Udonta, o homem que, atualmente, controlava seu destino. Udonta a viu e terminou a conversa que estava tendo com um tapinha nas costas, então a encontrou no meio do caminho.

— Então, você preparou um discurso ou algo assim? — perguntou ele, enfiando os polegares nos passadores de cinto, assim como Peter fazia.

Ou, como Ko-Rel agora notou, Peter havia aprendido com Yondu. Ela balançou a cabeça com um sorriso triste.

— Não, nenhum discurso.

Yondu gesticulou amplamente.

— Bem, por favor, faça seu pedido para que eu possa lhe dar sua resposta e todos possamos seguir em frente com nossas vidas.

Bem, ele poderia ao menos fingir que consideraria. Mesmo assim, Ko-Rel se endireitou, olhou-o bem nos olhos e pediu:

— Eu gostaria que você e os Saqueadores permanecessem em Mercúrio até conseguirmos expulsar os Chitauri do planeta ou até recebermos novas tropas do front de guerra — disse ela. —Vamos abrir espaço na base para qualquer Saqueador que queira um beliche de verdade, ou fiquem em órbita até serem necessários, qualquer outro arranjo que funcione para você e seu pessoal.

Yondu assentiu, passando a língua pelos dentes por trás dos lábios fechados, considerando.

Considerando *brevemente*.

— Não — negou ele.

Ko-Rel piscou.

— Apenas... não? Isso é tudo?

— Isso é tudo — afirmou Yondu, acenando com a cabeça novamente. — Muito simples, claro, sem nuances desnecessárias aqui. Preto e branco. Sim e não. — Ele apontou para ela com um sorriso. — Mas, no seu caso, é simplesmente não.

Ko-Rel assumiu uma postura de descanso para esconder os punhos cerrados na parte inferior das costas.

— Deve haver algo que possamos oferecer a você — interveio ela. — Um incentivo para permanecer como reforço.

— Me oferecer? — Yondu soltou uma risada. — As únicas coisas que tem aqui são as que eu trouxe, moça. Eu poderia ter mantido o que quisesse. Oferecer a mim minhas próprias coisas beira o insulto.

— Mesmo sabendo que você está essencialmente nos condenando à morte.

— Como eu falei antes — disse Yondu, sua voz baixando para um meio sussurro. — Essa luta não é minha. Não é problema meu.

Você não quer morrer? Saia. Não há ninguém mantendo vocês aqui além de vocês mesmo.

Ko-Rel cerrou os dentes para não recuar. Não era assim que o militarismo funcionava. Eles tinham ordens para defender este posto de vigia crítico da inteligência. Suas ordens e as vidas em jogo na Terra não permitiram a retirada. Este homem não era um soldado. Ele não operava no mesmo sistema de honra que ela e seu pessoal. Sua lealdade era para com seu próprio pessoal e seu próprio lucro.

E, talvez... a Peter?

Bem, era uma ideia. Peter conseguiu convencer Yondu a entregar todo o suprimento de um saqueamento para a Resistência. Talvez, apenas talvez, ele tivesse influência o suficiente para convencê-los a ficar.

— Bem, sinto muito que você se sinta assim. Eu gostaria de ter mais a oferecer. Devemos nossas vidas a você e apreciamos tê-lo aqui. — Ko-Rel estendeu a mão para Yondu apertar. —Obrigada por tudo que fez por nós.

Yondu encontrou seu olhar por um momento antes de apertar sua mão com firmeza.

— Gostaria de poder dizer que foi um prazer fazer negócios — ponderou ele.

— Mas não foi um negócio nem um prazer, eu entendo —expressou Ko-Rel com um suspiro. — Tenha viagens seguras.

Ela virou-se e se afastou antes que ele pudesse dar uma de sabichão outra vez... e antes que ela pudesse ceder à vontade de socar aquela expressão no rosto dele. Peter tinha de estar na *Milano*, preparando sua preciosa nave para o próximo destino. Estando ele disposto ou não a lutar pela causa, Ko-Rel se viu querendo dizer adeus, vê-lo uma última vez. Além disso, ela lhe devia agradecimentos.

Ela caminhou entre as naves M pousadas enquanto os Saqueadores chamavam uns aos outros. Rindo, fazendo piadas obscenas, já falando sobre o próximo assalto. Já superando as pessoas que eles deixariam morrer.

Todos, exceto Peter, quer dizer. Ko-Rel avistou a pintura azul e alaranjada da *Milano* e avistou seu capitão sob uma das asas, mais uma vez esfregando algumas cicatrizes de batalha. O descontentamento pairava no canto de sua boca, puxando-a para baixo mesmo quando outros Saqueadores tentavam atraí-lo para suas brincadeiras. Peter ignorou todos eles, pegando um frasco de solvente e derramando um pouco em um pano, depois recomeçando a esfregar, a boca aberta em concentração.

— Quill — disse Ko-Rel, anunciando sua presença.

Peter se assustou, deixando cair o pano em sua boca aberta e virada para cima. Ele cuspiu no chão, depois cuspiu mais algumas vezes para garantir.

— Ah, que nojo. Bem, essa coisa provavelmente é venenosa, mas o que se pode fazer? — Ele deu de ombros e enfiou as mãos nos bolsos.

— Você está bem despreocupado perante a possibilidade de se envenenar até a morte — proferiu Ko-Rel.

Ela se encostou na lateral da nave e cruzou os braços, erguendo uma sobrancelha.

Peter se agachou para recuperar o instrumento de sua morte em potencial. O pano voou em direção ao peito de Ko-Rel, e ela o pegou no ar. Mesmo sem dormir, os reflexos de guerra não paravam. Ela sorriu, Peter retribuiu e se levantou.

— Sim, bem, eu já passei por coisa pior.

Ele enfiou o pano no bolso e apoiou as mãos nos quadris, olhando para todos os lados, menos para Ko-Rel. Ela suspirou internamente e jogou sua última hesitação pela janela.

— Nós estaríamos mortos sem você, então, você sabe. Obrigada por convencer Yondu a vir aqui e nos dar os suprimentos.

Peter sorriu quase timidamente e estufou o peito.

— Bem, você sabe, eu...

Ko-Rel avançou antes que Peter pudesse se empolgar demais.

— Acabei de falar com Yondu. Tentei fazê-lo interromper a retirada dos Saqueadores, mas ele me ignorou sem se importar. Então vocês estão partindo dentro de uma hora, certo?

Peter retorceu a boca, infeliz.

— Sim. Ele acabou de fazer um chamado, ordenando que "encerrássemos e nos despedíssemos". Ele nos quer longe do solo o mais rápido possível.

Ko-Rel cruzou os braços e estudou a linguagem corporal de Peter. Tudo nele mostrava uma relutância taciturna.

— Mas você ainda não quer ir.

Peter balançou a cabeça.

— Não, claro que não. Acabamos de chegar! Viemos para impedir a infiltração e fizemos isso, mais ou menos, mas só pela metade. Certo? Porque os Chitauri ainda estão aqui. Não terminamos o trabalho. Sem ofensa a você e seu pessoal, mas ainda sinto que a Terra vai ser completamente ferrada por lagartos.

— Não estou ofendida — declarou Ko-Rel. — Você está totalmente correto. Mandamos um pedido de reforços para a linha de frente, mas tudo o que Rider conseguiu dizer foi: "Vamos tentar. Mas não prometemos nada". Ainda não tive retorno.

Ela esperou um momento, para que o que tinha dito se assentasse em Peter, então pediu:

— Espero que *você* possa falar com Yondu.

Peter balançou a cabeça e se virou, inclinando a cabeça para trás contra a lateral da *Milano*.

— Ele não vai mudar de ideia. É inacreditável com aquele homem é teimoso. Especialmente sobre coisas como esta.

— Ele ouve você, Peter — insistiu Ko-Rel. — Você é como um filho para ele. Ele te escuta como não faz com nenhum outro Saqueador, nem mesmo seu segundo em comando. Conheço todos vocês há apenas uma rotação e até eu consigo enxergar isso. Por favor, pelo menos tente.

Peter abriu a boca para protestar, hesitou, depois a fechou.

— Tudo bem. Tudo bem, vou tentar, mas não prometo nada. Honestamente, ele provavelmente vai rir na minha cara. O tipo de risada que soltaria uma grande onda de hálito fedorento direto nos orifícios do meu nariz.

Ele gesticulou em direção às narinas com dois dedos e enrugou o rosto.

— É ruim, Ko-Rel, estou te dizendo. Já experimentei e vivi para contar a história, mas vou arriscar. Por você.

Ko-Rel revirou os olhos, mas não pôde conter a pequena gargalhada que Peter arrancou dela.

— Obrigada, Peter. De verdade. É um sacrifício nobre, de fato.

Peter apertou os controles da rampa para fechar a *Milano* e foi falar com Yondu. Ko-Rel o seguiu, mas à distância. Yondu estava perto de uma janela de observação com vista para a área plana e aberta que os Saqueadores estavam usando como plataforma de pouso adicional, em negociações intensas com o intendente da Resistência. Provavelmente, imaginou ela, discutindo sobre quanto combustível os Saqueadores estavam levando com eles.

Peter entrou suavemente na conversa e Ko-Rel se instalou no painel de exibição próximo para poder ouvir. Ela abriu os diagnósticos mais recentes da base e pegou uma seção específica, puxando-a para a frente e ampliando. Algo nos registros parecia errado, mas, exausta como estava, aquilo lhe parecia uma confusão de letras e números. Assim que se afastou de Yondu, o intendente a viu e veio até ela descarregar sua irritação, repetindo cada coisa que Yondu acabara de dizer a ele.

— Uh-huh — concordou Ko-Rel, observando Peter por cima do ombro e tentando fazer leitura labial. Finalmente, quando o intendente parou de falar, ela baixou os olhos e percebeu que ele a observava.

— Você está bem, comandante? — perguntou ele.

Ela balançou a cabeça e forçou um pequeno sorriso.

— Ainda não consegui dormir. Desculpe, tenente, aquilo tudo foi para mim como estática mental. Podemos conversar em oito horas?

Ela conseguiu encaminhar o jovem oficial no momento que Yondu abaixava a voz e se aproximava de Peter.

— Olhe, filho — disse ele, colocando a mão no ombro de Peter. — Gosto de você. E acho adorável como vocês, terráqueos, ficam sentimentais com as coisas. Mas você está conosco há dois anos. Você conhece nossa forma de agir. E ela não inclui caridade. Você já forçou a barra e eu aceitei, mas vou dizer de novo, pois vocês parecem ter dificuldade em lembrar. Essa. Luta. Não. É. Nossa. Não agimos dessa forma. Não tomamos partido.

Yondu deu um passo para trás e desviou o olhar pelo largo visor que dava para a paisagem mercuriana. Ko-Rel seguiu seu olhar, observando as naves M sendo ligadas e subindo ao céu uma a uma, os motores brilhando contra o céu. Deixando Peter para trás.

Peter cerrou os punhos ao lado do corpo e se virou para olhar as naves que partiam. Ele ergueu o punho direito como se quisesse socar diretamente através da janela, mas, em vez disso, apenas bateu suavemente contra o acrílico transparente que mantinha a atmosfera de Mercúrio afastada.

— Bem, eu vou ficar — declarou ele.

Ko-Rel suprimiu um pequeno suspiro. Bem, esse não era o resultado que ela esperava.

Yondu olhou para Ko-Rel, que agora nem se dava mais ao trabalho de fingir que não ouvia. Ela olhou de volta nos olhos vermelhos de Yondu, desafiando-o a se manifestar, a reunir um pouco da coragem e propósito que seu pupilo havia encontrado. Um olhar pensativo cruzou o rosto de Yondu, e ele olhou para a frente e para trás, entre Ko-Rel e Peter, em um momento de silêncio. Quando ele finalmente falou, porém, o coração de Ko-Rel afundou.

— Bem, essa escolha é sua, garoto —considerou Yondu, balançando a cabeça. — Espero que você se dê conta disso e coloque logo a cabeça no lugar. Você será bem-vindo de volta com os Saqueadores. Lembre-se, porém, de que não estaremos nessa luta. Quando você voa conosco, é como um de nós e não como um aspirante a herói da Resistência Terrena. Certo?

— Sim — disse Peter, recusando-se a olhar nos olhos de Yondu.

Um longo e tenso momento se formou entre os dois. Algum tipo de peso nascido de uma história compartilhada cresceu para preencher o ar entre eles, o grave constrangimento de duas pessoas definitivamente Não-Falando-Sobre-Algo. Ao menos Peter tentou.

— Mas não entendo — confundiu-se ele. — Realmente não entendo.

Yondu deu de ombros.

— Eu não espero que entenda, garoto.

E foi isso. Yondu deu um tapinha carinhoso no ombro de Peter e se afastou, provavelmente para terminar os próprios preparativos para a partida. Peter ficou lá, olhando pelo visor por mais alguns minutos. Lamentando sua decisão, talvez? Mudando de ideia?

Mas um momento depois, ele se virou e ofereceu a ela um sorriso fraco.

— Bem, eu tentei. Como eu disse, Papai Smurf é extremamente teimoso.

— Pelo menos ele não deu aquela risada fedorenta — manifestou Ko-Rel com um encolher de ombros.

Isso tornou o sorriso de Peter genuíno.

— Verdade. Eu escapei dessa bala.

Um breve sinal sonoro veio do comunicador, e Ko-Rel levantou o dedo para Peter, indicando que precisava de um momento para responder.

— Sim?

— Recebemos uma comunicação de Richard Rider — declarou Tasver, sua voz mais cheia de energia e esperança do que antes do acidente.

Ko-Rel abriu um sorriso, e seu coração encheu sua garganta. *Finalmente.* Essa era a pausa de que eles precisavam. Talvez a partida dos Saqueadores não fosse o fim de tudo, afinal.

— Vou atendê-lo em meus aposentos em um minuto — disse Ko-Rel, indicando a Peter que a seguisse enquanto ela corria para o corredor.

Claro, ela deveria estar indo para a cama, mas o sono teria de esperar mais um pouco.

Richard Rider, líder da Resistência, estava esperando na linha.

BASE EM MERCÚRIO 7801

DIAS ATUAIS

POR alguns longos momentos, o único som era o rangido ameaçador de uma nave recém-acidentada. Então, um por um, os Guardiões começaram a falar:

— Eu sou Groot?

— Sim — disse Rocket com um gemido. — Estou bem, amigo. Quill?

Peter piscou algumas vezes para clarear a cabeça e se sentou com um gemido.

— Estou vivo. Ou quase isso. — Ele se virou para olhar para trás, onde Gamora estava sentada no assento do navegador, segurando a cabeça nas mãos. Ao lado dela, Drax se levantou do chão com um grunhido. — Algum ferimento?

— Apenas em meu cérebro — declarou Gamora. — Suponho que tenha sido danificado, já que ainda sou membro desta tripulação.

— Ninguém a está mantendo aqui, meretriz. Você é livre para ir — Drax falou com um olhar de soslaio.

— Ok, ok, já deu —concordou Peter. — Sem ofensas.

Rocket riu.

— Oh, essa regra é nova? Estamos te deixando trissste, Quill? Somos muito maus?

— Quer dizer, sim, mais ou menos — murmurou Peter entre dentes.

Ele se desprendeu do assento do piloto e se levantou, mas congelou quando um som de arrastar veio de algum lugar acima dele. Um momento depois, o mesmo som veio novamente, um toque agudo na casca externa. Peter gemeu interiormente. Uma infestação de ratos espaciais era absolutamente desnecessária, além de tudo. Nada que os impedisse de entrar na base, claro. Rocket provavelmente tentaria provocá-lo para um concurso de caça a ratos ou algo do tipo.

— Vou verificar — afirmou Peter, levantando-se e alongando as dores pós-acidente. — Rocket, como a *Milano* está?

— Devo ter a energia de volta em um minuto — disse ele de baixo do console do copiloto, com nada além de seus pés a vista. — Não parece que os motores foram danificados. Nenhuma violação no casco. Tivemos muita sorte, Quill. Você quebra esta nave, e vou ter de encontrar outra coisa sua para manter como garantia.

— Eu nunca concordei com isso — respondeu Peter enquanto saía da cabine de comando e se dirigia à câmara de descompressão de popa.

Quanto tempo se passou desde que ele encontrara Rocket e Groot pela primeira vez? Meses, certamente. Quase um ano? De qualquer maneira, tempo suficiente para acreditar que eles haviam superado toda a questão da recompensa. E ele deveria ser grato pelo resto da vida por Rocket e Groot não o terem denunciado em Malador? Eles não o teriam pegado se não fossem, você sabe, uma árvore falante e um guaxinim com uma arma apontada para sua virilha. Qualquer um teria rido nessas circunstâncias. E tudo bem, ele ainda não havia cumprido sua promessa de pagar a eles o dobro da recompensa de Yondu, mas essa coisa de Guardiões da Galáxia acabaria valendo a pena. Certo?

Peter tropeçou na rampa da *Milano*, estendendo a mão para acionar o controle atrás da orelha. O capacete voltou a cobrir seu rosto, os olhos vermelhos brilhando à medida que se ativavam, permitindo que ele visse na fraca iluminação do hangar.

E ele imediatamente desejou não ter essa habilidade.

A sala estava cheia de coisas... rasteiras, rastejantes... Nas paredes, no teto, agarradas aos pilares de sustentação... e empoleiradas no topo das asas da *Milano*.

— Ahhh! — ele gritou, tropeçando em Groot, que o segurou com uma mão rápida em seu ombro.

De algum lugar atrás dele, o som de uma grande arma sendo engatilhada ecoou pelo espaço.

— Que diabos são essas coisas?

— Eu sou Groot? — perguntou Groot.

— Não sei se "inseto" é realmente a palavra certa — disse Rocket, semicerrando os olhos na luz tênue, sob a qual seus olhos aprimorados permitiam que ele visse muito melhor. — Eles meio que parecem...

Com um SCREEEEEE horrível! Uma das criaturas voou pelo ar diretamente no rosto de Peter.

— Argh!

Ele saltou da rampa da *Milano* e levantou uma das armas, disparando duas rajadas de energia em rápida sucessão. A criatura caiu no chão, fumegando e estalando de uma forma profundamente desagradável, e um arrepio de nojo percorreu a espinha de Peter. Ele cutucou a criatura crocante com a ponta da bota, curvando os lábios em desgosto.

Então a sala ganhou vida com aquele guincho horrível, e todas as criaturas que descansavam pacificamente nas paredes saltitaram gritando em direção a *Milano*, formando uma nuvem de pernas saltitantes e bocas com mandíbulas estridentes.

— Flark! — gritou Rocket, pulando no ombro de Groot enquanto mirava na primeira onda das criaturas.

Sua arma emitiu um som ameaçador enquanto carregava, então lançou um enorme míssil que explodiu um monte das criaturas em pedaços. Os gritos ficaram *mais* furiosos.

— Vou quebrar seus ossos! — gritou Drax, entrando na briga.

Ele agarrou uma criatura em cada mão e a apertou até que Peter ouviu um RANGIDO, então jogou as carcaças em mais duas, derrubando-as do outro lado da sala. Gamora sacou suas lâminas e pareceu deslizar para as sombras. Você nunca saberia que ela estava lá... exceto pelos cadáveres que caíram no convés enquanto ela disparava pelo enxame, as lâminas brilhando.

— Eu sou Groot! — disse Groot, sua voz soando urgente enquanto ele socava o chão, seus galhos ressurgindo como lanças cruéis, perfurando uma dúzia de criaturas de uma só vez. — Eu sou Groot, eu sou Groot!

— O que ele está falando? — gritou Peter, olhando para Rocket em busca de uma tradução.

— Sim, Groot, eu vi seus espinhos, muito legal, mas esse não é realmente o momento para... — Rocket se interrompeu, jogando uma granada em um grupo de criaturas. — Reforço positivo, caloroso e acolhedor.

— Não, Rocket — Gamora levantou a voz acima dos gritos.

— Espinhos! Essas coisas se chamam espinhos.

Peter se abaixou sob um emaranhado de três criaturas — que, em uma segunda olhada, tinha um espinho de aparência perversa projetando-se de seu centro —, então se virou e disparou uma sequência rápida de três tiros nelas.

— Então, o que exatamente isso significa? O que é um espinho? — gritou ele.

O som metálico agudo da lâmina na carapaça soou, seguido pela voz alta e clara de Gamora:

— Não deixe que piquem vocês!

— Eles não ousariam me picar — rugiu Drax, saltando no ar com as duas lâminas em punho. — Minha carne é poderosa e viril!

A gargalhada de puro deleite de Drax soou acima do guincho dos espinhos, continuando por uns bons vinte ticks seguidos.

Talvez alguém pense que não há como existir silêncio constrangedor em meio a uma batalha frenética contra um enxame de aranhas espaciais com espinhos eretos e mortais.

Essa informação estaria incorreta.

Felizmente, Rocket veio em socorro da equipe.

— Aposto cinquenta unidades que posso vender mais dessas coisas do que você, Quill — disse Rocket.

— Cinquenta unidades? — perguntou Peter. — Cem e está fechado!

— Unidades de *dinheiro*, Quill — esclareceu Rocket, então gargalhou loucamente enquanto salpicava metade da sala com raios de energia, se não com precisão, pelo menos com entusiasmo. Os espinhos caíram às dúzias.

— Sessenta e sete, há! Chupa essa, Quill!

— Como é *possível* que você saiba quantos foram? — protestou Peter. — A contagem está fraudada!

— Acho que todos nós precisamos de um jeito de marcar o placar — manifestou Rocket, em um tom de que Peter certamente não gostou.

— Seja lá o que você esteja planejando, Rocket... — Peter se abaixou quando um espinho voou em seu rosto, então ele o explodiu. — Também já estou contando os que matei!

— Claro, Senhor Perdedor, sem problemas. Você vai precisar de ajuda.

— Aaaaagh — Peter gemeu, resistindo ao impulso de mirar em Rocket em vez de nos Espinhos.

Ele se virou e disparou alguns raios aleatórios para liberar o estresse, então respirou fundo.

— Ok, Senhor das Estrelas — ele disse para si mesmo. — *Seja maduro. Concentre-se na missão. Mantenha todos vivos.*

A onda de choque de uma pequena explosão atingiu a parte de trás de sua cabeça.

— Noventa para mim! Como vai aí, Quill?

— Oh, para o inferno, seu rato — resmungou Peter. Ele acionou o interruptor nas laterais de suas armas e saltou no ar, pairando acima da briga com as botas a jato. — Chupem, idiotas!

Ele apertou os gatilhos, e as armas dispararam rajadas de tiros automáticos que atravessaram uma fileira de espinhos. Aquilo era imensamente satisfatório.

— Contando com esses... trinta e quatro! Eu acho! Vou alcançar você — ele disse com falsa bravata.

Então sentiu uma picada na panturrilha direita. Uma picada... então uma dor incandescente percorrendo todo o lado direito do corpo.

— O que taaaa...

Peter parou quando o lado de seu rosto cedeu, como na vez em que ele foi ao dentista quando criança e recebeu novocaína em grande quantidade. Então seu braço direito levantou involuntariamente e apontou a arma para Groot.

— Não!

Ele deixou a perna esquerda ceder, então caiu para o lado e um disparo foi feito ao acaso. Mas isso não foi útil por muito tempo. Enquanto Peter olhava horrorizado, um esporão cresceu em seu pulso direito, parecido com aqueles que as criaturas tinham projetando-se de seus centros. Por dentro, parecia que esses esporões se moviam através de suas veias, percorrendo seu corpo e assumindo lentamente o controle de seus membros, um de cada vez. Mais esporões esticavam sua pele no cotovelo, joelho, ombro...

Ele cambaleou, conseguindo dar um passo arrastado à frente.

— Gaaa-raaaah! — ele chamou. — Gaaaaaa-ugh!

— Peter! — gritou Gamora.

Ela apareceu ao seu lado no momento em que ele caiu de joelhos, as lâminas arqueadas em direção a ele. Peter arregalou os olhos de horror, mas a coisa que o controlava fez o que o Peter normal nunca seria capaz de fazer – esquivar-se do golpe de Gamora.

— Desss-cuuul — ele conseguiu dizer com o canto da boca ainda sob seu controle, mesmo quando o domínio do espinho sobre seu corpo se fortificou, forçando-o a dar passos para trás de forma surpreendentemente coordenada. Gamora ignorou suas desculpas, estreitando os olhos ao notar o espinho preso à perna dele, enquanto balançava a lâmina para a esquerda e para a direita, fatiando as criaturas que tentavam desviar sua atenção.

Os braços de Peter se ergueram, apontando as armas para ela e apertando o botão de disparo automático. Sua boca estava totalmente fora de seu controle agora, então tudo o que ele podia fazer era gritar profundamente em sua garganta, completamente inaudível sobre a cacofonia que ecoava pela baía de aterrissagem. Peter queria gritar de verdade, queria arrancar o próprio braço, queria fechar os olhos com força para, pelo menos, não ter de ver. Mas o controle do espinho era absoluto. E lá estava ele apertando o gatilho. Gamora olhou para cima, encontrando seus olhos por um breve tick, com uma expressão de pesar.

Então, num piscar de olhos, ela avançou rapidamente com a lâmina apontada diretamente para Peter.

Peter se preparou mentalmente para a dor, para o esquecimento... e a dor certamente veio, rugindo por sua perna assim que o espinho caiu com a espada de Gamora perfurando seu horrendo corpinho.

As pernas de Peter falharam e seus joelhos bateram no chão com força. Seus pulmões *doíam* e suas veias pareciam... bem, como se estivessem cheias de galhos pontiagudos raspando. Gamora ficou ao seu lado, dando cobertura, enquanto ele demorava um minuto para recuperar o fôlego, então se levantou com um gemido.

— Não deixe que eles te piquem... entendido — Peter ofegou.

Gamora o olhou de lado e, em seguida, se afastou rapidamente, a lâmina brilhando.

Ok.

A partir daí restava o trabalho de finalização. Drax e Gamora cortaram e fatiaram, Rocket explodia coisas, Groot as esmagava e Peter... bem, Peter ajudava. Um pouco.

Rocket ganhou a aposta.

Que seja.

Quando tudo foi dito e feito, Peter mancou em direção ao outro lado da baía de aterrissagem, ignorando o cacarejar alegre de Rocket e a poesia pós-batalha perturbadoramente sexual de Drax. Ele chutou as carcaças de espinhos para o lado enquanto caminhava em direção a uma entrada lateral parcialmente oculta que dava na parte principal do complexo da base. Uma viga de suporte havia caído parcialmente sobre uma parte dela, mas as letras vermelhas na porta ainda podiam ser decifradas: ENFERMARIA

— Vamos. Aqui. Eu conheço o caminho para o centro de comando.

Rocket olhou para Peter com desdém, guardando a arma nas costas e cruzando os braços.

— Conhece, Quill? Conhece mesmo? Porque eu sinto que ultimamente estamos nos enrolando muito, perdendo dinheiro e quase morrendo sob seu comando.

— Ei, fui eu que quase morri agora, ok? — protestou Peter.

— Sim, e é essa a defesa que quer usar? — zombou Rocket. — Você deveria ser o líder dessa pequena equipe, mas parece que nós carregamos você. Eu deixo você usar minha nave...

— *Minha* nave — Peter corrigiu automaticamente.

— Para toda essa coisa de Guardiões da Galáxia... mas vou ser honesto, Senhor das Estrelas. Não está funcionando muito bem.

— Eu sou Groot.

Rocket jogou as mãos para o alto.

— Não sei, Groot, vendo daqui, meio que parece culpa dele.

— Eu sou Groot.

— Ele pode não ter colocado os espinhos aqui, mas teríamos uma aterrissagem mais controlada se não tivéssemos que abrir caminho enquanto evitávamos o fogo. Mas não, o Senhor Picado teve de dar um golpe em sua velha amiga de guerra e irritá-la. Isso foi culpa dele.

Drax grunhiu em acordo.

— A pasta de proteína foi definitivamente culpa dele — disse ele.

Peter gemeu de frustração.

— Você vai me jogar isso na cara para sempre?

— Foi nojento —reprovou Drax com intensa sinceridade.

Gamora olhou para Peter com um olhar ilegível no rosto. Então, sem dizer uma palavra, ela se virou.

E, de alguma forma, esse foi o pior golpe entre todos os outros.

Peter se virou e abriu a porta da enfermaria sem dizer uma palavra sequer em sua própria defesa.

INTERLÚDIO: 12 ANOS ATRÁS

BASE EM MERCÚRIO
7789

KO-REL praticamente se teletransportou pelo quarto em direção ao painel assim que chegou a seus aposentos. Talvez o responsável por induzi-la ao delírio fosse a falta de sono, mas ela não se importava de aparentar um tanto de desespero. Se por acaso Rider não tivesse se decidido sobre reforços, talvez sua aparência ligeiramente desequilibrada funcionasse a seu favor. Ela gesticulou para que Peter se encostasse na parede perto da porta, fora de vista, então ativou o visor com um aceno de mão e aceitou a chamada.

Richard Rider apareceu na tela exatamente como ela o vira pela última vez. Na realidade, foram apenas três rotações atrás. Essas três rotações, porém, pareciam ciclos. Ele ainda usava o uniforme da Tropa Nova Centurion, como sempre, embora a Tropa Nova não existisse mais. Eles foram completamente exterminados no início da guerra, quando os Chitauri fizeram seu movimento inicial: um ataque surpresa contra o planeta Xandar. Rider, o único Centurião sobrevivente, juntou-se à Mente Global Xandariana para formar a Resistência, e Ko-Rel tinha de agradecer a eles pelo propósito que a moveu desde que perdera sua família. Ela era grata a Rider e o admirava.

Ela também estava mais do que um pouco irritada com ele no momento.

Rider passou a mão pelo cabelo castanho-claro e suspirou, a pele pálida ainda mais pálida pela exaustão. Ko-Rel poderia se identificar com aquilo.

— Ko-Rel. Peço desculpas pela demora no retorno. Eu li seu relatório.

Ele suspirou novamente, levando a mão ao peito.

— Condolências pelas perdas. Nunca imaginei que vocês seriam atingidos tão duramente logo na chegada.

— Obrigada — disse ela, mantendo a voz calma, embora tudo nela gritasse *vá direto ao ponto!*

— A situação mudou desde sua última atualização? — perguntou ele.

Fora da tela, Peter jogou as mãos para o ar e se virou para silenciosamente bater a cabeça contra a parede. Ko-Rel cerrou os punhos longe das vistas de Rider e calmamente relatou os fatos. O contra-ataque. A decisão dos Saqueadores. A situação definitivamente mudou – e para pior.

Rider assentiu de forma pensativa e bateu com o polegar no lábio inferior.

— Sinto muito ouvir isso. É ainda pior do que eu sabia. A boa notícia é que, pelo que sabemos quanto às táticas e movimentações dos Chitauri, parece que nenhuma força maior está indo até aí. O inimigo atualmente em Mercúrio provavelmente será o único que você enfrentará.

A respiração de Ko-Rel parou e ela desviou o olhar para Peter, que arregalou os olhos. Ela quase não quis perguntar, mas falar sobre o assunto de forma indireta não estava funcionando.

— São boas notícias —afirmou ela. — Então, assim que recebermos seus reforços, poderemos retomar o planeta em sua totalidade.

Rider franziu os lábios e, com uma expressão séria, balançou a cabeça.

— Ko-Rel, sinto muito — lamentou ele. — Não poderemos mandar nenhum reforço agora. Acabamos de iniciar uma operação para expulsar os Chitauri do sistema natal Krylorian e nossas forças estão no limite. Espero que possamos enviar uma pequena unidade em dois ciclos...

— Dois ciclos? — gritou Ko-Rel. — Rider, estaremos todos mortos em duas *rotações*!

— Não estarão — disse Rider. — Assegure a base. Ainda não é preciso recapturar o restante do planeta. Apenas se concentre em manter a linha. Se Mercúrio for completamente abandonado, os Chitauri verão isso como uma admissão de fraqueza. Mesmo que a Terra não esteja em seus planos agora, eles enxergarão a oportunidade e vão aproveitar. Não podemos correr esse risco. Temos de mostrar a eles que planejamos manter presença em Mercúrio.

A boca de Ko-Rel estava aberta enquanto seu cérebro exausto procurava algo, qualquer coisa para dizer em resposta a *aquilo*. Peter cobriu o rosto com as mãos e inclinou a cabeça para trás, contra a parede, em um gemido silencioso. Ele provavelmente estava arrependido de sua decisão de ficar, provavelmente tentava encontrar palavras para dizer a ela que esta era uma causa perdida e que ele não estava disponível para causas perdidas.

— Senhor, por favor — ela tentou, uma última vez, desesperada. — Mal temos sobreviventes suficientes para operar a base. Meu pessoal lidou com coisas demais nos dois últimos ataques e, para ser totalmente honesta, alguns provavelmente não estão mentalmente aptos para servir agora. Eles precisam de tempo e aconselhamento.

A própria Ko-Rel definitivamente precisava de algum tempo e aconselhamento, mas ela deixou essa parte de fora. Rider estremeceu, e a dor em seu rosto era completamente real. Porém, aquela dor nada significava se ele não a apoiasse com atitudes.

— Sinto muito — repetiu ele. — Eu realmente sinto. Assim que houver pessoal disponível, enviarei uma unidade para você. Eu aconselharia você a operar como está fazendo agora. Adapte suas táticas à situação e aguente firme até que possamos fornecer mais suporte.

Ko-Rel ouviu as palavras à distância, como se estivesse fora de si, observando do canto mais distante da sala enquanto seu corpo permanecia sob a luz da tela, recebendo essas palavras. O azul e o dourado do uniforme centurião de Richard Rider lançavam um leve brilho sobre sua pele, e ela se encolheu ligeiramente, os ombros caídos para a frente, os olhos bem fechados contra a dor. Não era a aparência de uma oficial comandante liderando a frente de guerra crítica. Era o olhar de uma mulher abatida, em luto, impotente para proteger seu povo.

E, no entanto, proteger seu povo era seu dever. Ela faria isso até o fim.

Ela se forçou a ajustar a postura. Ergueu o olhar, controlou a pressão quente atrás dos olhos e fitou Rider diretamente no rosto.

— Vamos esperar — alertou ela. — Mas meu pessoal precisa de apoio assim que você puder fazer isso acontecer.

— E você vai conseguir — ele concordou.

Houve um longo silêncio.

— Bem, eu devo dar a notícia aos meus oficiais — disse Ko-Rel.

Rider assentiu, sua boca pressionada em uma linha fina. Em seu peito, parecia que uma pequena guerra acontecia junto com a real. A parte dela que queria ser uma boa soldada lutando pelas coisas certas estava vencendo a parte que fantasiava empurrar Rider para fora de uma escotilha de ar... mas apenas por pouco.

Ele estava cumprindo seu dever. Tomando uma decisão difícil. Agora era seu dever cumpri-la. Ela não podia culpá-lo por isso.

Não muito.

Ela encerrou a chamada e desligou o visor, então apenas... ficou lá por um longo momento. Foi Peter quem finalmente quebrou o silêncio:

— Ele quer que você se esconda em seu casulo e tente não morrer, e isso é uma grande bobagem — reclamou Peter. — Nós odiamos Richard Rider.

Ko-Rel não tinha certeza do que um casulo tinha a ver com a situação, mas ela concordava com o sentimento geral.

— Não odiamos o *comandante* Rider — confessou Ko-Rel, apesar de ter alguns sentimentos relacionados a ódio no momento. — Mas teremos de bolar um novo plano.

Ko-Rel sentou-se na cama por um momento, então quase imediatamente se levantou. A atração que o sono exercia era muito forte, e ela corria o risco de desmaiar a qualquer momento. Em vez disso, ela fez sinal a Peter para que a seguisse até o corredor. Então fez uma chamada rápida pelo comunicador para levar os oficiais de inteligência e outros membros seniores ao centro de comando, e olhou para Peter.

— Eu sei que isso muda as coisas — expressou ela. — Você não precisa ficar.

— Ei, eu disse que ficaria, então vou ficar — declaoru Peter. — Além disso, se eu voltar para o Papai Smurf agora, ele ficará insuportável.

— Não acha que ele mudaria de ideia sobre ir embora se soubesse que nossos reforços nunca viriam?

Peter soltou uma risada áspera.

— Honestamente, acho que isso o faria ir embora ainda mais rápido.

Sim, provavelmente seria assim.

— Bem, eu tenho de ir dar a notícia. Você vem? — Peter deu a ela um sorriso encorajador.

— Estou com você, chefe.

Quando chegaram ao centro de comando, Adomox, Tasver e o capitão Lar-Ka se levantaram e a saudaram, olhando-a com expectativa. Surpreendentemente, Suki Yumiko estava sentada em seu posto, os olhos vermelhos e inchados de tanto chorar, mas a atenção focada em sua tela. Seu ferimento estava enfaixado, mas ela ainda não parecia em condições de trabalhar.

Ko-Rel chamou a atenção de Lar-Ka e acenou para Yumiko com uma expressão questionadora, mas ele balançou a cabeça, como quem diz "não pergunte". Ela olhou para a mulher com ceticismo, mas passou para o assunto em questão. Ela gesticulou para que todos se sentassem, então apoiou o quadril contra o console principal no centro da sala e cruzou os braços.

— Acabamos de receber notícias de Rider — disse ela.

O rosto de Lar-Ka se iluminou.

— E? Quantas pessoas eles estão enviando? Quando estarão aqui?

Ko-Rel enrijeceu os lábios. Ela odiava ter de dizer isso, mas não adiantava suavizar a realidade:

— Eles não virão — informou ela. — Eles não estão enviando ninguém. Somos tudo o que resta.

Ko-Rel respirou fundo e soltou o ar, tentando ao máximo manter a calma, pelo bem de sua moral.

— Nossas ordens são para manter a frente —proclamou ela. — E é isso o que faremos. Protegeremos esta base. Este sistema ainda é estrategicamente importante...

— Importante para *Rider* — reclamou Yumiko, levantando-se tão rápido que a cadeira tombou para trás. — Eu também sou da Terra, mas você não me vê fazendo disso uma prioridade sobre a vida de todos os outros.

Tasver assentiu para cada palavra, sua expressão escurecendo. *Ele também era terráqueo*, pensou Ko-Rel. Adomox olhou para a parede oposta com uma expressão vazia, parecendo nem ouvir a conversa ao seu redor. Como uma xandariana que já havia perdido seu lar, ela provavelmente também tinha alguns sentimentos complicados.

— Acredite, eu também estou frustrada. Já passamos por muita coisa e precisamos de ajuda. Eles enviarão reforços assim que puderem. Mas o comandante Rider está correto. Esta atribuição é crucial para evitar uma expansão fácil dos Chitauri para mais um sistema.

Os olhos de Ko-Rel deslizaram pela estação que havia sido destruída no ataque anterior. O projetor da tela tinha um buraco gigante queimado, e na cadeira havia detritos pontiagudos empilhados o suficiente para transformá-la em uma arma improvisada decente. Aquele eixo de manutenção tinha sido uma grande falha, e isso destacava um dos seus grandes problemas — eles não sabiam o suficiente sobre a nova base de operações. Eles precisavam entender melhor a disposição do terreno.

— Engenheira-chefe para o centro de comando — disse ela no comunicador, então se virou para o restante da sala. — Então. É isso. Esta é a missão. Eu preciso de ideias. Quais os nossos recursos? Que estratégias podem funcionar para nós?

O silêncio reinou por um longo momento. Tasver fez um rude "Tch!" e voltou para sua estação de comunicação. Suki cerrou e abriu os punhos com tanta força que Ko-Rel estava preocupada que ela pudesse se machucar. Adomox continuou com seu olhar vazio, sem nada para contribuir.

Uma jovem Kree entrou no centro correndo, então ficou em posição de sentido e saudou Ko-Rel e Lar-Ka.

— Engenheira Ten-Cor se reportando, senhora. O engenheiro-chefe está dormindo para se recuperar dos ferimentos, então pensei em ver se poderia substituí-lo. Ko-Rel assentiu.

— Isso é bom. Preciso que você coordene com os outros engenheiros para começar a conhecer esta base de cima a baixo. Quero conhecer todos os sistemas de segurança, todos os armários de armazenamento, todos os recursos ofensivos e defensivos e todas as possíveis responsabilidades. Quero que você e seu pessoal se tornem especialistas.

Ten-Cor assentiu.

— Sim, senhora. Já descobrimos algumas coisas interessantes. Parece que costumava haver algumas unidades de teste de supersoldados com base aqui, mas eles devem ter sido mortos no ataque de infiltração inicial, assim como todos os outros. Há um laboratório inteiro dedicado a eles. Vamos trabalhar nos pontos de acesso em seguida para procurar vulnerabilidades. Mais alguma coisa?

— Isso é tudo. Obrigada, Ten-Cor.

A engenheira a saudou novamente.

— Às ordens, senhora!

Enquanto ela trotava para longe, Lar-Ka pigarreou.

— De volta ao assunto em questão. Rider está esperando que façamos uma ofensiva? Porque eu posso afirmar que não temos pessoal para nenhum tipo de operação em grande escala.

Ko-Rel balançou a cabeça, embora o desejo de Rider não fosse *de fato* muito melhor.

— Não. Ele nos quer escondidos aqui, apenas mantendo a base e sendo uma presença no planeta. Acho que ele não se importa se *fizermos* alguma coisa, desde que fiquemos.

Lar-Ka soltou um suspiro exasperado e caminhou de um lado para o outro pela sala.

— Isso também não parece certo, embora eu saiba que acabei de dizer que não poderíamos partir para a ofensiva. Eles vão nos atacar de novo, no entanto, e esta base só pode oferecer um certo nível de proteção. Eventualmente, eles vão conseguir entrar.

— Então faremos um *pequeno* contra-ataque — disse Peter.

Um silêncio profundo se seguiu. Ko-Rel mordeu o lábio de vergonha, imaginando o que ela estava pensando quando trouxe um civil para uma reunião como aquela.

— Peter, como Lar-Ka disse, já estamos com nível de pessoal perigosamente baixo. Não temos gente suficiente para montar um ataque quando nem sabemos o que nos espera lá.

Peter ergueu a mão, um sinal de que reconhecia o problema.

— Eu sei, mas estou falando de guerrilha, do jeito que eles estão fazendo conosco — argumentou Peter. — Olha, não sou general nem nada e talvez não tenha ideia do que esteja falando. Mas parece que, na maior parte do tempo, eles não nos atacam de frente, certo?

— Na verdade, ele está certo — disse Lar-Ka, apontando para Peter com uma expressão pensativa. — Meus pensamentos também caminham nessa direção. Eles se infiltram. Então nos atacam com intensidade e rapidez, depois recuam assim que começamos a nos mobilizar. Eu tenho me perguntado, na verdade, quantos Chitauri realmente estão no planeta conosco.

Adomox falou pela primeira vez, voltando-se para sua estação e exibindo uma coleção de videoclipes na tela.

— Temos tentado descobrir. Reunimos imagens de segurança do ataque de infiltração original e determinamos que não havia mais do que trinta Chitauri envolvidos, embora seja difícil para nós saber se não há mais deles em outros lugares que apenas não participaram do ataque.

Tasver permaneceu em silêncio durante toda a conversa. Ko-Rel encontrou seu olhar para ver se ele tinha algo a acrescentar, mas ele apenas olhou de volta em silêncio. Talvez uma sugestão ajudasse.

— Oficial Tasver, alguma coisa na frente de comunicação que possa nos ajudar a avaliar a presença do inimigo no planeta?

— Não, senhora — interveio ele, em tom categórico. — Já sabemos onde eles estão. Além disso, o que as comunicações podem nos dizer?

Aquele era um sinal ruim. Tasver estava claramente esgotado e lutando para lidar com seus ferimentos.

— Não *sabemos* onde eles estão — corrigiu Lar-Ka, franzindo a testa. — Nós *presumimos* que estejam escondidos nas estações de escuta avançadas. No entanto, eles podem estar se escondendo em outro lugar ou podem ter erguido algum abrigo temporário que não notamos.

— Bem, então parece que temos a nossa primeira tarefa — disse Ko-Rel, um plano se solidificando em sua mente. — Se vamos atacar o inimigo, temos de *encontrá-lo* primeiro.

— Batedores para os postos avançados? — perguntou Lar-Ka.

Ko-Rel assentiu.

—Temos tropas descansadas o suficiente para formar um esquadrão?

— Eu vou — Peter se ofereceu, e todos se viraram para encará-lo. Peter piscou e olhou para Ko-Rel. — O quê? Eu não deveria? Não é assim que funciona?

— O pessoal de campo é da alçada do capitão Lar-Ka — disse Ko-Rel. — Eu me submeto ao julgamento dele.

Lar-Ka lançou a Peter um olhar longo e pensativo, sem dúvida examinando mentalmente os registros pessoais e se decidindo sobre as capacidades do rapaz. Em grande parte, ele era uma incógnita. Peter mostrou coragem e princípios ao convencer os Saqueadores a ajudar a Resistência e decidir ficar para trás, mas isso não o tornava um bom combatente no campo. No entanto, eles não tinham muitas escolhas no momento.

— Tudo bem. Mas apenas porque não disponho de pessoas descansadas o bastante para serem eficazes em campo — observou Lar-Ka, com um olhar cheio de significado para Ko-Rel.

— Vamos ver como você se sai. Eu vou te colocar junto com minha segunda em comando e você deve ouvir cada palavra que ela disser sem questionar. Entendido?

— Sim, sim, entendido — concordou Peter, dando uma piscadela.

Ele não tinha ideia de no que estava se metendo. No entanto, tinha se oferecido para ficar e ajudar, então...

Lar-Ka assentiu.

— Vou convocar uma reunião em uma hora, saiam logo após o término. Vão ver o intendente e peguem equipamento de armadura adequado.

— Sim, senhor, sim! — Peter exclamou com algum tipo de saudação da Terra.

— Boa sorte, então — disse Ko-Rel. — Vou finalmente dormir um pouco e sugiro que todos façam o mesmo.

Ela olhou para Adomox, Suki e Tasver, certificando-se de fixar os olhos em cada um deles. Quão miseráveis e derrotados todos eles estavam.

Mas então havia Peter. Brilhante, ansioso, pronto para lutar ao lado deles e despertando as ideias que poderiam ser a chave para a sua sobrevivência. Talvez sua energia se mostrasse infecciosa, se todos vivessem o suficiente para que ela se propagasse.

— Elaborem um horário de vigilância entre vocês três. Caso não estejam em seu turno, quero que durmam em seu beliche. Sobreviver a isso vai nos custar tudo o que temos, precisamos de todos em sua melhor forma. — ordenou ela. — Nem é preciso dizer, mas, considerando o estado das coisas, a segurança operacional é fundamental. Quero sigilo fora desta base. Nenhuma comunicação externa. Isso é prioridade, oficial Tasver.

— Sim, comandante — todos os três murmuraram em resposta.

Ko-Rel virou-se para Lar-Ka e fez uma saudação.

— Fique seguro e boa sorte. Acorde-me quando retornarem e me faça um relatório.

— Assim o farei, comandante — aassentiu Lar-Ka, mas um leve sorriso no canto de sua boca o traiu.

— Você está mentindo na minha cara, capitão — protestou ela, seu próprio sorriso aparecendo. — Estou falando sério. Me acorde. — Ela apontou para Peter. — Certifique-se de que ele fará isso, Quill.

— Sim, senhora, sim! — concordou Peter, fazendo sua saudação terrestre novamente.

Lar-Ka revirou os olhos, mas assentiu.

— Espere esse relatório em cerca de oito horas.

— Traga boas notícias, capitão. Precisamos delas. — Ko-Rel deu um tapinha no ombro de Lar-Ka e o apertou. — E volte inteiro. Não preciso que sua esposa desça aqui para me destruir porque não o mantive a salvo.

— Ah, ela não é tão assustadora. Ela é uma mulher dura, mas é a alma mais gentil que conheço.

Ko-Rel olhou para ele de soslaio.

— Se você diz. Atletas profissionais sempre me assustam mais do que soldados.

— Comunicarei a ela que disse isso, senhora — afirmou ele com uma saudação.

Com isso, ela retribuiu a saudação de Lar-Ka e deixou os cinco terminarem o planejamento. Agora cabia a eles.

Para ela, o dever chamava.

E o nome desse dever era seu travesseiro.

BASE EM MERCÚRIO
7801

A ENFERMARIA estava, se é que era possível, ainda mais austera e branca do que tinha sido havia doze anos. Naquela época, ela tinha um aspecto levemente desgastado devido ao uso frequente. Agora, estava empoeirada, mas perfeitamente imaculada também. Não havia traço algum de sangue à vista. Eles pararam por tempo suficiente para que Peter colocasse um curativo na ferida profunda em seu tornozelo, o que anestesiou a dor e começou imediatamente a remendar sua carne. Ah, a tecnologia médica Kree. Era impossível não amá-la.

Enquanto Peter abaixava as calças para cobrir o ferimento, lançou uma olhada furtiva ao redor da sala, para o restante da equipe. Eles definitivamente estavam muito furiosos com ele, e ele simplesmente não entendia o motivo. Sim, os espinhos haviam sido uma chateação, mas

DIAS ATUAIS

nenhum deles foi pego por um dos malditos. Apenas ele sofrera as consequências. Todos estavam seguros.

A missão poderia continuar. O dia de pagamento ainda estava por vir. Nenhum deles estava sendo razoável.

Especialmente Rocket. Rocket, que estava a bordo da *Milano* havia mais tempo (embora ainda fosse a flark da nave de Peter, e ela era. Rocket gostava de *pensar* que era dele, mas não era assim que as coisas funcionavam). Ele achava que Rocket finalmente estava aderindo a coisa toda de Guardiões da Galáxia, com os trajes e tudo mais, mas parecia que nada realmente o convenceria. Nenhum deles simplesmente... acreditaria.

Ah, bem. Não havia nada que ele pudesse fazer além de concluir esse trabalho, receber o pagamento e esperar que isso fosse o bastante para os manter a bordo por um pouco mais de tempo. Iria funcionar. Eventualmente, a ideia de heróis de aluguel pegaria, e todos veriam o benefício.

Um toque leve em seu ombro o fez pular, mas quando ele se virou, era apenas Groot sorrindo pacificamente para ele. Todos os outros estavam de costas, mas Groot estendeu uma mão e fez brotar uma pequena muda. Era apenas um galho com um par de folhas, mas ele o arrancou da palma da mão e entregou a Peter, e em seguida virou-se e se afastou desajeitadamente.

Bem. Talvez houvesse ao menos alguém ao seu lado, afinal. E se ele quisesse conquistar o restante, precisaria se destacar e concluir esse trabalho.

Peter puxou a barra da perna da calça para baixo e ficou em pé, olhando para os outros.

— Ok — concordou ele, chamando a atenção deles. — Assim que passarmos por aquela porta, provavelmente começaremos a encontrar sistemas de segurança quase imediatamente. Devemos estar preparados.

— O que devemos esperar? — perguntou Gamora, porque é claro que ela faria essa pergunta. Por um momento, Peter considerou fingir por meio tick, mas em vez disso ele suspirou e optou pela verdade que o colocaria em apuros.

— Não faço ideia. Obviamente, eu estava com a Resistência quando estive aqui, e os Chitauri que se infiltraram nesta base eram metamorfos, então eles nunca dispararam nenhum alarme. Os engenheiros estavam apenas começando a entender o que estava aqui quando eu fui embora.

Rocket subiu na maca para encarar Peter no nível dos olhos.

— O que exatamente você *sabe* sobre este lugar? Você se lembra de *algo* útil?

Peter teve um breve lampejo de pele azulada dos Kree e lençóis de cama rígidos como num padrão militar... o que era extremamente inútil. Ele limpou a garganta e olhou para o teto. Ele tinha acabado de completar 20 anos, apenas dois anos após sair da prisão Chitauri, ainda vendo tudo na galáxia pela primeira vez, esticando as pernas, explorando... coisas...

Sim, agora que ele refletia sobre isso, doze anos atrás era um tempo muito longo e ele sequer estava prestando tanta atenção assim na época.

— Lembro-me claramente dos engenheiros falando sobre robôs estranhos. Podemos esperar drones e androides. — Peter ergueu o queixo, tentando transmitir um pouco de confiança. — Eu consigo nos levar até o centro de comando daqui. Lembro-me de haver algum problema com computadores... tipo, talvez... os computadores aqui na enfermaria não estejam conectados a todo o restante?

Gamora assentiu.

— Procedimento padrão. Mantenha os sistemas médicos isolados no caso de o restante da base ser comprometida.

— Então me leve até outro terminal, e talvez eu consiga algumas informações de verdade para nós — disse Rocket, pulando da maca e subindo apressadamente para o seu suporte nas costas de Groot. — Vamos nos mover. Quanto mais cedo começarmos, mais cedo acabaremos com isso.

— E mais cedo poderemos receber nossas cem mil unidades — acrescentou Peter, sem conseguir se conter.

— Tch, certo — disse Rocket. — Veremos.

Peter suspirou.

— Vamos lá.

Ele sacudiu a mão na frente do controle da porta, e ela se abriu rapidamente, então Peter deu um salto para trás e se abaixou quando uma voz distorcida e sem gênero ecoou do nada:

— Olá, Senhor das Estrelas —saldou a voz. — É tão bom vê-lo novamente. Você realmente não deveria ter vindo. Mas, já que está aqui, vamos nos divertir um pouco, não é mesmo?

De algum lugar profundo dentro do complexo, um zunido começou, seguido por várias batidas sinistras.

— Não posso deixar que você me atrase. Estarei de olho — protestou a voz.

No silêncio que se seguiu, quatro pares de olhos se voltaram para Peter.

— Não me olhem assim — reprovou Peter, levantando as mãos em protesto. — Todos sabíamos da existência de alguém que não deveria estar aqui, e que haveria segurança e armadilhas de algum tipo. Isso não é uma surpresa e vocês não podem ficar com raiva.

— Podemos sentir o que quisermos — alegou Gamora. — Você reconhece essa voz?

— O quê? Não. Como eu poderia reconhecê-la?

— A voz cumprimentou você usando seu título bobo e falso — apontou Drax. — E disse que era bom te ver *de novo*, o que claramente é mentira, mas também significa que vocês já se viram antes.

Peter assentiu.

— Você tem razão. E se me der um tick para refletir sobre os meus trinta e poucos anos de vida, aposto que consigo identificar exatamente qual antigo conhecido decidiu assumir o controle de uma estação de monitoramento de inteligência abandonada em um planeta minúsculo do meu sistema solar natal, que não visito há mais de doze anos, porque definitivamente não há chance de que essa pessoa esteja apenas, sabe, *mentindo para nos confundir*. Quem *faz* esse tipo de coisa, *não é*?

— Se fazem esse tipo de coisa, é normalmente por culpa sua — provocou Rocket, e Peter lhe lançou um olhar furioso.

— Tanto faz, cara — falou, saindo pela porta aberta da enfermaria.

Ele prontamente caiu em um poço. E foi apenas o fato de ele se lembrar de suas botas a jato com cerca de doze polegadas de solado que tornou o pouso apenas desajeitado e doloroso, em vez de quebrar seus ossos e ser possivelmente fatal.

A risada do Drax ecoou logo acima, Rocket rapidamente se juntou a ele. Gamora não riu, mas não precisava.

— Ei, Peter — exclamou ela. — Não sei se você se lembra, mas naquela missão do Hark Taphod com todos os sistemas de segurança, todos nós fomos jogados...

Peter franziu a testa.

— Sim, eu me lembro do bunker, Gamora, mas *muito* obrigado pelo *lembrete*.

— Você tem certeza? — ela perguntou de forma doce. — Porque seria tão trágico para você deixar a ironia dessa situação passar. Eu só quero que aproveite este momento tanto quanto eu o estou aproveitando.

Sinceramente, parecia que essa rotação fora planejada como uma coletânea dos piores momentos deles como equipe. Era totalmente possível que, uma vez que tudo isso acabasse, nem mesmo cem mil unidades fossem suficientes para mantê-los juntos. A esse ponto, Peter sequer os culparia.

Com um suspiro, ele ativou novamente suas botas a jato e saiu do poço. Pelo menos era apenas um poço vazio, e não um poço repleto de cobras, ou de lava, ou coberto de espinhos. Ou infestado com outra espécie de espinhos. Em termos de armadilhas, era bastante inofensivo. Se as coisas continuassem tranquilas assim, talvez eles pudessem resolver isso rapidamente e ele poderia encontrar outro trabalho bem remunerado para eles antes que todos decidissem que ele era mais problemático do que valia a pena aguentar.

Ainda havia uma chance, por menor que fosse, de que eles pudessem se recuperar disso. Eles só precisavam se concentrar e concluir esse trabalho.

Quando ele saiu do poço, os outros já estavam na metade do corredor, parados em frente a uma porta.

— Aqui — dizia Rocket, olhando para um dispositivo em suas mãos pequenas e peludas. —Deve haver um ponto de acesso para os sistemas de segurança que nós podemos...

Foi apenas quando a porta do laboratório foi aberta que Peter viu a placa ao lado, aquela que era muito alta para Rocket conseguir ler:

O *Projeto Meio Mundo – Laboratórios Rak-Mar.*

— Não, Rocket, espere...

Era tarde demais.

— Eu *com certeza* vou explodir este lugar — declarou Rocket, imóvel na entrada. — E vou começar agora mesmo.

BASE EM MERCÚRIO 7789

INTERLÚDIO: 12 ANOS ATRÁS

ERA para ser uma missão de reconhecimento. Sem contato com o inimigo. Não era sequer próximo o suficiente dos postos avançados. Apenas um pequeno grupo de soldados reunindo algumas informações no campo, dando uma olhada ao redor.

Então a chamada chegou, arrancando Ko-Rel de um sono profundo: "todos os médicos, apresentem-se à enfermaria. Feridos a caminho.

Agora Ko-Rel sentiu o sangue do homem penetrando na camiseta fina que ela tinha usado para dormir. Ela tolamente pensara que por fim conseguiria dormir por seis horas inteiras. A operação tinha começado havia apenas algumas horas, e a equipe não deveria se reportar novamente por mais cinco horas. Um pouco de descanso parecia ok.

Então a equipe de seis pessoas voltou mais cedo. Muito mais cedo. Sangrando, machucada e com um membro a menos.

Alguém tinha estragado tudo, e Ko-Rel tinha uma suspeita angustiante de que havia sido ela.

O humano em seus braços soltou um gemido de dor enquanto ela passava pelo auxiliar que segurava a porta da enfermaria aberta. Ela fez uma careta e readaptou seu apoio, tentando aliviar um pouco a pressão do ombro ferido do homem, mas quando olhou para baixo... não, claramente não adiantava. O ombro acumulava queimaduras e estilhaços, e ela conhecia muito bem a dor que vinha de uma ferida assim. Ko-Rel havia começado a carreira como oficial médica assistente a bordo de um cruzador de batalha patrulhando a borda do espaço Kree, logo antes do início da guerra. Ela tinha visto muitos desses ferimentos durante essas rotações pouco antes da guerra chegar aos Kree.

(Ela sem dúvida não pensaria nos amores mais profundos de sua vida com feridas tão escurecidas e manchadas no momento da queda de Hala, quando levaram seu coração para o vazio junto com suas próprias vidas, cruelmente interrompidas.)

Era demais. O sono tinha baixado sua guarda, deixado entrar muita dor antiga. Ela precisava se concentrar, mas sua mente estava uma bagunça.

No início da guerra, depois que sua nave havia sido danificada e caído em Drez-Lar, parecia que as rotações, os ciclos e os intermináveis ticks eram preenchidos por sangue e doença. Ela havia feito o possível para manter os sobreviventes da queda organizados e vivos. Ela havia feito o possível.

Mas não foi o suficiente. Mil oitocentos e sessenta e cinco tinham morrido no acidente, mas aquelas mortes ela não conseguiu evitar. Foram as trinta e três vidas perdidas posteriormente que sempre a acompanhariam a cada passo. Sua responsabilidade. Assim como essas pessoas agora, feridas, morrendo, mortas em uma missão designada por ela.

Ela deitou o paciente em uma maca assim que Peter Quill entrou cambaleando pela porta, carregando outra agente ferida. O braço da mulher estava apoiado em seu ombro, e ele sustentava seu peso para não tocar na confusão ensanguentada que era a perna esquerda dela, embora ela mal parecesse perceber que ele estava lá. Choque. Ela chamou uma enfermeira, instintivamente entrando no modo de triagem enquanto coordenava a chegada do restante da equipe. Ao todo, apenas Peter estava relativamente ileso, provavelmente porque as tropas o trataram como um civil. O restante da equipe levaria semanas se recuperando dos ferimentos.

Foi um golpe que eles realmente não podiam ter se dado ao luxo de tomar, pois já eram tão poucos...

Assim que a unidade inteira foi descarregada de sua nave enegrecida e teve seus cuidados postos como prioridade, o tempo passou de minutos angustiantes cheios de horror para o tipo de fluxo atemporal do trabalho médico de emergência. A equipe médica era talentosa e eficiente, mas Ko-Rel permaneceu mesmo assim, oferecendo ajuda onde seu treinamento pudesse ser útil e liberando profissionais mais experientes para cuidarem daqueles com ferimentos mais graves. Para a sua surpresa, alguns ticks — minutos ou horas — depois, ela olhou para cima e encontrou Peter Quill ainda lá. Ela o chamou quando ele ia e vinha rapidamente para o depósito de suprimentos.

— Você está bem? — indagou ela.

A pergunta parecia tola, mas ela queria verificar, e não conseguia pensar em algo melhor. Peter sorriu de uma forma que ela não seria capaz em sua situação daquelas.

— Estou bem. Já passei por coisas piores. Os outros nem mesmo me deixaram lutar, apenas me empurraram para baixo e atiraram por cima da minha cabeça.

O restante ficou implícito, mas a culpa pairava em cada palavra, enfatizada pelas manchas de sangue seco em sua testa e maçãs do rosto. Ele levantou as mãos cheias de suprimentos e acenou para um dos médicos.

— Alcanço você em um instante.

Ela assentiu e o viu partir. Ele tinha sido convocado como ajudante amador, pegando curativos e scanners ou qualquer outra coisa que fosse necessária, mantendo conversas tranquilas com os pacientes menos feridos. Parecia que ele sentia os olhos dela sobre si, pois olhou para cima e lhe deu um meio sorriso cansado. Ela não tinha mais nada para oferecer em troca. Com isso, Peter deu um tapinha no ombro do homem Xandariano com quem estava conversando e se despediu, abrindo caminho entre as camas ocupadas em direção a ela. Ele parou ao seu lado, colocou as mãos nos bolsos e inclinou a cabeça para ela.

— Você parece bem exausta — observou ele. — Que tal fazer uma pausa?

— Que encantador — disse Ko-Rel cansada, sem muito entusiasmo.

Peter deu um sorriso.

— Ei, olha, se eu estivesse te cantando, você saberia. O que estou tentando fazer é te convencer a sentar. Parece que você precisa de um cochilo.

— Eu tentei cochilar. O que eu precisava mesmo é de uma bebida — Ko-Rel o corrigiu, levantando a mão para limpar o suor prestes a escorrer em seu olho... mas quando percebeu o que estava prestes a fazer, se conteve, antes que manchasse a sobrancelha com o sangue de alguém. Ugh.

— Ei, isso também pode ser providenciado. Eu tenho uma garrafa no meu alojamento. Quer vir até a minha nave? — convidou ele, fazendo um movimento engraçado com a sobrancelha. Ela ergueu um pequeno sorriso.

— Meu alojamento é mais agradável.

Eles caminharam juntos, e ela o deixou preencher seu silêncio com uma conversa animada. De alguma forma, o brilho dele não havia sido completamente apagado pela noite passada testemunhando os horrores de uma ação de combate que dera errado e ajudando a cuidar dos feridos. Se ela não soubesse, pensaria que ele era insensível ou alheio. Sem empatia.

No entanto, ela não achava que fosse o caso. Ela não sabia o *que* pensar de Peter Quill.

Eles pegaram a garrafa do quarto de Peter (algo da Terra chamado "wild turkey", que ele havia encontrado no mercado negro em algum lugar), junto com um punhado do que ele chamava de "figuras de ação". Eram pequenas recriações de criaturas humanas e não humanas, nenhuma maior que sua mão. Peter disse que elas seriam úteis mais tarde... de alguma forma. Até lá, sua utilidade era colocar Peter para fazer vozes engraçadas.

— Hum, vou ficar e ajudar você — observou ele com uma voz estranha e rouca, em um tom alto e agudo, balançando uma pequena figura verde enquanto eles chegavam aos aposentos dela.

Uma vez lá dentro, ele pegou outra figura diferente, com cabelos bem fofos e uma jaqueta idêntica à que Peter usava o tempo todo. Tinha até mesmo a inscrição "Senhor das Estrelas" nas costas, assim como na jaqueta dele.

— *Tonight we ride straight into the fire* — ele cantarolou com uma voz dramática, gesticulando com a figura. — *Are you ready to go, go, go? We'll make our stand, don't give a damn, this is our time to go from zero to hero!*

— Sim, claro, Senhor das Estrelas — concordou Ko-Rel, arrancando a figura dele e colocando-a de cabeça para baixo na mesa ao lado dela.

Isso trouxe um sorriso engraçadinho e secreto ao rosto dele, mas ele não falou nada em resposta, apenas abriu a garrafa e a balançou para ela.

— Tem copos?

Os olhos de Ko-Rel se fixaram em uma pequena pintura pendurada sobre a escrivaninha, um dos poucos objetos pessoais que ela havia trazido consigo. Era uma das últimas obras que havia pintado antes de partir nos primeiros ciclos da guerra. No início, ela se sentira boba ao colocar a pintura em sua bolsa junto com uma camiseta pequena que não servia mais em Zam desde que ele era apenas um bebê. Seu marido, Tar-Gold, havia aberto seu mundo tão rígido para as artes, para o desgosto de seus pais, militares de carreira, e ela sempre associaria a ele tudo o que fosse intenso e criativo. Ela havia começado a pintar apenas pelo encorajamento do marido. Embora a pintura tivesse nascido por sua mão, a mensagem que transmitia era toda de Tar-Gold: Você é mais do que apenas militar. Você pode ser tudo o que escolher.

E Ko-Rel escolheu. Ela tinha alcançado notas máximas na academia militar. Também passava os fins de semana pintando e ouvindo Tar-Gold enquanto ele ensaiava para seus concertos... e sendo mãe do garotinho de bochechas gorduchas mais doce de Hala.

— Sim, eu tenho um copo aqui — disse ela, pegando a garrafa e tomando um gole diretamente dela.

Peter soltou uma risada surpresa.

— Pois é disso que eu estou falando — disse ele. Peter pegou a garrafa de volta e também deu um gole, depois se sentou no chão com as costas contra a parede.

Ko-Rel deslizou pela parede ao lado dele, e eles passaram a garrafa um para o outro enquanto Peter tagarelava. Ela não tinha ideia do que era um *"wild turkey"*, mas seus sucos queimavam ao descer de uma maneira muito agradável. Talvez fosse isso, ou a forma como seu cérebro estava obcecado com números, que a fez de repente questionar tudo.

Dezenove: a idade que ela tinha quando conheceu Tar-Gold. Vinte: a idade que ela tinha quando se casaram. Vinte e um: a idade em que sua vida virou de cabeça para baixo com o nascimento do filho.

E então: vinte e três.

A idade que ela tinha quando os Chitauri chegaram a Hala. A idade em que ela perdera tudo.

Vinte e cinco: aqui e agora. Dois anos depois e ainda lutando nessa guerra.

Números, bebida... o que quer que fosse, de repente ela precisava saber mais do que qualquer outra coisa no universo se poderia confiar em Peter Quill.

— Por que está aqui, Quill? — perguntou ela, interrompendo-o no meio de alguma história longa.

Ele parou e piscou.

— Eu só achei que você poderia fazer bom uso de um tempo para relaxar — ele declarou finalmente. — Você foi incrível lá. Eu nem sabia que você entendia dessas coisas de médico. Você simplesmente entrou de cabeça e...

Ela o interrompeu, inexplicavelmente envergonhada.

— Não, quero dizer, o que você está fazendo *aqui*. Aqui em Mercúrio. Por que você não foi embora com o restante dos Saqueadores? Essa luta *não é sua luta* nem nada do tipo.

— Ei, foi Yondu que disse isso, e não eu. — Ele deu um longo gole na garrafa e ficou olhando fixamente para a parede oposta por alguns momentos antes de continuar: — Yondu diz que os Saqueadores são neutros. Saqueamos todos, tanto a Resistência quanto os Chitauri. Mas eu simplesmente não concordo com isso.

Ele bateu a garrafa com força entre eles e se virou em direção a ela, seus olhos mais intensos do que ela jamais os tinha visto.

— Sabe onde Yondu e eu nos conhecemos?

Ela balançou a cabeça, silenciosa.

Seus lábios se contorceram em um sorriso, mas havia algo de errado nele. Algo amargo que ela nunca tinha visto ali antes.

— Em uma prisão em Chitauri Prime — contou ele. — Eles vieram para a Terra, mataram minha mãe e me sequestraram no meu décimo terceiro aniversário, depois me mantiveram na prisão. Por quatro anos.

— Peter... Sinto muito, eu não fazia ideia. — Ela se aproximou para pôr a mão em seu braço, mas recuou, com medo de quebrar esse frágil momento de sinceridade. — Por que mantiveram você? Eu pensei que colocassem todos os prisioneiros em sua doentia arena de gladiadores.

— Eles colocam. — Ele bateu os punhos nos joelhos, tocando as memórias reprimidas. — Mas não eu.

— Por quê?

A pergunta simples provocou uma reação que ela nunca tinha visto em Peter antes. Raiva. Rapidamente disfarçada, mas ainda assim presente. Ele desviou o assunto.

— Então, não é para me gabar nem nada do tipo, mas, sabe, sinta-se à vontade para ficar impressionada e talvez um pouco excitada, você sabia que sou um verdadeiro príncipe? Eu sei, eu sei, certamente sou bonito o suficiente para isso, mas a parte em que eu ando com piratas espaciais pode ter te confundido. Não te culpo.

Ko-Rel piscou.

— O que os Chitauri queriam com um príncipe da Terra?

Peter deu a ela um sorriso irônico.

— Acontece que sou apenas *metade* terráqueo. O velho Pops é de Spartax, tem um império e tudo mais. Nunca o conheci, mas ele parece ser muito importante.

Ko-Rel arregalou os olhos.

— Seu pai é o Rei J'Son do Império Spartax?

— Ele mesmo. — Peter deu um longo gole na garrafa, soltando um longo *ahhh* no fim. — Os Chitauri pareciam pensar que eu seria valioso ou algo assim. Ironicamente. Eu nunca sequer recebi um telefonema do meu pai. Não faço ideia de por que se incomodaram em me manter por tanto tempo. Vi tanta gente chegar e partir. Ninguém durava muito. Aprendi a não me apegar rápido demais.

— Isso até Yondu?

Peter suspirou e bateu a cabeça de volta contra a parede.

— Acho que sim. É, não sei se foi apenas o momento certo, ou... Quero dizer, você conheceu Yondu. Havia algo nele. Eu tinha apodrecido naquela cela por quatro anos e, antes de me levarem, nem sabia que alienígenas e naves espaciais existiam. Passei tanto tempo sonhando em ter minha própria nave e simplesmente sair de lá sem nunca olhar para trás. E então esse cara azul pousa na minha cela e me diz que lidera um grupo de piratas espaciais com dezenas de naves que viajam por toda a galáxia e roubam os Chitauri sempre que têm a chance. Eu havia elaborado tantos planos de fuga possíveis, mas nunca achei que algum deles funcionaria. Mas, uma vez que ele estava lá...

— Você fez acontecer.

— Sim. Conseguimos sair. Roubamos uma nave de suprimentos, vendemos para os Kree e depois nos juntamos aos Saqueadores. E eu fiquei com eles. Mas não notei...

Ele desviou o olhar.

— Não eram apenas os Chitauri que eles saqueavam. Eles eram piratas que agiam de acordo com a oportunidade, jogando dos dois lados. Eu consegui fazer com que Yondu se concentrasse nos Chitauri nos últimos dois anos, mas fazê-lo vir aqui... foi quase impossível.

Peter ficou em silêncio e olhou para ela. Ko-Rel assentiu. Ele não precisava dizer mais nada. Sua unidade estaria morta se eles não tivessem aparecido. *Ela* estaria morta. Ela colocou a mão no joelho dele e apertou, em demonstração de gratidão... e houve um choque de contato que deixou sua palma quente e formigando. Quanto tempo fazia desde que ela tocara outra pessoa com afeto? Não com distância médica ou a praticidade da coordenação de batalha, mas uma conexão real? Peter olhou para a mão dela por um momento, depois se aproximou minimamente, deixando seu dedo mínimo roçar levemente o lado de seu pulso.

— Então... Yondu. Depois de estar naquela prisão, eu não via como ele ainda podia sair e sequer pensar em agir dos dois lados. Como ele simplesmente não tinha vontade de atacar os Chitauri repetidamente até que *desaparecessem* depois de ter estado naquela prisão.

Ko-Rel se voltou mais completamente em direção a ele, o joelho dela pressionando contra o dele.

— Ele não ficou lá tanto tempo quanto você. Ele não sofreu como você. Foi ruim, sim, mas talvez não o suficiente para alguém como Yondu. Definitivamente, nada ruim como os seus quatro anos de sofrimento.

— Sim, bem, foi bastante ruim para mim. Chega disso para mim. Não, obrigado. — Ele esvaziou o último gole da garrafa e fez uma careta. — Acho que ele simplesmente não suporta a ideia de nutrir algum tipo de lealdade. Deus nos livre que alguém pense que ele possa ter vínculos com qualquer coisa além dos Saqueadores. É como estar na prisão.

— Mas você não se sente assim?

Peter colocou a garrafa vazia em cima da mesa, ao lado da pilha de figuras de ação que ele trouxera. Quando se sentou de volta, ele se encostou ao lado dela, quente e vivo, os olhos cheios de paixão.

— Este lugar aqui... é tudo o que separa os Chitauri da Terra. E só porque eu não quero voltar para lá, não significa que eu queira que aqueles lagartos bastardos pisem sobre o túmulo da minha mãe. Estou aqui para recuperar Mercúrio com você. E vamos *conseguir*. Além disso... quem sabe? — Ele se inclinou para mais perto, um pequeno sorriso no canto de sua boca. — Eu me preocupo mais com o aqui e agora.

A reação quente sob sua pele era surpreendente... e ao mesmo tempo não era. Peter Quill era algo completamente novo em seu mundo de guerra. Audaz. Corajoso. *Vivo*. Presente em sua própria vida de uma maneira que ela não via desde...

Bem, desde seu marido.

Tar-Gold. Dois anos já haviam se passado e ela não tinha superado. Não chegara nem perto. Mas talvez ela não precisasse. O luto, as pressões do comando, o ciclo constante de adrenalina e queda, eram como um acúmulo de pressão sem válvula de escape. Seu peito doía por causa disso. Ela estava *cansada*.

Talvez isso seja exatamente o que precisamos neste planeta, pensou ela. *Alguém que ainda não tenha sido derrotado.*

Também era exatamente do que ela precisava. Um pouco de alívio. Um impulso ao sistema.

Além disso, com que frequência alguém acaba com um belo príncipe-pirata de verdade em seus aposentos?

— Aqui e agora me parece bom — disse ela, e reduziu a distância entre eles.

BASE EM MERCÚRIO
7801

AQUELES que não conheciam Rocket muito bem poderiam pensar que ele era exageradamente ameaçador. Uma hipérbole divertida.

Essas pessoas estariam erradas. De fato, Rocket já estava segurando uma bomba em uma mão, um detonador na outra e tinha intenção assassina no coração.

— Não, Rocket, espere, apenas...

— Saia da frente. *Flark*, Quill — rosnou Rocket, balançando a bomba na direção dele. — Você não me disse que os supostos "bonzinhos" usavam soldados de Halfworld aqui.

— Porque não usamos! — exclamou Peter, gesticulando de forma apaziguadora. — Eu juro, eu teria lembrado se houvesse algum supersoldado guaxinim entre nós.

— Certo, porque provavelmente todos eles eram bucha de canhão que morreram defendendo esse lixo dos lagartos — rosnou Rocket.

Ele entrou sorrateiramente na sala e subiu apressadamente na mesa mais próxima, descarregando um número assustador de dispositivos explosivos da mochila. Embora os instrumentos médicos e equipamentos que eram as ferramentas do repugnante comércio de Rak-Mar já tivessem desaparecido havia muito tempo, as evidências de seus trabalhos permaneciam. O laboratório era uma sala comprida, cuja parede de fundo estava alinhada com uma série de gaiolas e cilindros grandes o suficiente para abrigar um humanoide do tamanho de Drax. Muitas das celas de contenção estavam marcadas, tanto por dentro quanto por fora, com marcas profundas de garras, riscos e queimaduras de rajadas de energia e, em pelo menos um caso, dobradiças que haviam sido completamente arrancadas.

— Estou falando sério, Rocket. Eu não fazia ideia de que Rak-Mar já esteve aqui, senão nunca teria nos trazido para cá — defendeu-se Peter.

— Teria, sim — protestou Rocket com desdém. — Você apenas teria se certificado de que eu nunca descobrisse. Essa é a *única* razão pela qual eu sei que não está mentindo.

Com isso, Rocket varreu seu olhar experiente pela sala, sem dúvida procurando pontos fracos na estrutura. Ele pegou uma bomba com aparência especialmente perigosa e se preparou para saltar em um pilar de sustentação... apenas para ficar preso em uma confusão de galhos finos e entrelaçados.

— Me solte... ME SOLTE! — gritou Rocket, debatendo-se no firme e gentil aperto de Groot.

— Eu sou Groot — disse Groot suavemente.

— Não me importa! Poderia ser a *mil e quinhentos* anos atrás, e eu ainda iria querer reduzir este lugar a pó e deixar um enorme monte de excremento em suas cinzas!

Rocket lutou por mais alguns ticks e depois recorreu à mordida.

— Eu sou *Groot* — insistiu Groot. — *Eu* sou Groot. Eu... sou Groot.

No fim, as palavras de Groot, se é que se pode chamar assim, haviam se tornado tão suaves que Peter mal conseguia ouvi-las. No entanto, seja lá o que ele tivesse dito, finalmente pareceu surtir efeito.

— Está bem — assentiu Rocket, desviando o olhar. — Tanto faz.

Com isso, Groot abaixou Rocket de volta à mesa ao lado dos explosivos dispostos e o soltou. O crescimento espinhoso se retraiu de volta ao braço de Groot até restar apenas sua mão, que ele gentilmente colocou sobre a cabeça de Rocket. Os ombros de Rocket se ergueram e caíram enquanto ele suspirava, e então ele começou a recolher seus explosivos de costas para todos.

— Rak-Mar em pessoa nunca esteve aqui. Ele nunca saiu de Halfworld. Gostava de mexer conosco pessoalmente — disse Rocket, com a voz rouca. — Esses pobres desgraçados foram enviados aqui para testes de campo. Acho que o teste falhou.

Gamora arrastou suavemente os dedos sobre as barras de uma gaiola, com uma expressão dolorida no rosto.

— Sinto muito, Rocket — lamentou ela. — Eu sei o que é ser manipulado para servir ao propósito de outra pessoa.

Rocket abaixou as orelhas.

— Sim, bem... Há muita gente perturbada nessa *flark* de galáxia. — Com as últimas bombas guardadas de volta na mochila, Rocket se virou, evitando o olhar de todos. — Vou tentar o terminal e ver o que acontece.

— Não adianta, cara — anunciou Peter, apontando para o painel de exibição embutido na parede. Parecia ter levado um soco bem forte, várias vezes, por alguém com punhos do tamanho da cabeça de Peter. — Esqueça o terminal. Vamos embora.

— E então o quê? Confiar na sua memória desatualizada de doze anos sobre onde está o quê? Me parece uma ideia terrível — obbservou Rocket.

— Sim, Peter Quill, Seeeenhor das Estrelas — a voz do intercomunicador acrescentou. — Ouça o seu guaxinim. Já faz algum tempo. Sua memória pode estar comprometida. Você não gostaria de levar sua equipe ao erro, *nãooo* é?

Rocket sacou a arma e atirou no intercomunicador mais próximo.

— Ai — proferiu a voz, ainda perfeitamente audível.

Gamora olhou para baixo, para Rocket, e suspirou.

— O quê? — indagou ele. — Ela me chamou de guaxinim. Você também já deve ter se cansado dela.

Peter não podia discordar disso.

— Olha, só quero apontar uma coisinha — ponderou Peter. — O fato de ela querer que acessemos um terminal para encontrar um mapa *pode* indicar que seria péssimo para o nosso bem-estar se seguíssemos a sugestão.

— Você acha que é uma armadilha — considerou Drax, parado meio dentro e meio fora da sala para vigiar o corredor.

— Quer dizer, meio que parece, não é? — Peter olhou irritado para a marca de queimadura no teto onde estava o intercomunicador. Quem essa pessoa pensava que era, julgando sua liderança daquele jeito? Ele suspirou. — Eu resolvo isso, pessoal. Já faz muito tempo, mas acreditem em mim quando digo que as coisas que aconteceram aqui não foram fáceis de esquecer. Posso nos levar para onde queremos ir, e se encontrarmos um terminal funcionando no caminho, podemos pensar a respeito.

— Está bem — afirmou Rocket, preparando a arma. — Mas se ela me chamar de guaxinim de novo, eu vou explodir este lugar inteiro.

E com isso, ele saiu da sala em silêncio. Um tick depois:
— Waaaaaaaah!

Drax, Gamora, Peter e Groot se entreolharam e correram para o corredor.

— Eu sou Groot! — gritou Groot, avançando para liderar o grupo, totalmente focado na forma encolhida de Rocket. Então suas pernas cederam debaixo dele.

Madeiraaa! O cérebro de Peter gritou inutilmente, bem antes de sua bota pousar em algo escorregadio. Seu calcanhar deslizou mais rápido do que se tivesse pisado em uma casca de banana de desenho animado; então ele caiu e deslizou, algo molhado penetrando em suas roupas e por todo o lugar. Atrás dele, Drax gritou e Peter olhou para trás para vê-lo correndo pelo corredor, que agora era uma pista de deslizamento em direção à desgraça, com as facas em mãos... vindo na direção de Peter.

— Drax, as facas! — gritou ele, ativando suas botas a jato para sair do caminho.

Ideia inteligente, não era? Exceto que os jatos das botas aparentemente emitiram uma pequena faísca... e o chão estava coberto de óleo.

O óleo derramado pegou fogo instantaneamente, e as chamas se espalharam tão rapidamente que quase atingiram Groot e Drax antes que Peter pudesse reagir. Drax desferiu um golpe com as facas, deixando longas marcas na parede para desacelerar sua queda descontrolada pelo corredor. A tática de Peter não funcionou tão bem.

Ele desligou as botas e lançou todo o seu peso para um lado, longe das chamas, mas não adiantou. Ele já estava *coberto* da substância e via a perna de sua calça pegar fogo. Ele olhou para cima e viu Groot e Rocket disparando em sua direção. Não, era ele quem estava indo *na direção dos dois*, porque a mancha de óleo aparentemente tinha um fim, e bem ali, um Peter Quill literalmente em chamas estava prestes a colidir com eles. Com Rocket, cuja pelagem estava encharcada de óleo, e Groot, que era literalmente feito de lenha revestida de fluido inflamável. Os dois olharam para cima bem a tempo de testemunhar o Senhor das Estrelas em chamas deslizando.

Todos os três caíram na interseção com o próximo corredor, formando juntos uma pilha de cabelos, tecidos e madeira oleosos pegando fogo. Peter se jogou para um lado e rolou freneticamente, seu eu de jardim de infância repetindo em sua cabeça: "*Pare, deite e role, pare, deite e role*", sem parar. Aparentemente, não importava o quanto ele rolasse, não era de grande utilidade quando se estava coberto de óleo inflamável. As primeiras labaredas de fogo começavam a atravessar o tecido pesado de suas calças e jaqueta quando o ar ficou cheio de um *whooooosh* molhado, e Peter se viu coberto por menos chamas e mais por vários jatos de espuma branca. Quando a dor e o calor finalmente diminuíram, ele saiu de sua posição fetal e olhou para cima, para ver Rocket de pé sobre ele com um extintor de incêndio.

— Isso é irônico — denuncioiu Peter. — Nunca pensei que você, dentre todas as pessoas, estaria apagando incêndios.

— Olha, quando você carrega tantos explosivos quanto eu, é um bom negócio carregar um extintor de incêndio. Nem todos nós somos idiotas, Estrela-Turd — disse Rocket. — Além disso, você tem ideia de quantas coisas incríveis pode fazer com um desses? Se você perfurar o cilindro com um...

— Sim, ok. Obrigado, amigo, legal. Ei, talvez possamos continuar com isso antes que a moça da voz desencarnada solte um enxame gigante de abelhas assassinas — afirmou Peter.

— O que é uma abelha? — perguntou Drax.

Peter fechou os olhos e sentiu arrependimento.

— É um inseto pequeno que ajuda na produção de alimentos ao rolar no pólen — declarou ele, sabendo instantaneamente que não era suficiente. Como esperado:

— O que é pólen?

— É como as flores fazem sexo — exclamou Peter, certo de que isso encerraria a conversa. E eis que realmente funcionou. Peter olhou de volta para o início do corredor, onde Gamora estava de pé, sem sinais de queimaduras ou óleo, observando os acontecimentos com um leve sorriso.

— Você planeja se juntar a nós? — indagou Rocket, jogando o extintor de incêndio de lado e se sacudindo como um cachorro molhado.

Groot limpou uma mancha de espuma da bochecha sem dizer nada.

Gamora recuou, inclinou a cabeça para analisar o piso coberto de óleo e então veio correndo. Com um pequeno salto gracioso, ela pulou no óleo e o atravessou pelo corredor como uma rainha surfista em cima de uma onda suave. Ao fim, ela estendeu a mão para Groot, que a segurou firme enquanto ela saltava para fora do óleo e limpava as botas no chão até conseguir andar com firmeza novamente. Então ela olhou para Peter com expectativa.

— Bem, para onde, Senhor das Estrelas?

Peter franziu a testa.

— Ah, cale a boca.

Ele se virou e seguiu pelo corredor, virando a próxima bifurcação resmungando..

INTERLÚDIO: 12 ANOS ATRÁS

BASE EM MERCÚRIO 7789

PARA o choque de Ko-Rel, as figuras de ação acabaram tendo utilidade.

— Ok, então se o travesseiro é essa base e seu joelho é o posto avançado, e se Lar-Ka enviou um pelotão de soldados...

Peter levantou uma figura humanoide coberta de pelo marrom para representar o pelotão, então marchou com ela pela panturrilha nua em direção ao "posto avançado". Ko-Rel balançou a cabeça e se inclinou para a frente para pegar o boneco do Senhor das Estrelas.

— Não, porque sabemos que eles têm um contingente escondido em algum lugar por aqui. — Ela ajeitou o cobertor para criar uma representação das colinas próximas e colocou a figura em cima. — É uma emboscada quase certa para qualquer tropa que passar perto desse território. Não podemos arcar com mais perdas. Enviei outro relatório para Rider sobre a ação de combate, e seu assistente confirmou o recebimento, mas isso é tudo. Não que eu esperasse que uma operação fracassada o fizesse mudar de opinião, mas...

Ela pausou, fechou os olhos e suspirou.

— Na verdade, acho que meio que esperava, sim. Uma esperança boba à qual me agarrei, suponho.

— E se você enviar uma pequena força para provocá-los, atraí-los por esse caminho... — Ele colocou uma pequena criatura verde com orelhas desproporcionalmente grandes perto da figura do Senhor das Estrelas. — ... para que o outro pelotão possa passar.

Ko-Rel abriu os olhos e estudou o "mapa", deixando as batalhas se desenrolarem em sua mente... depois balançou a cabeça.

— Tem um fator significativo que não estamos considerando — disse ela, enquanto caía de volta no travesseiro. — Eu recebi o relatório verbal da tenente sobre a excursão de vocês, mas ela estava ferida e sob efeito de drogas, então talvez alguma coisa tenha passado. Pode me contar com suas próprias palavras o que aconteceu?

Peter suspirou e se jogou ao lado dela.

— Honestamente, não há muito o que contar. Planejamos nossa rota com antecedência, apenas uma rápida ida e volta até os picos ao oeste. Assim que atravessamos o cume a oeste, encontramos Chitauris esperando no vale.

— Vocês os pegaram de surpresa? — perguntou Ko-Rel.

Ela instintivamente já sabia a resposta, e Peter confirmou.

— Não. Eles estavam nos esperando.

Ko-Rel jogou o braço sobre os olhos e soltou um suspiro ainda mais profundo.

— Temos um traidor, não temos?

Não era uma pergunta, apenas uma afirmação. Mesmo assim, Peter respondeu:

— É, com certeza, sim.

Ko-Rel hesitou antes de fazer sua próxima pergunta, sabendo que isso poderia afastar o único apoio que provavelmente receberia. No entanto, uma comandante tinha de fazer sua diligência.

— E não é você, certo?

Peter riu alto.

— Sim, sou eu, o grande amante dos lagartos. Mal posso esperar para ligar para meu amigo Chitauri e contar tudo sobre nosso próximo plano infrutífero. Podemos relembrar meu tempo na prisão dos Chitauri. Lembranças tão agradáveis.

Ko-Rel abriu um dos olhos e mostrou a língua para Peter.

— Ei, como eu deveria saber? Talvez os Chitauri tenham transformado você em algum tipo de agente adormecido e esse é o real motivo de não o terem jogado na arena de gladiadores.

Peter ficou imóvel.

— Mas isso é mesmo possível? Eles podem fazer isso?

Ko-Rel riu.

— Não, Peter. Pelo menos não que eu saiba. Você não é um agente adormecido.

Ela se sentou novamente, fazendo o possível para não mexer no plano de batalha cuidadosamente preparado ao pé de sua cama.

— Todos esses planos são bons e adequados, mas o problema de segurança da missão torna tudo isso insignificante. Alguém está vazando nossos planos, e até descobrirmos de onde isso vem, temos de presumir que toda operação está comprometida. Precisamos levar isso em consideração e contornar a situação...

— Ou pegar o infeliz que está com os Chitauris na discagem rápida, sim — disse Peter, o que era meio incompreensível para Ko-Rel, mas ela captou a ideia.

Ambos pararam para pensar, contemplando o problema em um confortável silêncio seminu. Sua mente estava incomumente calma e focada. Talvez liberar um pouco de tensão e anestesiar um pouco o horror da guerra com sexo casual fosse exatamente o que ela precisava. Pegar emprestado um pouco daquela energia ousada que Peter trouxe para a base.

Peter soltou uma risada, tirando-a de seus pensamentos.

— Eu estava pensando — observou ele, procurando entre sua pilha de figuras. — Algumas dessas figuras de ação são de um filme chamado Star Wars. É a história sobre uma grande guerra intergaláctica entre um império maligno e a Aliança Rebelde que tenta derrubá-los.

— Parece familiar — disse Ko-Rel com um sorriso irônico.

— Não é? Eu fiquei realmente surpreso quando cheguei aqui e descobri que existiam grandes impérios do mal no espaço. — Ele pegou uma das figuras de ação, um homem vestindo um colete preto e calças azul-escuro com listras vermelhas na lateral, e ergueu o braço da figura, apontando-o para ela com um "*pew, pew*" silencioso. — Então, este cara aqui, Han Solo, na verdade, não faz parte dos rebeldes ou do império. Ele é um contrabandista ousado que não quer ter nada a ver com a guerra, mas acaba sendo arrastado a ela de qualquer forma. E Chewie, este cara, é o melhor amigo de Han Solo. Na verdade, eu o tinha comigo quando fui sequestrado da Terra. Encontrei Han e alguns outros em uma banquinha no mercado de Lugar Nenhum, foi pura sorte.

Houve um silêncio constrangedor, no qual Ko-Rel definitivamente *não* apontou como Peter claramente se imaginava como um tipo de contrabandista destemido que fora arrastado para uma guerra.

— Então esse personagem, o *Hanzolo*, e o amigo dele. Eles acabaram vencendo sua guerra? — ela perguntou em vez disso.

Peter a olhou e sorriu com aquele encantador sorriso juvenil que sempre parecia prometer que tudo ficaria bem.

— Sim. Eles venceram. Jogaram um velho malvado em um poço e tudo mais. — Outra breve pausa, então Peter estendeu a figura peluda marrom para ela pegar. — Aqui. Você fica com ele — disse. — Ele vai cuidar de você. Se algum Chitauri tentar te incomodar, ele vai arrancar os braços deles. Wookies são conhecidos por fazerem isso.

Ko-Rel levantou as mãos e balançou a cabeça.

— Ah, Peter, eu não...

— Você está dizendo não ao meu presente incrivelmente pensado? — perguntou ele com um olhar de soslaio. — Porque não estou dizendo que seria *insensível* da sua parte, sabe, é só que...

Ko-Rel suspirou e pegou a figura. Era meio fofa, ela supôs. Zam teria gostado.

— Obrigada, Peter — agradeceu ela. — Não fale mais nada.

Ela olhou para a figura e a virou várias vezes nas mãos. Chewie. Um melhor amigo leal, sempre confiável. Ela *odiava* ter de suspeitar de todos ao seu redor. Em uma unidade militar, a confiança era fundamental. Mesmo que você não gostasse muito da pessoa ao seu lado, ainda precisava confiar sua vida a ela. Neste momento, ela não podia confiar em ninguém.

Nas últimas rotações, a base foi infiltrada por metamorfos Chitauri que mataram quase todos pouco antes de Ko-Rel e seus reforços chegarem; eles enfrentaram um contra-ataque devastador logo que retomaram à base; e a missão de acompanhamento mais simples e descomplicada foi um fracasso total. Uma missão de reconhecimento sem complicações, conduzida com extrema cautela, que devia ter sido tão rotineira a ponto de ser quase entediante.

Definitivamente, havia um traidor entre eles, e Ko-Rel tinha a intenção de descobrir quem era. Ela rolou para fora da cama, impulsionada por uma rajada da energia que pegara emprestada de Peter.

— Vamos lá. Vista-se — disse ela, pegando uma camiseta básica preta e a colocando sobre a cabeça. — Vamos obter mais informações.

— Sim, senhora, sim — declarou Peter, levantando-se e tropeçando enquanto se atrapalhava para colocar as calças.

Em minutos, estavam prontos. Os bolsos de Peter estavam cheios de figuras de ação extras. Ko-Rel colocou a dela de volta na mesa de cabeceira.

— Fique de guarda, Chewie — alertou ela, depois se virou e saiu do quarto, determinada como uma mulher em uma missão.

Peter seguiu atrás dela, ainda lutando com a camiseta.

Apesar de ser tarde, Ko-Rel o conduziu através da base escurecida a passos rápidos e firmes. As luzes estavam reduzidas ao nível do ciclo noturno, e os corredores estavam quase silenciosos, produzindo eco a cada passo. Muitos de seus companheiros estavam dormindo. Ela sabia que havia uma pessoa que não estaria. Ko-Rel não estava certa se podia confiar nela mais do que em qualquer outra pessoa na base, mas estava disposta a apostar que sim, e ela seria uma das mais fáceis de pegar numa mentira se fosse necessário.

— Deixe que eu fale — Ko-Rel pediu a Peter enquanto eles entravam na instalação no centro do complexo: o centro de comando, onde todos os equipamentos de monitoramento e análise estavam localizados... e onde uma jovem oficial de inteligência muito talentosa praticamente vivia desde que eles retomaram à base. — Yumiko — disse Ko-Rel, anunciando sua presença para não assustar a jovem.

Ela estava... nervosa desde o ataque que tirara a vida de Hal--Zan. Mal comia, não dormia, grudada em sua estação no centro de comando mesmo quando não estava escalada para estar de vigia, enquanto mergulhava em informações intermináveis. A ferida em sua bochecha esquerda parecia estar cicatrizando mal, como se ela não conseguisse parar de mexer nela. Estendia-se da maçã do rosto até a linha da mandíbula, mostrando as bordas irregulares das estilhas de metal em que ela tinha caído durante o ataque. Ko-Rel se lembrava daquele momento vividamente e provavelmente sempre se lembraria.

No que dizia respeito a Ko-Rel, todos os que haviam sobrevivido até esse ponto estavam sob suspeita. Essa mulher, porém... perder Hal-Zan a afetara profundamente, e Ko-Rel duvidava que ela ajudasse as pessoas que haviam causado aquela morte, não importava o quanto ela odiava Richard Rider. A dor reconhece a dor. Ko-Rel sabia que, pelo menos isso, era genuíno. Ela não estava totalmente fora da lista de suspeitos, mas estava no fim dela, e isso era o melhor que Ko-Rel poderia esperar no momento.

A mulher, de fato, se assustou um pouco com a chegada dos dois, mas rapidamente virou a cadeira para encará-los. Seus cabelos pretos e lisos estavam repuxados para trás, revelando completamente as sombras cansadas sob seus olhos castanho-escuros. Ela vestia um uniforme que estava pelo menos uma rotação atrasada para ser trocado, com S. *Yumiko* bordado acima do peito esquerdo. Apesar de tudo, ela parecia realmente melhor do que já esteve desde o ataque.

Peter avançou para o lado de Ko-Rel e acenou para a mulher.

— Yumiko... ainda não tivemos a chance de conversar, mas esse nome parece ser da Terra.

Bom, então a ideia de deixar que Ko-Rel falasse tinha ido por água abaixo.

— Porque realmente é. Suki Yumiko — disse ela, estendendo a mão para que Peter apertasse, embora sua expressão permanecesse cautelosa. — É bom conhecer outra pessoa do terceiro planeta.

— Igualmente — confessou Peter. — Onde você morava?

— Tóquio. Eu era uma simples caixa de supermercado, mas você sabe como as coisas acontecem. Depois de uma série muito estranha de eventos... aqui estou eu, protegendo a Terra de outro planeta. Não que eu esteja fazendo um bom trabalho.

— Você está — assegurou Ko-Rel com firmeza, colocando a mão no ombro da mulher. — Você deu tanto de si para esta guerra. Hal-Zan... ela teria ficado incrivelmente orgulhosa de você.

Um lampejo de dor pareceu tirar o fôlego de Suki, e a pele nos cantos de seus olhos se contraiu. O estômago de Ko-Rel se apertou com nós de empatia e tristeza, mas ela se forçou a respirar lentamente pelo nariz e se recolocar.

— Yumiko, sei que você tem examinado os dados dos ataques das últimas rotações. Você encontrou alguma...

Ko-Rel hesitou.

— ... inconsistência? Qualquer coisa, mesmo que mínima.

Suki encolheu os ombros.

— Nos dados das batalhas... não, realmente não há muito ali. Nem mesmo nas transcrições das conversas dos soldados em cada microfone dos capacetes. Até agora, nada. No entanto, também estou revisando outros conjuntos de dados. Registros de comunicação, registros de acesso às portas, pedidos de refeições, solicitações de suprimentos... — Ela fez uma pausa e estudou Ko-Rel, como se estivesse insegura sobre o quanto dizer, então deu de ombros. — Sinceramente, comandante, quanto mais eu analiso, mais sinto que pode haver um vazamento na segurança. Há um padrão aqui, em algum lugar. Algo está prestes a vir à tona em minha mente, como se a solução estivesse bem diante de mim.

Ko-Rel franzia os lábios, mas não disse nada que confirmasse ou negasse aquela suspeita.

— Você tem algum suspeito? — ela perguntou em vez disso.

Os olhos de Suki deslizaram para Peter e depois para a estação de comunicação vazia, antes de voltarem para Ko-Rel.

— Alguns. Nenhum com evidências particularmente convincentes... ainda.

Ela passou a mão no cabelo, pegando mechas que se soltaram do prendedor e arrumando um pouco da bagunça não lavada. Ela precisava de descanso, um banho e provavelmente de um bom terapeuta. Mas estava claro que não teria nada disso tão cedo.

— Vou descobrir quem é o responsável — afirmou ela, reforçando o ponto. Ela desviou os olhos por um momento e depois os fixou mais uma vez em Peter com uma intensidade completamente nova. — E, quando eu descobrir, o traidor vai receber o mesmo tratamento que Hal-Zan. Eu garanto.

Peter se mexeu desconfortavelmente, com as mãos nos bolsos. Ko-Rel não o culpava. Suki claramente não confiava nele da mesma forma que confiava em Ko-Rel.

Por que aquilo? Aquilo tinha sido uma ameaça.

BASE EM MERCÚRIO
7801

LOGO que Peter virou a bifurcação, foi imediatamente atacado por um enxame de abelhas. Era como se a voz o tivesse ouvindo, apenas esperando que ele dissesse algo errado para que eles pudessem apertar o botão "implantar abelhas-robôs gigantes assassinas".

— Eu preciso parar de falar besteiras desse tipo — disse ele, indo para o chão junto com os outros para que Rocket pudesse fazer sua parte.

Ele pegou um pequeno dispositivo de suas costas e o lançou no ar, então liberou uma onda de choque lateral que se espalhou em um amplo disco acima deles. Quase todas as minúsculas abelhas-robôs caíram como chuva, e Gamora rapidamente eliminou as que restaram com alguns golpes de sua lâmina.

— Ah, chupa essa — provocou Peter, sacudindo o punho em direção ao teto.

DIAS ATUAIS

Chamavam aquilo de armadilha? Ninguém sequer foi picado.

— Não pode me culpar por tentaaaar — respondeu a voz. — Alguém foi muito malvado durante a guerra. Fui eu? Foi *você*? Há tanta *evidência* aqui. Dados de sobra. Poderia causar grandes problemas a alguém. Só preciso de tempo, tempo, tempo. Eu conheçooo você, Peter. Eu conheço você.

Groot olhou para Peter, analisando-o intrigado com a cabeça inclinada.

— Eu sou Groot?

— Boa pergunta — disse Rocket. — Há alguma coisa que você gostaria de nos contar sobre suas pequenas traquinagens durante a guerra, Quill?

Peter chutou um drone de abelha pelo corredor e o seguiu com passos decididos.

— O que há para contar? Eu vim aqui com os Saqueadores para entregar suprimentos e impedir um ataque Chitauri. Fiquei algumas semanas enquanto a Resistência retomava o planeta. Depois, parti e me juntei novamente aos Saqueadores. Fim da história.

— Não exatamente o fim — corrigiu a voz. — Houve o pequeno problema de traição.

Quatro pares de olhos se voltaram para Peter, e ele levantou as mãos em defesa.

— Sim, mas não fui eu. Eu não cometi traição alguma.

— Huuum, eu não seeei, Peteeer. As coisas começaram a dar errado logo depois que você chegou. Quão certo *você* está?

— Quer dizer, eu sou eu, vejo dentro da minha própria cabeça, sabe? Então... tenho bastante certeza — afirmou ele, revirando os olhos.

— Ah, Peteeeer — a voz murmurou. — A guerra é complicada. Tão difícil. Você pensa que conhece uma pessoa. Você trabalha ao lado dela a cada rotação. Parecem ter a mesma missão. Parecem estar ajudando.

O tom da voz ficou agudo.

— Mas não estão. Não estão ajudando em nada. Eles estão prejudicando e os queremos mortos.

Um forte CLIQUE ecoou pelo corredor.

— Se abaixem! — gritou Gamora, justamente quando o ar se encheu com milhares de raios de energia finos como agulhas.

Peter se jogou de barriga no chão, caindo em cima do pé de Gamora e soltando um "ai" de dor quando um dos braços de Groot o acertou nas canelas. Pior jogo de Twister de todos os tempos. Uma sequência abafada de palavrões veio de algum lugar de baixo de Drax, que rolou para o lado, revelando Rocket, que estava com uma aparência bem amassada. Rocket cuspiu e tossiu, então lançou a Drax um olhar apavorado.

— Nunca na vida eu pensei, caramba, eu me perguntei como seria o gosto do suor abdominal de Drax. — Ele cuspiu novamente e seus olhos saltaram durante um engasgo. — Vou vomitar.

— Não faça isso — retrucou Gamora, rolando para longe da área atingida e olhando para o fluxo interminável de raios acima.

— Eu sou Groot? — perguntou Groot.

Ele começou a se erguer em posição de rastejo, mas recuou com um gemido dolorido quando um dos raios lançou pelos ares uma lasca da parte de trás de sua cabeça.

Rocket se apressou para pegar sua mochila. Ele a revirou por um momento e depois retirou dela algum tipo de dispositivo improvisado.

— Deixem comigo. Cubram os olhos — disse ele, em seguida, enfiou o dispositivo na boca e correu de quatro para a ponta do corredor.

Os raios vinham de uma dúzia de pequenos canos alojados em fendas estreitas que se abriram na parede.

Então, Indiana Jones... isso é muito menos divertido do que parecia no filme.

— As bombas sempre são a solução para você? — gritou Gamora pelo corredor.

Rocket olhou para trás, confuso.

— Claro. Por que pergunta?

E com isso, ele usou um pouco de adesivo para colar a bomba na parede logo abaixo das fendas, mexeu um pouco com ela, então se virou e correu de volta. A bomba explodiu com a quantidade precisa de força para danificar os mecanismos da parede, mas sem lançar estilhaços de volta pelo corredor.

— Eficiente — considerou Drax, assentindo em satisfação.

— Carga direcional —observou Rocket, imensamente satisfeito com um trabalho bem executado. Ele se levantou e sacudiu o macacão alaranjado. — Vamos em frente, Quill.

Peter suspirou e espiou ao redor, alerta para a próxima armadilha pela qual todos o culpariam. A disposição da base estava vaga em sua mente, mas ele sabia que, no geral, estavam seguindo na direção correta. Tudo foi construído a partir do centro, onde ficava o centro de comando. Corredores em espiral com alojamentos e laboratórios ocupavam uma parte significativa do espaço, com instalações maiores, como a sala de jantar, o arsenal, e outras regularmente intercaladas.

Peter parou na junção do corredor seguinte e olhou para a frente e para trás, então virou à esquerda em direção à ala da base onde ele achava que ficava a cantina. Talvez houvesse algumas rações não vencidas mais saborosas do que a pasta de proteína e que deixaria a tripulação feliz e menos propensa a querer assassiná-lo. Ele franziu o cenho para o teto enquanto os liderava, com a voz cantarolando sem rumo enquanto eles se moviam cada vez mais para dentro, eventualmente mudando para uma pequena canção sem melodia.

— Peteeer, *o garotinho herói, Peter Quill-Quill-Quill, você saaabe quem fez as coisas ruins. Você diz que não foi você, você diz, mas é isso o que toooodos dizem...*

— Cara, pare de falar como se me conhecesse — Peter finalmente explodiu. — Só tem uma pessoa daquela época que me conhecia o suficiente para falar assim, e eu sei que você não é ela.

— Por que eu sinto que "conhecer" tem um significado bem específico neste caso? — perguntou Rocket.

Gamora suspirou.

— E *por que* você perguntaria? — Peter sorriu.

— Sim, sabe. Eu tive momentos agradáveis nesta base — disse ele, fazendo seus melhores movimentos de pélvis imitando Michael Jackson.

— Ah, por favor, pare — pediu Gamora, desviando o olhar para o teto.

Peter olhou para ela por cima do ombro e levantou as sobrancelhas, rindo enquanto caminhava em direção à entrada do refeitório. As longas mesas da cafeteria estavam organizadas e vazias, exceto por uma camada de poeira deixada pelos anos de desuso. Algumas das luzes suspensas piscavam e várias outras estavam apagadas. Afinal, não havia necessidade de substituí-las. Uma pequena porta estava embutida na parede distante, e Peter sabia que ela levava à área de preparação de alimentos; o chefe de cozinha apreciava tanto os suprimentos frescos trazidos pelos Saqueadores que dava petiscos a Peter sempre que ele queria. A lembrança o fez sorrir, e ele se virou para mencionar seu plano de invasão de lanches aos outros.

Então Peter foi chicoteado duas vezes nas costas. Ele gritou com a dor e se virou.

— Mas o que...

Antes que ele pudesse sequer identificar a fonte do ataque, cabos pretos surgiram do nada, enrolando-se firmemente em torno de seus pulsos e tornozelos, e em meio tick ele se viu pendurado a seis centímetros do chão, de cabeça para baixo.

Um robô o segurava. Não era nem ao menos um robô legal, futurista, um tipo de androide bonitão; era apenas uma caixa de parafusos com a intenção de matar todos os humanos e com um aparente fetiche.

— Ok, sinceramente — resmungou Peter —, os engenheiros mencionaram que haveria sistemas robôs esquisitos no sistema de segurança, mas, sério, quem projetou isso? Transformar uma base militar em um clube BDSM? Sério?

— O que é um clube BDSM? É uma forma de armamento contundente? — perguntou Drax.

Peter deixou sua cabeça cair e bater contra o chão.

— Eu te explico depois, amigo, mas você está quase certo. Podemos nos concentrar no problema mais urgente?

O problema urgente piorou significativamente quando a garra já apertada do robô começou a retorcer. O pulso de Peter batia forte e suas mãos logo ficaram roxas. Ao seu redor, ele vislumbrou os outros em situações semelhantes. Drax com cordas pretas amarradas firmemente em volta do pescoço e dos pulsos, Gamora com os pulsos e tornozelos amarrados juntos, e Rocket e Groot completamente atados um ao outro.

— Alguém tem alguma ideia? — disse Gamora com a voz tensa.

— Aaah, coitados dos amigos de Peter — lamentou a voz do seu torturador. — Pooobrezinhos. Devemos escolher nossas amizades com sabedoria. Amigos, família, inimigos, tanta gente em nossas vidas e todos podem se tornar traidores em um piscar de olhos.

— Eu não sou um traidor! — exclamou Peter, já não sentindo mais as mãos. — Ooooh, mal posso esperar até chegarmos ao centro de comando e expulsarmos esse filho de uma...

Um alto e terrível BEEEEEEEEEEP ecoou pelo intercomunicador, exatamente o mesmo tom que costumavam usar para abafar palavrões na TV quando Peter era criança. Ele quase se sentiu nostálgico. Mas, muito além da nostalgia, ele se sentia homicida.

— Eu sou Groot — disse Groot, e um som sinistro de rangido se seguiu. Peter virou o pescoço com força para tentar olhar para trás por cima do ombro, enquanto Groot resmungava e o rangido aumentava. — Eu... sou... GROOT!

Uma estaca de madeira irrompeu do chão a poucos centímetros do rosto de Peter, perfurando a máquina de BDSM no painel frontal. Peter apenas teve tempo de pensar: "*Ah não*", antes que a máquina entrasse em colapso, libertando-o, mas suas mãos estavam tão dormentes que ele foi incapaz de se segurar. Então ele caiu de cara no chão e sentiu um gosto de moedas de cobre na parte de trás da língua. Ao seu redor, um coro de gemidos se juntou ao dele, enquanto todos se levantavam, cuidando de seus crânios doloridos e joelhos machucados.

Peter conferiu como estava o grupo, observando os cabelos emaranhados, a carne ralada e ensanguentada e as expressões assassinas. Ninguém disse uma única palavra. Peter caminhou até a entrada da cozinha e espiou rapidamente em busca de algo, *qualquer coisa* que pudesse servir como um bálsamo, mas não encontrou nada. Recipientes vazios, freezers desligados... e uma única caixa solitária de pasta de proteína no canto mais distante.

Peter fechou a porta silenciosamente e sabiamente optou por não fazer menção a ela.

— Vamos só... seguir em frente — anunciou Peter.

Drax pisou com o pé enorme no que restava de uma das cabeças do robô, liberando uma projeção de faíscas e um horrível rangido de metal contra metal. Ele olhou para cima e encontrou os olhos de Peter, então assentiu.

Peter engoliu em seco e forçou um sorriso. Tudo ficaria bem. *Beeeem*. Eles só precisavam fazer check-in, dar uma pausa e continuar em movimento.

Ele os conduziu por uma saída diferente daquela pela qual haviam entrado e chegaram a uma nova área da base significativamente mais deteriorada. A princípio, a única mudança perceptível foi a poeira. A poeira se transformou em pequenos pedaços de concreto e, em seguida, em estilhaços maiores, até chegarem a um corredor cheio de paredes rachadas e portas desmoronando. Pedaços do teto haviam caído em um ponto ou outro, revelando o escudo de força cintilante logo além, que impedia a atmosfera da base de escapar. Peter diminuiu a velocidade ao se aproximar do fim do corredor, onde salas inteiras haviam sido transformadas em escombros. Uma delas estava tão completamente destruída que a superfície empoeirada do planeta era visível através do que costumavam ser as paredes externas.

— Uau, o que aconteceu aqui? — perguntou Rocket, pulando em um buraco gigante feito na parede.

— Foi um ataque Chitauri. Eles fizeram um ataque aéreo durante a noite, acho que uma semana depois da minha chegada. Eles só conseguiram fazer um bom disparo antes do sistema de defesa aérea derrubá-los, mas mesmo assim esse disparo matou três pessoas. — Peter parou em frente a uma das portas explodidas e colocou a mão na parede desmoronada. — Teria me matado se eu estivesse dormindo naquele momento. Este era o meu quarto.

A visão dos escombros abalou Peter de uma maneira completamente inesperada. Na época, ele mal havia percebido. Claro, ele ficou levemente decepcionado por ter perdido as poucas posses que mantinha em seus aposentos em vez de deixar na *Milano*, e lamentou pelas vidas perdidas de seus vizinhos temporários no ataque. Mas, por ser mais jovem e mais tolo naquela época, o que Peter mais sentiu foi vontade de abaixar as calças e mostrar o traseiro para os Chitauri com algum tipo de frase espirituosa como "Flark! Vocês erraram, seus lagartos cabeçudos!". O que era extremamente eficaz e nada regressivo aos últimos dias de Peter em um playground escolar na Terra. Ele também teve alguma satisfação com sua presunção por estar ocupado fazendo sexo quando os Chitauri estavam tentando matá-lo. Bem, não especificamente a ele, mas Peter não precisava de nada tão específico para se sentir presunçoso.

Agora, porém... Peter lentamente deu um passo à frente, o cascalho rangendo sob seus pés, e avistou um braço de plástico minúsculo saindo do telhado pulverizado. Ele se inclinou, afastou algumas pedrinhas e soltou o braço, segurando-o na palma da mão. Estava derretido e deformado na junta do ombro, como se algo fundido e quente tivesse caído sobre o restante da figura. A borda mais nítida de um colete preto aparecia no topo de uma manga branca, e o braço terminava com uma mão pálida segurando uma pistola.

Peter se ajoelhou e revirou os pedaços esfarelados da estrutura e dos móveis destroçados, mas o restante do boneco não estava ali. Havia uma coisa verde que, em algum momento, fora o Yoda, e um aglomerado chamuscado de fios retorcidos e plástico que poderia ter sido o cabelo encaracolado de Steven, o vocalista da banda *Star-Lord*. Apenas uma figura estava, em grande parte, intacta, embora derretida além do ponto de reconhecimento. Peter a pegou e examinou, mas a deixou cair novamente quando nenhuma memória lhe veio à mente. Com o canto do olho, viu Gamora pegá-la e deslizá-la silenciosamente para o bolso. Peter optou por não comentar. Em vez disso, deu uma última olhada ao redor do quarto, suspirou e voltou para o corredor.

— Vamos lá. Estamos perto do centro de comando. Vamos continuar — disse ele.

— Tem certeza, Senhor Peter Quill? — perguntou a Voz. — Você não quer procurar um pouco mais?

Peter teve uma breve imagem mental de um porco-espinho elegante usando um terno. Senhor Quill. Heh.

— Não, acho que já exploramos o suficiente — analisou Peter. — Talvez seja hora de te fazermos uma pequena visita.

— Aaaah, Peteeeer. Não vai acabar como você pensa. Talvez seja melhor voltar atrás.

— Chegamos até aqui. Vamos terminar o trabalho. — Peter sorriu e olhou para Rocket. — Considere isso como um bônus. Cem mil unidades e a oportunidade de evaporar aquele sádico de boca grande, filho da...

O BEEEEEP agudo tornou o restante inaudível. Provavelmente, era melhor assim.

INTERLÚDIO: 12 ANOS ATRÁS

BASE EM MERCÚRIO
7789

KO-REL se sentou abruptamente na escuridão, sentindo os pelos dos braços arrepiados e com os ouvidos atentos, procurando pistas sobre o que a havia acordado. Eles haviam passado cinco rotações inteiras sem outra fatalidade, mas ela não havia se permitido qualquer tipo de descanso. Ao lado dela, Peter estava deitado com o rosto no travesseiro e murmurou vagamente:

— O quê? K'rel?

— Shiu.

Ela ficou completamente imóvel, e isso, mais do que qualquer outra coisa, pareceu finalmente despertar Peter. Ele também se sentou, olhando ao redor do quarto escurecido de Ko-Rel.

Então, ambos ouviram. Motores. Estavam próximos. Se aproximando rápido demais.

— Todos, protejam-se! — gritou Ko-Rel pelo comunicador da base. Ela empurrou Peter para fora da cama e se juntou a ele no chão, enfiando-se embaixo da cama exatamente quando a base balançou com um estrondoso BUM ecoante! Logo em seguida, o som das metralhadoras antiaéreas respondeu imediatamente, provocando outro *bum* mais suave.

— Lar-Ka, *relatório* — disse Ko-Rel pelo comunicador enquanto se arrastava para fora do esconderijo. Ela pegou a camisa mais próxima e a vestiu, provavelmente ao contrário, e pegou a calça que tinha jogado sobre a cadeira na noite anterior. — Lar-Ka, relatório — repetiu ela, depois balançou a cabeça. — Eu juro, quando esse homem finalmente dorme, é como se ele estivesse morto para o mundo.

— Então vamos lá acordá-lo — convocou Peter, aparecendo ao seu lado completamente vestido.

Ele abriu a porta e colocou a cabeça para fora, então ofegou. Ko-Rel o empurrou, deu algumas passadas pelo corredor... então parou. A extremidade distante do corredor estava completamente desmoronada.

— Ah, *não* — sussurrou Ko-Rel, e então correu em direção aos escombros, contando as portas.

— Ko-Rel, espere, ainda pode estar instável lá embaixo! — Peter chamou atrás dela, mas ela o ignorou, correndo até ficar na frente da porta que pertencia à primeira-tenente do capitão Lar-Ka.

Soluços doloridos vinham de dentro, e Ko-Rel acionou sua anulação de comando e irrompeu no quarto.

A tenente jazia no que restara de sua cama, presa aos lençóis por um enorme pedaço de escombro. Sua cabeça estava inclinada para trás contra o travesseiro enquanto lágrimas escorriam dos cantos de seus olhos, seus soluços eram ásperos e irregulares em sua garganta. Uma quantidade chocante de sangue pingava dos lençóis formando uma pequena poça no chão.

— Médico para o alojamento dos oficiais! — Ko-Rel gritou pelo comunicador, caindo de joelhos ao lado da cama. — Pelo menos um gravemente ferido. É provável que haja outras vítimas. O ataque acabou?

— Afirmativo — relatou Tasver do centro de comando. — Acaba de acontecer um bombardeiro Chitauri. Conseguimos abatê-los. Não há sobreviventes e até agora não há evidências de um ataque subsequente.

Pequenos milagres. Ko-Rel se abaixou perto da cama, acidentalmente apoiando o joelho na poça de sangue enquanto examinava os escombros que prendiam a tenente. Sua perna direita estava completamente esmagada. Possivelmente a pélvis e o quadril do lado direito também. Deve ser seguro remover a laje de concreto sem correr o risco de causar mais ferimentos, no entanto.

— Peter, me ajude — pediu ela, movendo os dedos muito delicadamente na borda. — Eu consigo levantar, apenas me ajude a tirar isso de cima dela. — Ko-Rel deu um sorriso de desculpas à tenente. — Sinto muito por sua dor, Chan-Dar. Os médicos estão a caminho, mas precisamos fazer essa parte agora.

A tenente Chan-Dar apertou os olhos e assentiu, respirando profunda e longamente para superar a dor. Ko-Rel olhou para Peter, fez a contagem regressiva e juntos eles retiraram o pedaço irregular da parede do corpo mutilado da mulher. Peter cambaleou e eles largaram os escombros com um estrondo ressonante, justamente quando o médico e um assistente chegavam correndo.

— Vamos cuidar da situação a partir daqui — disse ele.

Ko-Rel assentiu e apertou suavemente a mão da tenente, então voltou ao corredor, ainda sem estar pronta para encarar o que vinha a seguir. Todo o seu ser recuou diante da devastação, mas ela se fortaleceu. O dever em primeiro lugar. Dever para com seu povo.

— Qualquer pessoa disponível para trabalho de escavação, dirija-se aos alojamentos dos oficiais — chamou ela, embora soasse cansada e abatida, até para os próprios ouvidos.

Aquelas não eram exatamente as ordens motivadoras e confiantes que ela precisava estar dando.

— Pode haver sobreviventes — disse Peter, porém sua voz o traiu. Abençoado seja por sempre tentar trazer positividade. Foi assim que ele sobreviveu, mas nem mesmo ele conseguia olhar para essa situação e ver outra coisa senão morte. Ele caminhou até o monte de escombros e começou a remover pedaços de concreto de uma porta em grande parte coberta.

— Ah — exclamou Ko-Rel, então se aproximou para ajudar. — Aqui era... Aqui era o seu alojamento.

Peter assentiu, sem tirar os olhos da tarefa diante de si.

— Foi bom estar ocupado com outra coisa. Não havia nada aqui além de bonecos de ação e uma muda de roupa. Estou mais preocupado com meus vizinhos.

Capitão Lar-Ka. O quarto dele era ao lado. O homem queria manter um olho em Peter, então o colocou no quarto vazio ao lado do seu, deixando-o entre ele e sua tenente de confiança.

Agora...

Os engenheiros e algumas outras pessoas chegaram com equipamentos para ajudar na escavação, o que acelerou consideravelmente o processo. Ko-Rel verificava periodicamente através do comunicador, chamando por qualquer sobrevivente.

O silêncio era sua resposta.

Quando por fim desenterraram a porta dos aposentos de Lar-Ka o suficiente para que um médico pudesse passar, Ko-Rel seguiu logo atrás, e não houve surpresa do outro lado.

Lar-Ka estava morto.

Claro que estava. Ko-Rel ficou de lado enquanto a equipe médica realizava o exame.

Então, em meio à confusão, ela avistou o único item na mesa dele que não estava relacionado ao trabalho: uma bola branca e alongada com uma assinatura rabiscada do lado. Era da sua esposa.

Ela praticava algum esporte kryloriano ou algo assim, era boa o suficiente para se tornar profissional, e ele tinha muito orgulho dela. Ko-Rel pegou a bola e a girou em suas mãos, imaginando a esposa entregando-a para Lar-Ka antes de ele ser enviado em missão. Imaginando Lar-Ka assistindo aos jogos dela, gritando o mais alto possível, sem sentir nenhum constrangimento. Ela tinha visto fotos do casamento deles. Eram um casal lindo, ambos extremamente independentes e dedicados às suas próprias buscas, mas nunca deixando de apoiar e incentivar um ao outro.

E agora ele se foi.

Uma mão suave pousou no braço de Ko-Rel e ela deu um pulo tão assustado que a mão recuou surpresa. Peter estava diante dela, ela viu a preocupação estampada em sua expressão, e foi só então que Ko-Rel percebeu o quão ofegante sua respiração estava. Quão tensos estavam seus músculos. Quão arregalados estavam seus olhos.

Quão profunda, infinita e intensa era sua raiva.

— Eu os encontrarei — disse ela, com voz baixa e ameaçadora. — Eu encontrarei o traidor que está causando a morte de nosso povo. E quando o fizer, eles responderão por cada morte que causaram. Eu os encontrarei!

No fim, ela estava gritando, mas isso não importava. Deixe que vejam. Deixe-os espalhar as palavras no refeitório e no centro de comando. Deixe-os saber. Ela estava indo atrás do traidor. Não sobraria pedra sobre pedra.

Para Lar-Ka, um soldado de corpo e alma, ser morto enquanto dormia usando apenas suas malditas roupas íntimas foi mais do que Ko-Rel pôde suportar.

Ko-Rel passou várias rotações com os engenheiros percorrendo a base, desde o hangar, indo ao centro e até os banheiros. Descobriu-se que a base tinha uma série de estranhos sistemas de segurança integrados que nunca foram ativados durante a infiltração Chitauri. Havia uma unidade inteira de armazenamento cheia de estranhos robôs e drones de segurança esquisitos que o sistema não sabia que devia implantar, e os Chitauri também nunca chegaram suficientemente longe na base durante o contra-ataque para ativá-los. Se os Chitauri tivessem tentado percorrer os corredores usando suas formas de lagarto em vez de covardemente se metamorfosearem, teriam tido uma experiência diferente.

Desnecessário dizer que eles alteraram os parâmetros de engajamento. Agora, os bots interagiriam com qualquer pessoa que não estivesse atualmente registrada no banco de dados de pessoal da Resistência, além de uma substituição temporária especial para Peter.

Claro, todos os sistemas de segurança no universo não serviriam para nada, a menos que o inimigo realmente pusesse os pés na base. Então eles enviariam uma nave para um ataque de bombardeio. Era como se eles soubessem.

Porque, é claro, eles sabiam.

O míssil foi direcionado exatamente para a parte da base onde estava a maioria dos oficiais de mais alto escalão. Nenhum dos oficiais de inteligência ou engenheiros foi atingido.

Ko-Rel foi para o lado de Lar-Ka e se inclinou para pegar suas placas de identificação militares, então as embrulhou junto com a lembrança assinada por sua esposa. Ela se certificaria de que fossem devolvidas a ela, da mesma forma que ela teria desejado que os pertences dela fossem devolvidos a Tar-Gold, caso ele ainda estivesse vivo. Ela poderia fazer ao menos essa pequena coisa.

Ela saiu do quarto de Lar-Ka e foi até o corredor destruído, observando o tremeluzir do escudo de força através de um buraco na parede. Em quem neste corredor ela poderia confiar? Todos os engenheiros estavam ocupados, faces sérias e concentradas, até que o caminho estivesse livre para os médicos chegarem a todos os quartos restantes.

Ao todo, três oficiais haviam sido mortos e mais dois estavam gravemente feridos. Era um golpe do qual ela não tinha certeza se conseguiriam se recuperar. Seus números eram tão baixos que a sobrevivência parecia impossível. Até *tentar* parecia fútil.

Mas havia uma coisa que ela sabia com certeza.

Se ela fosse morrer em Mercúrio, ela garantiria que o traidor morreria primeiro.

Ko-Rel girou nos calcanhares e marchou para seus aposentos.

Ela precisava de sua arma.

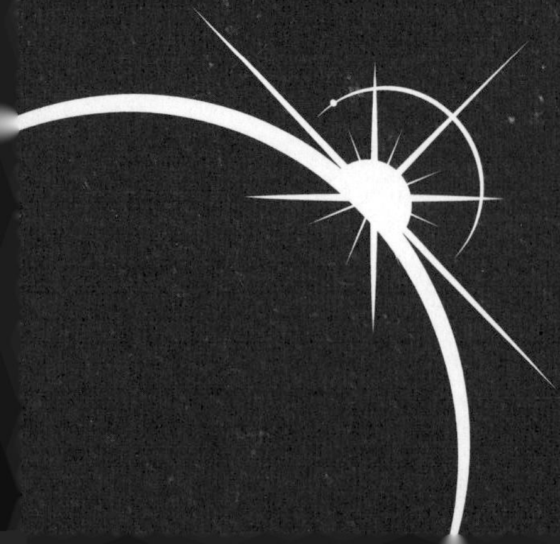

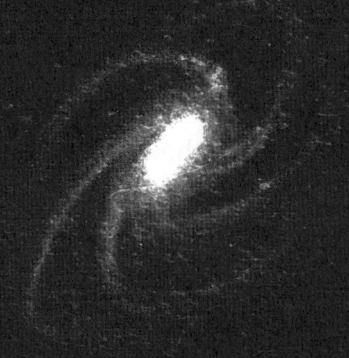

BASE EM MERCÚRIO
7801

PETER estava se sentindo muito perto de explodir todos os alto-falantes da base inteira.

— *Peeeeeter* — disse a voz enquanto eles se aproximavam do centro de comando. — Eu te conheço, Peeeeter. Antes de você se autodenominar Senhor das Estrelas, você era apenas Peeeeeter...

— Sim, ok, legal, ótimo — murmurou Peter, disparando contra outro intercomunicador. Isso o fez se sentir melhor por cerca de dez ticks. Infelizmente, o som parecia fluir de todos os lugares, envolvendo-os não importava para onde fossem ou a destruição que causassem ao sistema de intercomunicação.

— Seu passado o persegue, Peeeeeter — prosseguiu a voz. — Assim como o seu presente. Há um hiato aí. Doze anos. E agora você conduz tudo de volta ao ponto onde todas as coisas começaram, onde quase terminou. Ah, Peeeeeter, eu sei que você não é do tipo que olha para trás. Mas deveria. Realmente, deveria.

Peter respondeu com desdém. Se havia algo que ele nunca fazia, era olhar para trás. Ele nunca havia voltado à Terra. Nunca procurou Ko-Rel. Nunca pensou em se juntar aos Saqueadores novamente (se é que eles permitiriam). E definitivamente nunca se arrependeu de não ter ficado até o fim da guerra. Se não estivesse sendo pago, jamais teria pisado nesse pequeno e miserável planeta novamente. Claro, ele tinha algumas lembrancinhas da Terra na *Milano*, mas isso não era olhar para trás. Se tratava apenas de se inspirar em uma excelente banda que permaneceu totalmente relevante.

E, sim, tudo bem, talvez ele tenha mantido *alguma* esperança de que pudessem encontrar algumas de suas antigas figuras de ação por aqui, especialmente Han Solo. Um pouco decepcionante, mas pelo menos o braço do boneco foi *recuperado*. Mais do que isso, ele se perguntava se Chewie ainda estava lá fora em algum lugar com Ko-Rel. Será que ele estava andando por aí com um Centurião, fazendo prisões e ameaçando arrancar os braços das pessoas caso resistissem?

Mas isso não significava que Peter quisesse qualquer uma dessas coisas de volta. Era sobre... saber que o tempo que passaram juntos tinha importado. Ou algo assim. Com certeza.

Conforme se aproximavam da próxima interseção, Peter levantou a mão, encostou as costas na parede e lentamente espiou ao redor.

Nada. A enorme porta dupla do centro de comando estava logo ali, talvez a uns vinte metros de distância, aparentemente sem proteção.

Com certeza era uma armadilha. Talvez fosse o momento de eles desacelerarem, pausarem e pensarem.

— Ok, pessoal, venham aqui — disse, acenando para que todos avançassem.

Ele tirou seu walkman e apertou o play para dar a eles uma música de fundo para inspiração, e *Star-Lord* (a banda, e não o incrível herói e capitão da *Milano*) cantava sobre coragem e glória. Os outros se entreolharam céticos e, então, relutantemente, avançaram para formar um círculo.

— Então, é isso. Como vamos fazer? — perguntou ele. — Quer dizer, sem sermos destruídos. Porque estou assumindo como verdade que essa porta vai tentar nos matar de alguma forma.

Gamora olhou para cima e para baixo nos corredores, roendo a ponta do dedo, pensativa. — Eu posso tentar encontrar um duto de ar para atravessar e abrir a porta do outro lado.

— Eu abrirei a porta — declarou Drax. — Deixem que venham para cima de mim. Eu vou destruí-los.

— Bombas? — sugeriu Rocket. — Sempre podemos contar com elas.

Enquanto os outros falavam, Groot se aproximou das portas, parou e então esticou um braço. Longos tentáculos cresceram das pontas de seus dedos, estendendo-se pelo corredor, até que ele pudesse alcançar os controles da porta. Peter prendeu a respiração, mas nada aconteceu. A porta permanecia firmemente fechada. Nada tentou atacá-los.

Hum... então tá.

Rocket deu um passo em direção à porta. Parou. Olhou ao redor, com orelhas e nariz se mexendo. Mais dois passos, e depois mais um.

Nada.

Até Rocket tocar nos controles da porta, é claro.

Acima da passagem, um painel deslizou para trás, e um horrível som de rangido encheu o ar enquanto três sentinelas robóticos caíram do teto. Ao contrário dos que encontraram antes, estes não queriam apenas amarrá-los.

Em vez disso, eles estavam em chamas e pareciam querer que tudo ao redor também estivesse.

— Yeeaaagh! — gritou Rocket, saltando para trás da porta, movimentando rapidamente a arma para a mira.

Antes que ele pudesse atirar, porém, uma das sentinelas se lançou, com seus longos tentáculos flamejantes, enrolando cada um deles em torno dos pulsos de Rocket. Ele gritou, e o cheiro de pelo queimado encheu o corredor até que um golpe da lâmina de Gamora o libertou. Peter disparou contra o mais próximo dos três drones, mas eles pareciam absorver os disparos de energia sem qualquer esforço. Groot deu um soco em um deles, mas recuou quase instantaneamente, sua casca enegrecida pelo fogo.

— Fogo de novo? — resmungou Peter. — Desde quando o fogo é o nosso ponto fraco como equipe?

O trio de sentinelas se alinhou para girar suas cordas em chamas, lembrando terrivelmente Peter do aparador de ervas envelhecido de sua mãe. Ela costumava empunhar aquela coisa como uma lança, usando-a para espantar os coiotes quando eles vagavam pela propriedade. Todo esse trabalho estava cheio de uma mistura confusa de nostalgia e temor por sua vida.

Groot socou o chão, fazendo surgir estacas, como ele havia feito com os robôs anteriores, mas estes eram muito mais ágeis.

Eles se esquivaram com facilidade, depois avançaram pelo corredor diretamente para os Guardiões.

Peter se jogou no chão, protegendo seu frágil pescoço humano. Os robôs passaram por cima dele com um sopro de calor, deixando para trás um som rítmico, WHACK-WHACK-WHACK. Assim que passaram, Peter rolou e ergueu as armas, e encheu o ar com projéteis que erraram completamente o alvo. Uau. Ou essas sentinelas eram realmente ágeis ou Peter estava perdendo o jeito. Drax levou um golpe flamejante no rosto, e Peter encontrou o olhar de Rocket.

— Tiro cruzado? — perguntou Rocket.

Peter fez que sim com a cabeça, acionou o botão em suas armas e mirou para cima, enchendo o ar com uma nuvem de projéteis cor-de-rosa. Rocket disparou da outra direção, forçando os drones a descerem, afastando-os do teto. Eles conseguiram pegar um deles na emboscada e abriram um buraco fumegante em uma das laterais. No entanto, os robôs eram rápidos demais. As armas não eram o bastante.

Era um trabalho para os portadores de lâminas, e eles lidaram com isso maravilhosamente.

As sentinelas se esquivaram rente ao chão, evitando os projéteis, apenas para ficarem perfeitamente ao alcance de Gamora e sua espada maligna. Ela fatiou o mais próximo com um único e preciso golpe, enquanto Drax mergulhava sobre o único drone restante com as duas facas em punho, apunhalando a carcaça metálica e rasgando o robô transversalmente, fazendo-o se abrir em uma erupção de faíscas.

Quando a última sentinela caiu no chão em uma pilha de outras, fumegante e se sacudindo, Gamora encarou o teto com raiva.

— Certo, agora você está ficando preguiçoso — gritou ela, sua paciência finalmente se esgotando. — Você já usou as cordas antes.

— E nos incendiou — acrescentou Peter.

Gamora olhou para Peter e deu de ombros.

— Para ser justa, na primeira vez com o fogo, ele só pegou em você.

— Olha, onde tem óleo, vai ter fogo, você precisa se preparar para isso...

— Não acredito que seja eu quem está dizendo isso desta vez, mas será que podemos nos concentrar, por favor? — disse Rocket. — Eu gostaria de passar por essa porta e dar um *oi amigável* para a pessoa que tem jogado em nós todas essas coisas scut.

— Crédito onde é meeeerecido — cantarolou a Voz. — Esses sistemas de segurança vieram com a propriedade. Tudo o que eu precisei fazer foi ligar, ligar, ligar! Robôs estranhos, lembra, Quill?

— Tem alguma chance de você querer desligar, *desligar, desligar* agora que estamos bem na porta da sua casa e eles são inúteis? — perguntou Peter.

— Ah — a Voz falou em tom meigo. — Que fofo. Não. Mas obrigada por perguntar!

Rocket voltou à porta e, com um olhar rápido para o teto, acionou os controles.

A porta se abriu suavemente, sem protestos.

— Pronto — concluiu ele. — Foi tão difícil assim?

Ele ergueu a arma e marchou para dentro. Peter se preparou e o seguiu.

O centro de comando parecia exatamente como há doze anos. Seis estações individuais de análise dispostas ao redor das bordas da sala redonda, com uma grande tela central para coordenação de estratégias maiores.

E em uma dessas seis estações havia uma mulher sentada de costas para a tripulação.

Rocket apontou a arma para a cabeça dela e sorriu.

— Ok, senhora — concordou ele. — Eu fui queimado, esfaqueado, perseguido, amarrado e tive de aguentar alguns comentários muito rudes vindos de você. Vou precisar que se afaste desse terminal para não o danificar acidentalmente quando eu lhe der um tiro.

— Calma, calma, não vamos matá-la assim sem mais nem menos — disse Peter. Diante do silêncio que se seguiu, ele olhou ao redor para o grupo, com a testa franzida. — Não vamos, certo?

Gamora sacou a espada e a colocou no chão ao seu lado. Drax estalou os dedos. Já Rocket posicionou-o próximo do gatilho. E Groot começou lentamente a esticar a ponta das mãos em tentáculos.

— Ela atirou em nós, Peter — argumentou Gamora. — Atirou muito. Com lasers *e* projéteis *e* fogo.

— Eu sou Groot — acrescentou Groot.

Rocket concordou com a cabeça.

— Fogo e árvores, tá aí uma combinação ruim. Groot está irritado, e você não vai gostar de vê-lo irritado.

Com isso, Groot esticou os braços, longos tentáculos avançando em direção à mulher. Num piscar de olhos, ele a tinha amarrada e suspensa a cerca de seis metros do chão. Estranhamente, a mulher não resistia. A cortina de seus cabelos negros e lisos caía sobre seu rosto, mas algo nela ainda parecia familiar para Peter. Poderia facilmente ser nada além do fato de que ela usava um antigo uniforme excedente da base. Neste contexto, qualquer pessoa usando esse uniforme pareceria familiar.

Mas então, a mulher inclinou a cabeça para trás, e seus cabelos caíram, revelando suas características.

E, descendo pela lateral do rosto da mulher, havia uma cicatriz desigual, mal curada, estendendo-se da bochecha afundada até a linha afiada da mandíbula.

Aquela cicatriz, naquele lugar, naquela exata cadeira. De repente, Peter soube exatamente com quem estava lidando.

— Suki? Suki Yumiko?

A mulher virou o rosto em sua direção, e certamente não havia como ser um engano. Aquele cabelo preto e liso ainda estava na altura dos ombros e em camadas, embora estivesse misturado a fios grisalhos. Seu rosto e corpo tinham a mesma forma, mas estavam abatidos e esqueléticos. Parecia que ela não comia havia um bom tempo, talvez desde que assumira o controle das instalações. Os olhos... ainda eram daquela mesma tonalidade de marrom-escuro, ainda cheios de dor e sofrimento, torturados pela falta de sono. Mas havia um brilho novo neles. O mesmo brilho compartilhado por senhores da guerra e fanáticos religiosos. Um propósito arriscado.

No entanto, suas palavras carregavam certa suavidade.

— Ah, Peter. Eu estava esperando você.

— Bem, *obviamente* — disse ele. — Você tem tentado nos matar nos últimos tempos, então...

— Não era minha intenção *matar* nenhum de vocês. Apenas atrasá-los. Eu precisava de tempo. Sabia que estava aqui para me levar embora, mas precisava terminar meu trabalho primeiro. Não quero ofendê-lo, Peter Quill, mas você e seus Guardiões... — Ela fez aspas no ar, o que Peter notou com uma mistura de nostalgia pela Terra e leve irritação pelo óbvio julgamento dela.

— Bem. Seus amigos têm o hábito de...

— Fazer disparos? — sugeriu Rocket.

— Esmagar coisas? — acrescentou Drax.

— Eu sou Groot? — resmungou Groot.

— Vocês não estão ajudando — observou Gamora.

— Ah, sim — disse Suki. — Que time você trouxe consigo. Rocket, o supersoldado geneticamente modificado. Groot, o herdeiro de um planeta inteiramente destruído. Drax, o Destruidor, assassino de Thanos.

— Supostamente — murmurou Drax.

— E finalmente... — Suki se virou para o último membro da equipe. Então ela se lançou em direção à garganta de Gamora.

BASE EM MERCÚRIO
7789

INTERLÚDIO: 12 ANOS ATRÁS

— **KO-REL**, espere! Ko... Droga, espere! — Peter a chamou, correndo para alcançá-la.

Ela não o esperou. Estava precisamente focada em uma única coisa.

Como exatamente se pega um traidor?

Ko-Rel supôs que a forma fácil seria pegá-lo no ato. Porém, era difícil fazer essa conexão quando o ato era repassar informações que não levariam a um resultado direto até muitas horas ou rotações depois. Mas se não fosse assim, então encontrar uma quantidade avassaladora de provas incriminatórias certamente funcionaria. Acontece que ela também não tinha nada disso. E também não tinha tempo para desperdiçar.

Tudo o que ela tinha era suspeita. Intuição.

Algumas informações certamente apontavam em uma direção, mas isso não bastava para construir um caso sólido. Com isso, Ko-Rel fez o que

Tar-Gold sempre a encorajara a fazer: ela confiou em seu instinto. E seu instinto a levava firmemente em uma direção específica. Algum padrão latente nos dados que sua mente subconsciente reconheceu, mas que a mente consciente não conseguiu conectar. Talvez algo que Suki tenha dito, ou algo que Ko-Rel tenha observado e que tenha se fixado em sua cabeça. De qualquer forma, sua lista de candidatos se reduziu a três nomes. E desses três, um se destacou no topo.

Esperar o suspeito cometer um erro não era uma opção. A cada rotação surgia outra oportunidade para um ataque. Cada operação que realizavam estava potencialmente comprometida. Ko-Rel optou pela abordagem direta.

Apenas... perguntaria.

Ela abriu a porta de seus aposentos e quase a fechou na cara de Peter, embora ele tenha esticado a mão no último momento para impedir que isso acontecesse.

— Espere, Ko-Rel, como posso...

— Como pode *ajudar*? É isso que está prestes a me perguntar agora? — disse Ko-Rel rispidamente. — Meu segundo em comando está morto. Há um traidor tentando garantir que o restante de nós também esteja. Se você sabe quem é, então, por favor, diga. Caso contrário, fique fora do meu caminho, Quill.

Ela se virou rapidamente, colocou os pertences de Lar-Ka na mesa, arrancou a camisola pela cabeça e tirou o short. Ela havia se vestido às pressas para chegar à cena do ataque, mas pijamas não serviriam para o que ela tinha em mente em seguida.

Ko-Rel vestiu as calças e a camiseta do uniforme com movimentos rápidos e eficientes. Ela prendeu a arma na cintura, colocou uma faca no coldre do tornozelo, vestiu a jaqueta do uniforme e olhou para si mesma no espelho por um breve momento. A mulher refletida ali era uma oficial militar perfeita em todos os aspectos. Em tempos passados, ela tinha uma vida vibrante, cheia de cores, com muitas camadas. Era uma oficial militar, sim, mas também uma artista. Esposa e mãe. Uma apreciadora de boa música. Uma pessoa completa e equilibrada.

Aquelas partes haviam desaparecido. Mas a oficial permanecia. E a oficial lidaria com esse problema.

Hora de expulsar um traidor.

Ko-Rel irrompeu no corredor, passando direto por Peter com passos precisos e calculados. As pessoas saltavam para fora do caminho, contornavam-na, faziam saudações, a que ela retribuía automaticamente. Sua presa provavelmente estaria na central de comando nesta hora do ciclo diário, o que não proporcionaria o confronto mais privado, mas era assim que seria. Na verdade, ela tocou seu comunicador e reuniu todos os suspeitos.

— Oficiais Yumiko, Adomox e Tasver, para o centro de comando.

Um coro de "*Sim, senhora*" foi ouvido em resposta. Ótimo. Com sorte, isso terminaria em breve.

Ela virou rapidamente à direita em uma bifurcação entre dois corredores, e Peter se colocou à sua frente, com as mãos estendidas como se dissesse para ela ir *mais devagar*.

— Ei, podemos conversar sobre isso? Qual é o plano aqui?

Ela se virou, por um momento fora de seu foco por causa da única pessoa que ultimamente parecia capaz de ter sucesso em distraí-la. No entanto, naquele momento, isso não era bom. Naquele momento, ela queria que Peter Quill saísse de sua frente.

— Não há plano do qual você precise fazer parte, Quill. Essa é uma questão militar, e você não é parte das forças armadas. Eu sou a comandante desta base e tenho um assunto pessoal a ser resolvido. Volte para a *Milano*.

Ela parou no meio do corredor, examinou Peter de cima a baixo, franziu os lábios e acenou com a cabeça.

— Na verdade, volte para a *Milano*, entre nela e voe para longe. Você é uma distração de que não preciso agora. Este lugar está desmoronando, e você é o único que não tem a obrigação de ficar aqui. Então vá, Peter. Salve a sua vida. Pelo menos alguém deve sobreviver para se lembrar de todos nós.

Peter piscou e deixou as mãos caírem ao lado do corpo.

— Uau, isso ficou sombrio.

Houve um momento de silêncio.

Ko-Rel riu por um momento. E então, de repente, ela começou a chorar.

— Ei, não, eu... ah, cara, sou péssimo nisso — disse Peter, conduzindo-a para o banheiro do outro lado do corredor e trancando a porta atrás deles.

Ele abraçou Ko-Rel e a segurou enquanto ela ria e chorava, e ela sabia que estava estragando a preciosa jaqueta dele, mas não se importava. De qualquer forma, ele provavelmente superaria uma hora ou outra.

Quando ela se afastou para limpar o nariz, que escorria, notou um brilho nos olhos de Peter também. Ela recuou contra a parede distante e escorregou até estar agachada, balançando a cabeça para si mesma.

— Não posso te mandar embora. Você é a única pessoa em quem confio agora.

Peter sorriu, embora um pouco inseguro, e se sentou contra a parede em frente a ela.

— E eu também ainda não estou pronto para ir.

Algum pequeno nó de medo se desfez no peito dela. Em algum nível, ela pensou que Peter estava prestes a abandonar todos à própria sorte. Ela realmente passou a depender dele, especialmente porque sentia que não podia confiar muito em si mesma no momento.

— Eu tenho de parar de desmoronar assim — disse ela. — Sou a porcaria da comandante desta base. Não posso continuar chorando em armários.

— Certo. Em primeiro lugar — disse Peter, levantando o dedo —, chorar é uma reação completamente aceitável a tudo isso, seja em armários, banheiros ou em qualquer outro lugar. Há muita coisa difícil acontecendo aqui e acho que não seria exatamente útil se você fosse um robô sem emoções.

Ele hesitou, como se estivesse debatendo internamente se deveria continuar, e então levantou um segundo dedo.

— E dois... Ko-Rel, acho que você tem assuntos com os quais ainda não lidou de verdade. Não sei do que se trata aquela coisa branca de futebol que você pegou no quarto de Lar-Ka, mas sei que ele era casado. Isso é sobre o seu marido, não é?

Deveria ter sido constrangedor, o homem com quem ela atualmente dividia a cama mencionando seu falecido marido. No entanto, não era. Eles não eram rivais românticos nem nada do tipo, e ambos sabiam disso. O relacionamento deles, se é que se pode chamar assim, não envolvia compromisso, amor ou qualquer coisa do gênero. Era conforto e alívio da tensão. Era uma questão de sobrevivência.

No entanto, isso não tornou a discussão mais confortável.

— Mesmo que esteja certo, o que isso tem a ver agora? — perguntou ela. — Temos um trabalho a fazer.

— Sim — concordou Peter, alongando a palavra. — Mas esse trabalho vai ser muito mais difícil se você estiver cuspindo fogo e agindo como se fosse devorar a face da próxima pessoa a olhar para você da forma errada. Vamos pegar esse traidor. Mas, para fazer isso, precisamos agir com mais calma, certo?

Ko-Rel apoiou a cabeça contra a parede e se deixou ser dominada por tudo aquilo: a tristeza de ter perdido Lar-Ka, a falta de esperança na situação em que se encontravam... e a ferida ainda fresca e infectada que era a perda de sua família. Ela se permitiu sentir o peso fantasma da cabeça de Zam repousando em seu peito enquanto ela o preparava para dormir. Tar-Gold ficaria ao lado dela, com a mão em suas costas, e cantaria uma canção de ninar para Zam dormir, sempre uma melodia original.

Sua voz era doce e confiante, a melodia era suave e as palavras reconfortantes, mesmo que sem sentido. Zam adorava todas as vezes — na verdade, não conseguia dormir sem a canção, o que causara problemas em mais de uma noite. Ko-Rel sorriu ao se lembrar de uma noite desastrosa em que Tar-Gold estava fora para uma apresentação noturna, e Ko-Rel tentou recriar a canção de ninar. Ela era uma cantora totalmente terrível, e Zam protestou com toda a sua força de criança pequena.

Ela riu da lembrança, permitindo que ela a preenchesse. Quando abriu os olhos, percebeu que estavam úmidos.

— Parece que os Chitauri estão matando minha família de novo — disse ela finalmente.

Peter tocou o pé dela com o dele e lhe deu um sorriso simpático.

— Sim, eu posso ver isso.

Ko-Rel fungou alto e olhou para Peter por um longo momento, depois estendeu a mão para que ele a segurasse. Ele o fez, e eles se ajudaram a ficar de pé. O silêncio que se seguiu parecia pesado, expectante. Ko-Rel sabia que essa era a parte em que ela deveria se recompor, declarar que estava bem e seguir em frente para pegar o traidor. Ela só... não estava certa se conseguiria fazer isso. A palavra "bem" parecia tão distante quanto o Império Shi'ar.

— A morte de sua mãe parou de doer em algum momento? — ela perguntou impulsivamente.

Peter deu um passo para trás. Ele claramente não estava esperando essa linha de questionamento. Uma expressão pensativa cruzou seu rosto, e ele enganchou os polegares nos passadores do cinto.

— A morte dela nunca vai deixar de ser horrível — disse ele. — Mas, de certa forma... a pessoa que sou agora e a vida que tenho são muito diferentes. O garoto de 13 anos que viu os Chitauri a matando parece uma pessoa completamente diferente. E quanto mais eu faço para construir essa vida completamente nova e que ela nunca conheceu, mais esse... *abismo* se alarga. Você entende?

Perder um dos pais e perder um cônjuge e um filho eram coisas muito diferentes, e Ko-Rel não tinha certeza se algum dia chegaria ao ponto em que pudesse pensar em Tar-Gold e Zam sem sentir a alma se partir em dois pedaços. Mas se reconstruir como uma pessoa completamente nova, com uma vida completamente nova... isso parecia exatamente o tipo de projeto no qual ela poderia se dedicar uma vez que tudo isso acabasse. Talvez Rider eventualmente reconstruísse a Tropa Nova depois da guerra. Talvez ela pudesse ser uma Centuriã como ele, encontrar algum pequeno canto da galáxia para proteger e trabalhar para ampliar esse abismo.

Isso parecia impossível no momento. Mas sempre pareceria, a menos que sobrevivessem a esta maldita missão. Se ela estivesse em Hala quando os Chitauri atacaram, ela os teria enfrentado com as próprias mãos para salvar Zam e Tar-Gold. Mas ela não estava lá. Ela havia pousado à força em um planeta e estava lutando para manter sua tripulação viva, também graças aos Chitauri. Desta vez, ela tinha a chance de revidar. Desta vez, a justiça estava ao seu alcance.

— Venha — convocou Ko-Rel, enxugando as lágrimas. — Vamos ver se conseguimos amedrontar o traidor.

BASE EM MERCÚRIO
7801

GAMORA Zen Whoberi Ben Titan era a mulher mais letal da galáxia. O fato de não ter matado Suki Yumiko instantaneamente dizia muito sobre o quanto ela tinha evoluído ao longo dos anos. É verdade que Peter tinha apenas sua reputação e algumas poucas histórias para se basear, mas se alguém tivesse lhe perguntado durante a guerra, ou mesmo alguns ciclos atrás, o que aconteceria nessa situação exata, ele responderia que, em uma situação dessas, ele já estaria chamando uma equipe de limpeza.

No entanto, Gamora apenas segurou de lado a sua lâmina e permitiu que Suki pressionasse uma faca recém-sacada contra sua garganta.

O brilho da sensação de vitória nos olhos de Suki era perceptível.

— Você — sussurrou ela. — Filha de Thanos. Assassina. Homicida. Tantos outros viraram o rosto quando você se juntou à Resistência. Eles até mesmo dizem que você ganhou a guerra para nós. Talvez seja verdade. Mas escolher assassinar pelo outro lado não apaga seus pecados do passado. Os Chitauri que invadiram esta base são os mesmos com quem você lutou lado a lado. Se você não tivesse emprestado seu poder a eles, talvez não teriam sido tão fortes, ousados e corajosos. Talvez não teriam matado ninguém aqui.

Gamora permaneceu em silêncio, o que Peter honestamente achou a escolha mais inteligente. Ele mesmo não conseguia pensar em algo que pudesse fazer Suki entender. Uma palavra errada poderia irritá-la ainda mais, e embora Peter estivesse bastante certo de que Gamora conseguiria sair dessa situação e neutralizar Suki sem dificuldade, esse não era exatamente um risco que ele queria correr com uma faca na garganta de sua aliada.

Surpreendentemente, foi Drax quem interveio.

— Você perdeu alguém — ele disse a Suki. Não era uma pergunta, mas ela respondeu mesmo assim:

— Perdi.

— Posso saber o nome dessa pessoa? — perguntou Drax.

Os lábios de Suki ficaram pálidos enquanto ela os pressionava com força, contendo doze anos de dor.

— Muitos amigos. Mas principalmente... — Ela respirou fundo, se preparando. — Hal-Zan. Ela estava aqui, Peter, e você a viu, mas não a conheceu, porque ela morreu. Você nem chegou a conhecer a melhor pessoa daqui. Porque ela se foi.

A arma de Rocket desceu alguns centímetros.

— O que aconteceu?

Suki olhou para Rocket e o estudou por um longo momento.

— Sinto muito por você — lamentou ela, então desviou o olhar, voltando a atenção para a situação. — Você já sabe o que aconteceu. Os Chitauri chegaram. Se infiltraram sorrateiramente pela porta da frente usando a pele de outra pessoa. Mataram todos. Peter e o pai dele deram o troco.

— Calma aí, Yondu não é meu pai — anunciou Peter, mas o olhar de Drax cortou qualquer protesto adicional.

Suki continuou como se ele não tivesse falado nada:

— E pensamos que aquele era o fim, mas eles voltaram. Nos pegaram de surpresa. Os Chitauri sabiam coisas. Tinham amigos. Amigos aqui. Alguém para contar segredos e abrir a porta. Você sabe, Peter...

Peter balançou a cabeça, olhando ao redor para os outros.

— Eu realmente não sei. Ko-Rel achava que sabia quem era, mas nunca conseguiu provar nada. Com certeza havia alguém fazendo o trabalho sujo, porém. Desde o momento em que cheguei, coisas estranhas continuavam acontecendo. Suprimentos desapareciam, pessoas morriam e missões que deveriam ter sido uma moleza acabavam se tornando desastrosas.

— Moleza? — perguntou Drax, confuso. — Então isso tem alguma relação com fazer a dança da chaleira?

— Eu vou cortar sua língua fora — sibilou Gamora.

Peter os ignorou e manteve a atenção em Suki.

— Foi horrível, mas não tínhamos provas o suficiente para descobrir quem era. Na verdade...

Peter parou de falar e depois apontou para Suki.

— Você era uma das suspeitas. Foram vocês três, agentes de inteligência.

— Foi apenas *um* agente de inteligência — Suki gritou com ferocidade repentina. — Vocês estavam totalmente certos, mas desistiram muito facilmente!

— Vocês desistiram, mas eu *jamais* desisti. Estou aqui, e eu tenho a prova, a evidência. Está aqui, e estou tão perto, tão perto, tão perto de ter tudo. Ela era simplesmente muito *boa*.

— Quem, a traidora? — perguntou Rocket.

— Não! — disse Suki ferozmente. — Hal-Zan. Ela era nossa especialista em segurança de sistemas e era mais talentosa do que qualquer pessoa sórdida ou traidora.

Suki reajustou o controle sobre a faca na garganta de Gamora e piscou rapidamente.

— Ela era tão boa que eu não consegui passar por sua criptografia. A evidência está aqui. E eu não consigo obtê-la. Está tão perto. Tão perto, tão perto, tão perto, tãoooo...

Os Guardiões se olharam em silêncio. Sem piadas. Na verdade, sem palavras. Todos eles haviam perdido algo, e todos buscaram vingança à sua maneira. E essa busca quase destruiu a todos eles.

Drax finalmente rompeu o silêncio, dando um passo lento em direção a Suki.

— Eu sei como é perder pessoas por quem se tem muito carinho e estar disposto a fazer qualquer coisa para vingá-los. Perdi minha esposa e minha filha na guerra, assim como incontáveis companheiros. — Ele pausou e deu mais um passo. — E eu também me perdi. Matei muitas pessoas inocentes em minha loucura. Só consegui parar quando me entreguei e pedi que me prendessem. O luto... pode nos deformar até ficarmos quase irreconhecíveis.

Suki olhou fixamente nos olhos de Drax. Honestamente, Gamora poderia facilmente ter se afastado, ou tomado a faca, ou matado a garota. Mas ela permaneceu imóvel, deixando o momento se desenrolar. Os olhos de Suki se perderam por um instante.

— Eu tentei me entregar. — Suki piscou e voltou o olhar para Drax. — Não para a prisão. Eu não fiz nada que valesse me prender até agora. Tentei entrar para uma igreja. Implorei para que me salvassem. Eles disseram que poderiam tirar minha dor.

— Isso parece bom demais para ser verdade — considerou Rocket.

Groot rugiu em concordância.

— E realmente era — assentiu Suki. — Eles não conseguiram. Nada conseguiu.

Ela balançou a cabeça e disse, quase num sussurro:

— Nada pode fazê-lo, exceto isto aqui.

Gamora puxou o ar lenta e profundamente, fechou os olhos e então os abriu novamente para encontrar o olhar de Suki.

— Sinto muito por sua perda e pela minha participação na guerra — lastimou ela. — Já não sou mais aquela pessoa, mas isso não desculpa o que fiz. Sinto muito pelo que os Chitauri fizeram a Hal-Zan.

Suki ergueu o queixo e olhou para Gamora com intensidade.

— Devo acreditar que a guerra a mudou tanto assim?

Gamora balançou a cabeça tanto quanto ousou, considerando a faca.

— Não apenas a guerra. Ela me colocou em um novo caminho, mas levei muitos anos para percorrer uma distância apreciável. Ainda estou tentando. E seguirei pelo resto da minha vida tentando me afastar da influência do meu pai. Eu sei que o remorso não trará sua amiga de volta, mas quero que saiba disso mesmo assim.

Peter desviou o olhar para Drax, para garantir que ele não estava prestes a enfrentar Gamora novamente. Agora *definitivamente* não era o momento. Drax franziu a testa e desviou o olhar, mas não comentou. Gamora continuou:

— Nós vamos ajudá-la a conseguir a prova de que precisa. E assim que a tiver, a levaremos para onde precisar ir. Se não souber para onde ir, tenho amigos que a acolheriam, amigos que podem ajudá-la a curar sua mente e alimentar seu corpo. Vamos conseguir essa prova, e você terá sua vingança. E então poderá descansar.

A boca de Suki tremia, e seus olhos foram ficando brilhantes e úmidos.

— Estou cansada — disse ela, quase num sussurro.

O rosto de Gamora se contorceu, e ela assentiu, ignorando a faca.

— Eu sei — respondeu.

Um instante depois, a faca caiu. Os tentáculos de Groot se desenrolaram, libertando Suki, que desabou sem o apoio que Groot estava claramente oferecendo. Groot ronronou suavemente e estendeu a mão em sua direção.

— Obrigada, Sr. Árvore — agradeceu ela, pegando a mão dele para se firmar.

Ele murmurou uma resposta tranquila.

E com isso, Peter finalmente se permitiu um suspiro aliviado. A crise imediata foi evitada. Não havia corpos na sala. Isso não era tão comum quanto ele gostaria.

— Então, Suki — interpelou Peter, oferecendo seu sorriso mais cativante. — Você disse que tinha evidências, mas não conseguiu acessá-las. Como podemos ajudar?

— Sim. A prova. Já a tínhamos naquela época também, mas sequer sabíamos disso. Eles mataram minha Hal-Zan. E descobrimos quem fez isso, você sabe que descobrimos, você estava lá, Ko-Rel estava lá, todos estávamos *lá, lá, lá,* mas nãoooo. Eles foram astutos, discretos e agiram tão inocentemente. Sem justiça para eles. Não naquela época. — Ela sorriu, todo o seu rosto se iluminou. — Mas agora. Há provas, bem aqui, nisto.

Suki acariciou com afeto o painel a sua frente. Algumas janelas de dados foram fechadas ou deslizaram pela tela com o movimento.

— É, sem ofensas, senhora, mas acho que você nunca vai encontrar esses dados nesse seu *estado mental* — disse Rocket, tão delicadamente quanto era capaz.

Gamora lhe lançou um olhar de desaprovação e depois se aproximou lentamente de Suki, estendendo a mão.

— Você tem trabalhado nisso por um bom tempo, não é?

Suki acenou solenemente.

— Rotações. Muitas delas. Eu sei que posso fazer isso. Eu costumava conseguir. Costumava ser a melhor de todas. Todas. Só... preciso de tempo. Para lembrar.

Ela se voltou para a tela e moveu algumas janelas, passando por elas sem parecer absorver nada.

— Lembrar, lembrar, lembrar, lembrar, lem... — Ela se virou para Peter, suspirando em seguida.

— Eu disse para você olhar para trás. Mas você não fez isso.

Peter franziu a testa, criando uma ruga entre as sobrancelhas.

— Bem... olhar para trás realmente não faz o meu estilo.

Suki revirou os olhos e suspirou novamente, exagerando nas ações teatrais para expor seu ponto.

— Não, Peter. Você sempre deixa o óbvio passar despercebido. Literalmente... Olhe. Para. Trás.

A boca de Peter se fechou de repente, e ele se virou lentamente para olhar a porta pela qual haviam entrado.

Mox estava lá parada, a palma da mão estendida em um gesto com o qual Peter estava lamentavelmente muito familiarizado. Era a postura de um membro da Tropa Nova Denarian pronta para canalizar um pouco daquela Força Nova e arrebentar algumas caras.

— Uau — exclamou Peter, sacando as duas armas e as apontando para ela.

Gamora seguiu o exemplo e apontou a lâmina para Mox, avançando um pouco para se colocar protetoramente na frente de Suki. Drax e Rocket trocaram olhares, deram de ombros e então também colocaram as armas em posição.

— O que vocês estão fazendo? — indagou Mox, incrédula. — Eu contratei vocês! Ela é aquela com quem vocês estão aqui para lidar, então lidem com ela.

Ah, ok, então a ameaça com quiromancia era para a *Suki*, e não para os Guardiões. Ainda estava longe de ser um cenário excelente, mas era um esclarecimento importante.

— Desculpe, desculpe — afligiu-se Peter, gesticulando para os outros abaixarem as armas. — Pensei que o *gesto com a mão* fosse para nós. Legal da sua parte vir até aqui.

Mox deu de ombros e caminhou alguns passos à frente.

— Fico feliz que eu não tenha chegado tarde demais. A papelada da última investigação levou uma eternidade.

Ela olhou Suki de cima a baixo, observando a cicatriz, o cabelo e as roupas esfarrapadas.

— Eu sempre tive curiosidade de saber quem decidiu pisar na memória do nosso povo para colocar esta base de volta em funcionamento. Não deveria estar surpresa. Você sempre ficava até tarde na central, fazendo sei lá o quê. Acho que a comandante nunca suspeitou de você de verdade, mas eu sabia. Você fingiu estar de luto, mas era você quem passava informações para os Chitauri o tempo todo.

Suki piscou uma vez e então jogou a cabeça para trás e riu.

Riu. E riu. Ela riu até que ficasse constrangedor.

— Ah, Peter, não vá cair nessa — exclamou ela finalmente, recompondo-se o máximo que pôde.

— Ah, hum — gaguejou Peter. — Certo, é verdade, mas... ela realmente nos contratou para vir até aqui.

— Peter, não se deixe influenciar pelos devaneios dela, como aconteceu durante a guerra — disse Mox. — Ela claramente enlouqueceu. Mas o que realmente importa é que ela está tentando apagar as evidências do que fez. Você precisa tirá-la desta estação.

Suki riu novamente, beirando o delírio.

— É... está errado! Erraaaaado, errado, errado! Eu estou aqui, sim, eu tenho as provas, sim, mas não para apagar. Nuncanuncanunca, nãoooo. Peter, você sabe. Olhe para trás.

— Olha, Senhor das Estrelas, se você quer as cem mil unidades, precisa fazer o trabalho — disse Mox.

— Unidades, unidades, não existem unidades. Peter, Peter, Peter Quillll, eu tenho a prova...

— Ela não tem *nada*, Senhor das Estrelas, mas você precisa desse trabalho. Sua equipe é um caos. Você...

Peter colocou as mãos sobre os ouvidos e gritou:

— Eu preciso que todos fiquem quietos para eu poder pensar!

INTERLÚDIO: 12 ANOS ATRÁS

BASE EM MERCÚRIO 7789

UMA IDEIA terrivelmente ruim estava se formando na mente de Ko-Rel. Claro, as opções eram muito limitadas, e "terrivelmente ruim" poderia ser exatamente o que eles prěcisavam. Por enquanto, ela se concentrou nas palavras em sua mente, tentando encontrar as mais precisas e que pudessem fazer o traidor se entregar e fugir.

Até que a brecha em sua organização fosse reparada, até que o traidor fosse capturado, não seria seguro realizar outra operação. Isso estava gerando suspeita entre as tropas... mas também medo.

Seu pessoal estava com medo. Soldados receosos cometeriam erros.

Eles não se apoiariam.

E mesmo assim talvez o medo pudesse ser a resposta.

— Ah, amedrontar um traidor. Isso me parece uma festa — disse Peter. Seu rosto ficou sério. — Então você sabe quem é, não sabe?

A boca de Ko-Rel estava pressionada em uma linha fina.

— Não posso provar. Porém, *eu sei* que é um dos nossos oficiais de inteligência. Agora eu só preciso fazê-los cometer um deslize. E, para isso, eu preciso de você. Vamos assustá-los, Peter.

Peter sorriu.

— Ok, estou dentro. Como faremos isso?

— Apenas siga o meu exemplo. Você sabe improvisar. Tente parecer sério e durão. — Ko-Rel parou. — Na verdade, talvez essa não seja uma boa ideia.

— Ei! — protestou Peter. — Eu consigo parecer sério e durão!

— Bem, então faça isso — sibilou Ko-Rel. — E não deixe ninguém ouvir você falar assim, porque *realmente* não ajuda.

Peter resmungou algo ininteligível, mas endireitou os ombros e ficou calado. Um momento depois, eles contornaram a esquina até o centro de comando e Ko-Rel parou abruptamente, seus olhos vagando pelos oficiais de inteligência em seus postos. Apenas dois deles.

Adomox não estava presente. Interessante. Suspeito.

— Yumiko. Tasver — disse Ko-Rel, gesticulando com a cabeça para cada um. — Onde está Adomox?

Eles se olharam e deram de ombros, balançando a cabeça. Tudo bem, então. Um pequeno sorriso começou a se formar no canto da boca de Ko-Rel. Talvez fosse mais fácil do que ela havia pensado. Talvez o traidor já tivesse fugido.

Então a porta da sala de controle se abriu rapidamente, e Adomox entrou correndo, parando ao lado de Tasver.

— Estou aqui — disse ela, colocando-se em posição de sentido. — Peço desculpas, senhora. Eu estava no chuveiro.

Seu cabelo loiro estava molhado e amarrado às pressas, e suas bochechas pálidas estavam vermelhas pelo calor, corroborando sua história. Ko-Rel controlou sua decepção externamente, mas queria rosnar de frustração. É claro que não seria tão fácil.

— Peter — bradou ela com rispidez, sem desviar os olhos dos oficiais reunidos. — Cruze todas as referências do que está prestes a ouvir aqui.

Ela pegou um display portátil de uma estação próxima e abriu a tela, mostrando um documento aleatório. Para Peter, aquilo parecia um relatório de inventário desatualizado. Para todos na sala, incapazes de ver o que havia ali, poderia ser qualquer documento com muita informação, o que quer que a imaginação, ou o medo, deles pudesse conjurar.

Peter, para seu crédito, respondeu imediatamente com uma voz apropriadamente severa:

— Sim, senhora.

Ko-Rel juntou as mãos atrás das costas e caminhou de um lado para o outro em frente ao seu pessoal, estudando atentamente o rosto deles.

— Então, vamos lá. Eu sei que um de vocês três é o traidor.

Tanto Suki quanto Adomox inspiraram rapidamente. Tasver apenas revirou os olhos. *Certo. Interessante.*

— Devo supor que alguém queira economizar nosso tempo e simplesmente confessar? Alguém?

Tasver soltou uma risada e deu um passo à frente, estendendo os braços para os lados como se dissesse:

— Aqui estou eu. Você me pegou. Eu sou o traidor. Eu mesmo.

Peter abaixou a tela, com a boca aberta.

— Espere aí, sério mesmo?

Tasver revirou os olhos novamente de forma extremamente teatral e deixou os braços caírem ao lado do corpo.

— Não, pirata, é claro que não. Vocês realmente acharam que algo assim funcionaria?

— Não — afirmou Ko-Rel honestamente. — Mas, na remota possibilidade, eu pensei que algo assim nos pouparia de muitos problemas. Yumiko? Adomox?

A expressão de Suki mudou de neutra para furiosa em um piscar de olhos.

— Ah, flark — exclamou ela, suas bochechas de pele oliva escurecendo com a fúria. — Você está me acusando de trabalhar com as pessoas que mataram Hal-Zan? Ela era a pessoa mais importante do mundo para mim, e você pensa que eu... — Ela parou, olhando furiosamente entre Peter e Ko-Rel, sua respiração ficando cada vez mais rápida. — Como ousa sequer sugerir isso?

— Está bem, está bem — assentiu Adomox, colocando a mão no braço de Suki. — Não acredito que alguém realmente suspeite de você, Suki. Eles estão apenas sendo minuciosos. Todos sabemos que você nunca machucaria Hal-Zan.

Adomox ergueu uma sobrancelha significativamente para Ko-Rel, que olhou para Peter e suspirou.

— Então, passaremos para os relatórios — declaoru Ko-Rel. — Percebi que tenho recebido todos os seus relatórios filtrados uns pelos outros, compilados em documentos únicos. Gostaria de ouvir um resumo de tudo o que vocês sabem sobre nosso inimigo neste planeta verbalmente, agora, na presença dos seus colegas oficiais. Começaremos com as comunicações. Tasver?

Ko-Rel olhou para Tasver em expectativa.

— Certoooo — disse ele. — Está tudo nos meus relatórios, mas a versão resumida é que não tivemos sorte em entrar na criptografia das comunicações deles. Sabemos que a comunicação acontece de dois postos avançados que eles ainda mantêm, mas é só isso. E para ser totalmente honesto, para que você não pense que sou um traidor ou algo do tipo, sinto que preciso esclarecer que, mesmo que haja comunicações entrando e saindo dos postos de escuta, isso não significa que os Chitauri estejam fisicamente lá. Eles podem estar os usando como estações de retransmissão.

Ele recuou para o seu posto e folheou documentos abertos até encontrar o que procurava. Com um gesto rápido, ele o deslizou de sua tela para a tela principal, onde aquilo ocupou toda a área disponível.

— Estes são os registros detalhados de todas as comunicações que conseguimos interceptar. No entanto, não há transcrições do que foi dito, apenas datas, horários, duração das chamadas e assim por diante.

Ele rolou a tela para mostrar toda a longa lista de comunicações, então se virou para encarar Ko-Rel, com o rosto sério.

— Com todo o respeito, senhora, não lerei os registros para você. Você pode vê-los por si mesma.

Ko-Rel se sentiu tentada a repreender Tasver pelo tom e pela atitude dele, mas ela não tinha tempo para discutir. Deixe-o ficar zangado. Se ele não fosse o traidor, talvez se encarregasse de investigar seus companheiros. Em vez disso, Ko-Rel se voltou para Suki e fez um gesto para que ela apresentasse o próximo relatório.

— Então, no que você tem trabalhado, Yumiko? Você tem estado acordada o tempo todo, dedicando-se muito a algo.

Suki manteve o olhar fixo enquanto exibia seu próprio trabalho em sua tela e, em seguida, transferiu-o para a tela principal, assim como Tasver havia feito. Era uma colagem de imagens, cada uma delas mostrando um único Chitauri com uma etiqueta numérica na cor branca.

— Eu assumi o projeto de Adomox de contabilizar todos os Chitauri aqui no planeta. Ainda não reportei porque não tenho certeza, mas eu...

Ela fez uma pausa, depois olhou para Ko-Rel com um olhar solene.

— Eu realmente acredito que pode haver apenas dez indivíduos restantes no planeta conosco. A força original de reconhecimento que foi avistada farejando por aqui, toda a situação que nos levou a sermos enviados para cá... se estivermos corretos em pensar que eles são os responsáveis por lançar esses ataques e que também não receberam nenhum reforço, então veja por si mesma.

Ela tocou em sua tela algumas vezes e, em seguida, transferiu um segundo documento, desta vez com imagens um tanto macabras de Chitauri mortos ao redor da base, também numerados e marcados com evidências corroborantes dos relatórios médicos após a limpeza do contra-ataque. Ao todo, entre os dois grupos de imagens, havia cerca de trinta indivíduos.

Ko-Rel murmurou de forma pensativa:

— E o número máximo de tripulantes para a nave na qual pensamos que eles chegaram é...

— Cerca de trinta, sim — disse Suki.

Peter arregalou os olhos e fitou Ko-Rel, mas ela desviou o olhar e fez um leve movimento de cabeça. *Mantenha a calma, Quill.*

— Ok, bom trabalho, Yumiko — falou Ko-Rel. — E, Adomox, no que você tem trabalhado?

Adomox suspirou e se voltou para a própria estação de controle.

— Não tenho muito para lhe mostrar, mas não é porque eu seja uma traidora ou algo assim. Estava no projeto de contagem antes de Suki assumir, e desde então tenho tentado triangular locais potenciais onde os Chitauri podem estar se escondendo. E Tasver estava certo, na verdade, eu não acredito que eles estejam usando as bases avançadas. Eles podem estar mantendo apenas uma ou duas pessoas por posto avançado, ou pode não ter ninguém lá e as comunicações estarem sendo roteadas automaticamente.

Adomox transmitiu um mapa em grande escala da base e da área circundante para a tela principal.

— Tenho reproduzido as imagens da batalha e tentado determinar a direção de cada ataque. A nave que desembarcou as tropas Chitauri para o contra-ataque veio do leste — disse ela, verificando novamente suas coordenadas e em seguida passando o dedo pelo ar acima de uma área a leste da base. Uma seta brilhante apareceu. — E o bombardeiro veio desta direção também. Um trajeto um pouco diferente, um pouco mais a sudeste, mas, considerando que eles estavam mirando a parte sul da base, podemos levar isso em conta.

Ko-Rel acenou pensativamente.

— Então, achamos que eles estão em algum lugar a leste de nós.

Adomox desenhou mais dois círculos no mapa, desta vez muito distantes a oeste e ao norte.

— Essas são as localizações dos dois postos avançados, então acho que esses dados reforçam a ideia de que os Chitauri não estão usando essas estações como suas bases principais.

— Pelo menos não parece que os ataques estejam sendo lançados de lá — concordou Ko-Rel. — Bom trabalho, pessoal. Dispensados.

Tasver soltou uma risada áspera e olhou de um lado para o outro, entre Ko-Rel e seus colegas.

— Espere, então vocês nos chamam aqui, nos acusam de traição e agora apenas... nos deixam ir? Se vocês acham que um de nós está traindo a Resistência, por que não nos jogam na prisão?

Ko-Rel deu um sorriso irônico.

— Dois motivos, oficial Tasver. Primeiro porque temos poucas pessoas, então não posso me dar ao luxo de prender dois oficiais inocentes, ainda mais *toda a minha divisão de inteligência*. E dois, porque vocês vão vigiar uns aos outros a partir de agora. Vocês sabem que um dos três é o culpado. Quem melhor para descobrir o traidor do que vocês três? Considerem isso sua missão número um daqui para frente. Alguma pergunta?

Muitos olhares hostis, mas aparentemente nenhuma pergunta.

— Ótimo. A partir de agora, no mínimo duas pessoas devem ficar de guarda ao mesmo tempo. Ninguém ficará de guarda sozinho. Reorganizem a escala a partir de agora. Peter, venha comigo — chamou Ko-Rel, e saiu sem dizer mais uma palavra.

Muitas reclamações seguiram seu rastro, mas Ko-Rel apenas sorriu.

Deixe-os resmungar. Ela não precisava mais deles.

— Bem, isso deve mantê-los ocupados por um tempinho — ela disse a Peter enquanto ele se aproximava dela.

— Ah, é, sem ofensa, mas aquilo foi um fracasso total — anunciou Peter, trotando para acompanhá-la, com o propósito guiando seus passos.

— Não totalmente — discordou ela, virando-se para Peter com um sorriso astuto.

Ela aumentou o ritmo e virou à esquerda, levando Peter até sua mais nova ideia.

— Mas nós não encontramos o traidor. — Peter lhe lançou um olhar interrogativo. — Estamos indo para o hangar?

— Sim, estamos — ela falou. — Acho que já passou da hora de você me ter a bordo da *Milano* novamente.

BASE EM MERCÚRIO
7801

PETER abriu os olhos e viu Mox e Suki posicionadas quase exatamente onde estiveram no passado, quando ele e Ko-Rel haviam confrontado os três oficiais de inteligência. Lembrando agora, apenas uma delas havia fornecido informações novas naquela época, embora a outra tivesse disfarçado bem.

— Adomox — ponderou Peter. — Você sabia que os Chitauri estavam nas cavernas ao leste, mas não disse nada até ser forçada, e mesmo assim nos deu apenas o básico. — Peter balançou a cabeça. — Droga, você agiu tão tranquilamente. Ko-Rel nunca conseguiu provar nada. Você falou que Tasver morreu na prisão, não foi?

Mox — *Adomox* — suspirou, seus ombros caindo ligeiramente, o disfarce escapando dela num instante.

— É, eu não tenho tempo para isso — observou ela.

DIAS ATUAIS

ZZZZAP!

Um raio de energia dourada saiu da palma de Adomox, atingindo Suki em cheio no peito.

— Não! — gritou Gamora, pulando em direção à forma enegrecida de Suki, mas já era tarde demais para evitar que sua cabeça batesse no chão.

Uma mancha de sangue humano vermelho e brilhante tingiu os dedos de Gamora quando ela afastou a mão. Peter sacou as armas e atirou em um único movimento, mas Adomox saltou no ar, pairando perto do teto enquanto os tiros passavam inofensivamente por baixo dela.

A maior parte do rosto de Adomox estava escondida pelo capacete Denarian, mas sua boca estava perfeitamente enquadrada pelo metal dourado enquanto ela sorria. Drax e Groot correram em sua direção, lâminas e punhos a postos, mas Adomox criou uma barreira de energia com um rápido movimento de mão. O brilho da luz dourada era fraco, mas claramente forte o suficiente; Groot e Drax foram repelidos como se tivessem colidido com uma parede. O sorriso de Mox só aumentou.

— Ah, agora você se complicou, moça — disse Rocket, enquanto sua arma ridiculamente grande se desdobrava, preparando-se para assassinar sua primeira Denarian.

Adomox fez a escolha rude de interromper, avançando para um golpe cruel no estômago de Rocket. Ele se curvou, ofegante, e voou para trás, batendo na parede atrás dele. Adomox se lançou em direção a Rocket, com a palma da mão à vista e carregando uma explosão para terminar o trabalho, mas Drax a impediu, avançando como um caminhão desgovernado. Ele a atingiu em cheio, desviando-a do curso e entrando em uma briga corpo a corpo muito próxima para que Peter pudesse fazer um disparo. Um clarão de luz dourada, e Drax voou para trás, batendo na parede ao lado de Rocket. Ele rugiu em protesto e logo voltou ao ataque.

— A arma é muito grande, Rocket — disse Peter, disparando outro tiro contra Adomox enquanto Drax estava livre.

Rocket desferiu alguns tiros de cobertura com sua arma menor, mas que ainda era consideravelmente potente.

— Não existe grande demais!

— Existe, *sim* — declarou Gamora. — Se leva tanto tempo para sacá-la que te deixa vulnerável ao inimigo, então é *grande demais*.

— Ah, então a senhorita *Stabby Stab* de repente é uma especialista em armas, é isso? — zombou Rocket.

Gamora lançou um olhar rápido a Rocket.

— Não se esqueça da senhorita *Slicey Slice*, ou da senhorita *Cut Off Your*...

Drax gritou de dor ao receber uma rajada no ombro, e Peter aproveitou a distração para encher o ar com disparos automáticos.

— Podemos nos concentrar, por favor? — gritou ele, enquanto todos pareciam se revezar em estar atento.

A luta estava indo extremamente mal, mesmo para os padrões deles. Antes que pudessem se reagrupar, no entanto, Adomox se virou para sorrir para Peter.

— Obrigada por cuidar de todos esses sistemas de segurança irritantes. Nunca conseguiria entrar aqui sozinha — disse ela, tirando um transmissor do bolso. — Infelizmente, agora você é inútil para mim.

Ela apertou um botão, e todo o centro de comando entrou em pane.

As luzes piscaram e se apagaram, sendo rapidamente substituídas pelo vermelho das luzes de emergência. A voz antes reconfortante da rede de computadores do sistema central agora falava em uma cacofonia de mensagens sobrepostas do tipo "as coisas estão indo de mal a pior agora":

— *Limpeza de dados iniciada.*

— *Segurança da base desativada.*

— *Ventilando oxigênio.*

— *Falha mecânica.*

— *A a-a-a-auto-des-des-truição foi ativada. A auto-de-de-destruição ocorrerá em vinte mi-mi-mi-nutos.*

— Ah, vinte minutos — observou Peter. — Não é tão ruim assim. Na verdade, esse é um tempo muito bom.

— Essa não é a melhor parte — disse Adomox com um sorriso maligno. — Adeus, Senhor das Estrelas.

Então, os outros guardiões desapareceram em um clarão de luz dourada intensa, e a visão de Peter ficou em branco.

Por um momento, não havia peso, não havia nada — nem visão, som ou sensação de qualquer tipo.

Tudo voltou rápido demais. Seu estômago se retorceu de uma maneira que o fez lembrar muito especificamente de uma terrível tarde de infância repleta de saladas de gelatina e cachorro-quente em caçarolas. Foi a última vez que ele se deixou convencer a comer algo por educação com as senhoras da igreja, e também a última vez que foi à igreja. Quando sua visão clareou, ele imediatamente caiu de joelhos e vomitou, com o gosto fantasma de gelatina na garganta.

— Ah, que nojo, Peter — reprovou a voz de Gamora vindo de algum lugar atrás dele.

Ela parecia tensa, além de apenas irritada.

— Você está ferida? — perguntou Peter.

— Estou machucada, mas não lesionada. Me sinto como se Rocket tivesse remexendo dentro de minha cabeça — disse ela, entrando em seu campo de visão com uma mão pressionada na testa.

Peter se levantou lentamente, apoiando-se na parede para se firmar.

— Pois é, tenho quase certeza de que Rocket ainda não se aventurou na cirurgia cerebral, embora com certeza fôssemos morrer dolorosamente se ele fosse por esse lado. Falando nisso, onde está o pequeno sociopata peludo?

— E Groot? E Drax? O que diabos acabou de acontecer? — Gamora apertou o comunicador. — Ei, estão todos vivos?

Uma longa pausa, e então uma resposta muito fraca:

— Eu... sou Groot?

— Sim — disse Rocket, parecendo sem fôlego. — Você acertou, amigo. Eu me sinto como uma carcaça de orloni de uma semana atrás. Estou em um corredor com várias portas.

— Então vocês dois estão juntos, certo? Onde está Drax? — perguntou Gamora.

— Estou aqui — interveio Drax.

Todos esperaram.

— Ah, é só isso? — indagou Peter. — Porque pensei que fosse nos contar alguma coisa sobre sua localização, talvez algum fato útil que nos ajudasse a nos encontrar...

— Estou ao lado de uma criatura árvore que fala e anda — respondeu Drax.

— Então você está com Groot — esclareceu Peter.

— Não foi o que acabei de dizer?

— E Rocket também está aí? — questionou Gamora.

— Eu não vejo nenhum guaxinim.

— Eu não sou a flark de um guaxinim — gritou Rocket. Peter e Gamora fizeram uma careta por causa do som estridente. — Não fique ouvindo as besteiras de Peter sobre animais da Terra.

— Ok, então Groot e Drax estão juntos... em algum lugar — ponderou Gamora. — Peter e eu estamos juntos aqui, e Rocket está sozinho em um corredor. O que foi aquilo, algum tipo de sistema de segurança de teletransporte?

— Nunca ouvi falar de algo assim fazendo parte da base. Ou de qualquer base. Você já ouviu? — perguntou Peter.

Gamora balançou a cabeça.

— Não, eu não ouvi. Tenho uma teoria, mas não gosto dela, e preferia realmente estar errada. Precisamos encontrar Mox.

Peter olhou ao redor assim que sua cabeça parou de girar, observando os arredores. Eles estavam em um corredor não descritivo com portas sem rótulos. Ele revirou seu cérebro, tentando se lembrar das memórias de doze anos atrás e a disposição da base, apesar da terrível dor de cabeça. Onde havia corredores como aquele? Só poderiam ser os laboratórios ou os alojamentos da tripulação. Nenhum outro lugar na base tinha tantas pequenas salas alinhadas. Eles já haviam passado pelos laboratórios anteriormente, porém Peter não viu nenhum dano resultante da briga em que se envolveram. Isso significava que ou Rocket estava muito próximo, ou... ele estava de volta aos laboratórios. Os laboratórios que ele desejava fervorosamente explodir.

Flark. Ele precisava reunir todos antes que Rocket assumisse seu eu explosivo.

— Ok, Drax, você pode nos dizer alguma coisa útil sobre onde está? — perguntou Peter.

— Estou voltando até Suki — disse ele. — A árvore e eu emergimos na cafetaria, onde enfrentamos os robôs da fantasia sexual do Peter.

— Ah, meu Deus, não vamos chamá-los assim — ponderou Gamora, revirando os olhos tão drasticamente que Peter ficou preocupado com sua vista.

Peter roía o polegar e olhava ao redor.

— Drax, meu amigo... tenho quase certeza de que Suki está morta. Só temos vinte minutos para a autodestruição. Provavelmente devemos nos concentrar em voltar para a nave.

— Devemos ter certeza da morte dela antes de deixá-la para trás — observou Drax. — Não podemos deixá-la aqui se ela estiver viva.

— Estou com o Drax nessa — concordou Gamora. — Eu estava bem ao lado dela antes de nos separarmos, e ela ainda estava respirando.

Peter gemeu. Certo, com isso restava apenas uma pessoa.

— Rocket, você consegue voltar para a nave de onde está?

— Claro, estarei lá. Mas, primeiro, tenho de resolver uma coisa — disse Rocket de forma sombria.

Peter esperou um momento e, quando Rocket não deu mais detalhes, arriscou uma pequena tentativa:

— Você sabe que esses laboratórios vão explodir junto com o restante da base quando ela se autodestruir, não sabe? — inquiriu ele.

— Não — respondeu Rocket. — Aquele quarto é armado para resistir à força dos monstros de Rak-Mar, e eu entendo de bombas. A menos que tenham se esforçado para implantar algo bem grande e potente, esta área do laboratório vai ficar apenas sem parede e sem teto. Eu quero *pulverizá-la*. Eu quero explodir com tanta intensidade que não reste nada além de uma flark de uma *cratera*.

— Que droga, Rocket, Adomox vai escapar — gritou Peter. — Ninguém se importa com isso?

— Ela obviamente não está planejando nos pagar, Quill, caso você não tenha percebido — Rocket rosnou pelo comunicador. — Este é mais um trabalho bem flark em que você estragou tudo e em que não seremos pagos. De novo, Quill.

— Ei, vocês estavam todos lá quando aceitamos este trabalho — protestou Peter, mas Rocket o interrompeu:

— E você se lembra da parte em que dissemos *não*? Nenhum de *nós* queria participar, mas você insistiu, "Eu conheço esse lugar como a palma da minha mão, vai ser *moleza*!". E veja *como* isso acabou. Então você pode pegar sua pose de líder heroico que quer ser e enfiar bem lá onde o sol não brilha!

Peter sentiu aquilo como um soco no estômago. Ele olhou para Gamora, e ela o encarou firmemente, não lhe dando nenhuma trégua. Não havia como mudar de assunto ou negar. Os Guardiões da Galáxia eram um esquema de marketing falido, uma equipe que não conseguia se manter unida. E isso se devia em grande parte a ele. Sua falta de liderança. Sua falta de autocontrole. Ele não tinha ideia do que estava fazendo.

Gamora levantou e desligou seu comunicador, em seguida, fez um gesto para que Peter fizesse o mesmo. Assim que tiveram privacidade, ela deu um passo para mais perto e falou em voz baixa:

— Deixe-os ir — disse ela simplesmente.

Peter balançou a cabeça, gemendo de frustração.

— Adomox provavelmente está no meio caminho para a nave agora. Eu sei que é minha culpa estarmos nessa, mas agora que *sabemos* que ela era uma traidora responsável por todas aquelas mortes durante a guerra, não precisamos lidar com ela? Não é a coisa certa a se fazer?

Gamora assentiu.

— Sim. Mas, para Rocket, a coisa certa também é amenizar um pouco da dor do que foi feito a ele por causa da guerra. E para Drax, ajudar a salvar alguém que perdeu um ente querido durante a guerra é a maneira dele de lidar com isso. Groot perdeu seu planeta inteiro e todo o seu povo por causa da guerra, então gerar mais morte e destruição nunca é sua primeira escolha. Seu instinto é proteger, então é claro que ele está do lado de Drax nessa.

Peter passou a mão pelo cabelo e bufou impaciente.

— E quanto a você?

— Estou com você. Eu quero derrubar a Adomox.

— Ok, então vamos...

— Mas quero fazer do meu jeito.

Peter apertou os lábios e engoliu suas objeções.

— E qual é o seu plano?

Gamora caminhou alguns passos pelo corredor, esticou o braço e arrancou a tampa de uma abertura de ventilação.

— Quero avançar, ver se consigo cortar o caminho dela ou atrasá-la. Ela já tem vantagem, Peter, estará fora do planeta antes que possamos nos reagrupar e enfrentá-la. Eu serei mais rápida sem você.

Ele suspirou e colocou a cabeça entre os joelhos, com as mãos apoiadas na nuca. Peter realmente preferiria que ele e Gamora ficassem juntos. Ele preferiria que todos corressem em direção à *Milano* e escapassem com suas vidas intactas. Gamora suspirou e cruzou os braços, olhando para baixo, na direção de Peter.

— Nós não somos peças que você pode mover em um tabuleiro. Você não pode apenas se exibir e soltar algumas piadas pensando que isso faz com que todos queiram te seguir por aí. Rocket pode ser um pé no saco, mas ele também está sofrendo, o tempo todo. O que foi feito a ela é inaceitável. O mesmo serve para Drax e Groot.

— E para você — disse Peter, encontrando o olhar dela.

Ela abaixou o queixo em um aceno quase imperceptível.

Pela primeira vez desde que Yondu foi preso e levado para Kyln, Peter se viu sentindo falta do homem. Ele liderava sua parte dos Saqueadores com um tipo de poder eficiente e direto. Ele não hesitava, não se perguntava o que os outros pensavam dele, apenas tomava a decisão e seguia em frente. Era fácil seguir Yondu. No entanto, tentar liderar como ele estava dando completamente errado. Como ele poderia liderar pessoas que não queriam estar lá? Que não confiavam uns nos outros, nem nele? Ele não podia forçá-los a confiar nele ou seguir suas ordens.

Mas Peter podia confiar *neles*, apesar de tudo.

Ele se deu um momento para pensar, então ligou novamente seu comunicador.

— Rocket, transforme aquele lugar em cinzas. Encontre-nos de volta na minha nave assim que seus explosivos estiverem preparados.

— Minha nave — disse Rocket. — Vejo você lá. Groot, você está bem, amigo?

— Eu sou Groot — respondeu Groot serenamente.

— Estamos nos aproximando do centro de comando novamente. Vamos resgatar a Oficial Yumiko e recuperar os dados assim que chegarmos.

Peter sentiu um protesto surgir em sua garganta, mas o engoliu e assentiu. O que, é claro, ninguém poderia ver.

— Ok. Sejam cuidadosos. E rápidos. Todas as armadilhas estão desativadas, então sigam direto para o hangar assim que estiverem com Suki, não deem uma de baratas tontas por aí.

— E o que uma barata tem a ver com isso, Peter Quill? — perguntou Drax, confuso. —Sinceramente, você deveria se concentrar.

Peter suspirou e então olhou para Gamora.

— Você quer seguir na frente e fazer o reconhecimento?

Gamora assentiu.

— Farei isso, quer você me diga para fazer ou não.

É claro que ela faria. Gamora era parte da equipe, mas ele não tinha certeza se ela jamais seria algo além de completamente solitária. Ainda assim, ele assentiu em resposta.

— Está bem. Eu a alcançarei o mais rápido possível. Estou indo direto para o hangar e, quando chegar lá, vou tentar impedi-la.

— Não deixe que ela te mate, Peter — disse Gamora, já caminhando para trás, em direção ao hangar.

— Digo o mesmo para você — respondeu Peter.

Então Gamora segurou a abertura do duto de ventilação e se içou para dentro dele.

E assim, Peter estava sozinho. Todos os Guardiões estavam em suas próprias missões. Ele ficou em pé, checou suas armas e começou a correr pelo corredor.

Peter tinha de confiar que todos voltariam a tempo. Ele tocou atrás da orelha e verificou o cronômetro em seu visor.

Quinze minutos até a explosão.

Peter verificou novamente se seu comunicador estava desligado e soltou um suspiro.

— Boa sorte a todos — declarou ele.

BASE EM MERCÚRIO
7801

A saída da base foi significativamente mais fácil do que a entrada. Peter se esquivou com facilidade dos corpos dos robôs de segurança e marcas de queimadura no chão e encontrou uma rota alternativa contornando o corredor coberto de óleo. Realmente, quando dezenas de coisas não estavam tentando matá-lo, a base parecia bem pequena. Pequena o suficiente para atravessá-la de ponta a ponta em cerca de cinco minutos. Conveniente quando uma sequência de autodestruição estava ativada e a base inteira estava programada para explodir – ele verificou o cronômetro – dali a nove minutos.

Infelizmente, isso significava que era bem possível que Adomox escapara havia algum tempo, a menos que Gamora tenha tido sucesso em atrasá-la. Suki não estava em condições de desempenhar seu papel de presa perfeita.

DIAS ATUAIS

— Como estão as coisas aí, Gamora? — Peter perguntou pelo comunicador. — Alguma sorte?

Um toque duplo veio em resposta, o sinal estabelecido pelos Guardiões para sim/confirmado, porém não houve mais explicações. Peter entendeu que isso significava que ela estava perto o suficiente de Adomox e que falar poderia entregá-la. Ele imaginou Gamora se esgueirando no teto diretamente acima da cabeça de Adomox, como em um filme de espionagem, esperando para atacar, e afastou essa imagem antes de rir. Ele também queria saber como os outros estavam se saindo, mas segurou a própria língua. Isso provavelmente só os afastaria ainda mais. Deixe-os fazer o que têm de fazer. Ele precisava se concentrar em seu próprio objetivo. Seguir em direção à *Milano*, encontrar Adomox e se manter no alvo. Ele provavelmente não conseguiria derrotá-la sozinho, mas talvez conseguisse mantê-la distraída por tempo suficiente para os outros chegarem até lá.

Ele fez as últimas curvas, aproximando-se da enfermaria, e hesitou. Para que lado deveria ir? Havia a entrada da enfermaria para o hangar, mas a entrada mais próxima dele era uma grande porta de carga que levava ao centro da base, e a outra entrada estava do outro lado do lugar, perto dos alojamentos. Ele decidiu arriscar e fazer uma entrada dramática através das grandes portas duplas do hangar de carga. Por que não? Se o objetivo dele era ganhar tempo, então não havia sentido em ser sutil. Ele respirou fundo para se preparar, sacou as armas e acionou os controles da porta com o dorso da mão. As portas duplas rangeram e gemeram enquanto se abriam, pois não eram usadas havia muitos anos, e do outro lado estava Adomox, acabando de sair da porta próxima aos alojamentos da tripulação.

— Ei! — gritou ele, então saltou para o lado enquanto ela erguia a palma da mão, disparando uma rajada de energia dourada contra ele sem se dar ao trabalho de reconhecer sua presença primeiro. Que falta de educação!

Porém, Peter ainda não tinha interesse em iniciar uma disputa armada. Quanto mais isso pudesse ser evitado, melhor. Em vez disso, ele manteve as armas de lado e entrou lentamente no hangar, olhando rapidamente na direção da *Milano*. Ele precisava verificar sua nave, garantir que ela estava segura. Só por precaução, ele ativou os controles da nave através de sua viseira e ligou os escudos de força. Não poderia permitir que um disparo perdido destruísse sua fonte de orgulho e alegria, sua companheira de longa data... e sua única maneira de sair dali. Os escudos ganharam vida com um zumbido e uma suave luminosidade azul prateada.

Adomox caminhou mais para o fundo na plataforma de pouso e balançou a cabeça para Peter, sorrindo.

— Ah, Peter Quill. Perdão, *Senhor das Estrelas*. — Ela revirou os olhos. — Por que se preocupar em vir atrás de mim? O que passou, passou. Eu já consegui o que queria. Você e sua tripulação estão todos vivos e bem. Qual é o objetivo de enviar sua pequena assassina atrás de mim para me atrasar? Oh, não pense que eu não percebi.

— Percebeu? Duvido muito que você realmente a tenha visto.

Peter olhou casualmente para a área de carga, procurando por qualquer vislumbre da pele verde característica ou cabelo de pontas vermelhas que indicasse a presença de Gamora. Ele não conseguia encontrá-la em lugar algum... exceto, ah, e lá estava ela, agarrada às vigas acima da cabeça de Adomox. Ela colocou delicadamente um dedo nos lábios, fazendo um gesto de *silêncio*. O canto da boca de Peter se curvou, mas ele não deu nenhuma indicação externa de que a havia visto. Adomox também não.

— Eu não preciso vê-la para saber que ela está aqui — disse Mox, mantendo os punhos erguidos em postura defensiva, sem dúvida pronta para reduzir Peter a pó no primeiro movimento errado. — Eu pensei que, com Suki fora do caminho, toda questão com a segurança da base estaria resolvida, mas *alguém* parecia estar me seguindo, explodindo fechaduras de portas e ativando droids que queriam me amarrar. Quem projetou os sistemas de segurança deste lugar realmente tinha um senso de humor estranho.

— Sabe, acho que um cara chamado Hark Taphod pode ter contratado o mesmo empreiteiro. Posso colocá-lo em contato caso esteja curiosa — anunciou Peter, procurando algo mais que pudesse dizer para ganhar tempo. — Realmente valeu a pena, digo, voltar para matar Suki?

— Ah, vamos lá, Senhor das Estrelas, você sabe que não foi só por isso que voltei. Pelo menos não completamente. — Ela se posicionou bem no centro da zona de carga, com os braços cruzados. — Você sabia que a maioria das pessoas que trabalharam diretamente comigo durante a guerra está morta? Alguns morreram na ofensiva final, nos últimos ciclos e rotações da guerra. Alguns outros devido a... circunstâncias misteriosas nos anos seguintes.

— Circunstâncias misteriosas... isso quer dizer que você os matou. Você está encobrindo seus rastros.

Adomox deu de ombros.

— *Algo* os matou. Suponho que nunca saberemos. Porém, sempre houve alguns resistentes. Finalmente consegui chegar até Tasver. Suki foi como você já sabe. Bem, sabia. Ko-Rel está por aí. Ela é mais difícil, sendo uma Centuriã e tudo mais. Complicada de matar, já que está sempre cercada por guardas. E então havia você.

Ela sorriu.

— Fiquei pensando nisso por algum tempo, sabe? Se valia a pena tentar te matar também. Você e Ko-Rel foram as únicas outras pessoas que sabiam, ou pelo menos suspeitavam, de que eu estava agindo pelo outro lado naquela época. Porém, você não passava de um brinquedo de Ko-Rel. Eu não achava que valia muito a pena te matar, já que você não parecia se importar tanto assim. Você não é muito de viver no passado, não é, Senhor das Estrelas? Mas então surgiu essa oportunidade. Suki estava aqui. Eu precisava de um escudo humano para os sistemas de segurança. Você se tornou subitamente tão fácil de encontrar, estando formalmente registrado no banco de dados da Tropa Nova. Os Guardas, perdão, os *Guardiões* da Galáxia, heróis de aluguel. O código de comunicação estava bem ali e tudo mais, tão fácil de rastrear e te contratar para um "trabalho". Você certamente não dificultou. Eu meio que esperava encontrar um monte de cartões de visita na recepção da sede da Tropa Nova em Xandar.

Ooooh, essa não é uma má ideia, pensou Peter. De fato, eles tinham um excesso de cartões de visita e uma grande necessidade de distribuí-los. Eles haviam tentado entregá-los em Lugar Nenhum, mas foi inútil. Peter sabiamente optou por não compartilhar a existência dos cartões de visita com ela. Ele não achava que ela respeitaria o esforço. Acima da cabeça dela, Gamora revirou os olhos... o que fez Peter mudar instantaneamente de ideia. Quer saber? Ele estava orgulhoso dos malditos cartões de visita.

— Aqui, na verdade, deixe-me te dar isso — disse ele, levantando uma mão em um gesto de "não atire" enquanto procurava no bolso. Alguns ticks depois, ele tirou um cartão de visita no qual havia rabiscado uma assinatura: Senhor das Estrelas. (Talvez ele tenha se imaginado dando autógrafos quando o fez, mas isso era completamente irrelevante e absolutamente não precisava ser mencionado na presença de Gamora.) Ele o lançou para Adomox, que se ajoelhou para pegá-lo.

— Ah, vocês *têm* cartões de visita! Isso é adorável! Obrigada por compartilhar comigo — agradeceu ela, colocando-o no bolso. — Vou garantir que isso esteja em um mural na sede com uma história emocionante sobre como o vi recentemente. Será uma ótima cobertura para quando você aparecer morto depois.

Bem, então talvez não tenha sido uma ideia tão boa assim. Peter suspirou internamente.

— Ok, olhe, talvez devêssemos apenas ir direto ao ponto — disse ele, erguendo prontamente a arma.

Ele sentiu cada centímetro do hangar ecoando ao seu redor. Ninguém estava ali para dar cobertura. Ninguém ao seu lado. Pelo menos Gamora estava lá, então, em caso de azar, ele não estaria completamente sozinho. Ainda assim, esse parecia um momento apropriado para que os Guardiões da Galáxia se reunissem e fizessem seu ato heroico.

E aqui ele estava, sozinho, exceto por Gamora pendurada nas vigas, porque ele afastou todos ao seu redor.

Ah, bem. Ainda havia heroísmo a ser feito. O Senhor das Estrelas se levantou e ativou seu capacete de olhos vermelhos. Pronto para a ação.

Adomox suspirou.

— Vamos lá, Senhor das Estrelas, nem se preocupe. Apenas fique aqui por mais sete minutos até a base se autodestruir. Você partirá rápido e sem sentir dor, com todos os seus amigos ao seu lado. É um tanto quanto meigo, não acha? Até poético. Além disso, você não consegue me enfrentar sozinho.

— Ele não está sozinho, seu brilhante e dourado pé no meu saco — disse uma voz do lado distante do hangar. Ali, parado na porta aberta da enfermaria, estava Rocket e sua arma extremamente grande apontada diretamente para o torso de Adomox.

— Ele tem a mim, e eu tenho esta arma incrível que eu mesmo projetei, então sei exatamente o que ela pode fazer.

— Como é? — perguntou Adomox, revirando os olhos.

— Explodir a flark da sua cabeça, seu monte de bosta traidora — protestou ele, engatilhando a arma.

— Oh, vocês, homens e suas armas. Eu sou uma Denarian. Eu tenho acesso à Força Nova. Vocês dois sozinhos nunca vão me derrubar.

— Eu sou Groot — outra voz muito distinta soou.

Do lado dos alojamentos do hangar, uma porta havia se aberto, Groot e Drax estavam lá, lado a lado. Nas costas de Groot havia um pacote envolto em videiras e galhos, com os caules florescendo com folhas verdes brilhantes de primavera e esporos dourados vívidos. Suki. O peito de Peter se encheu com uma espécie de sentimento ao qual ele não queria se atentar demais. Algo próximo ao alívio, mas aquilo tinha mais a ver com o fato de que todos os seus amigos haviam se reunido novamente. Todos estavam lá, no hangar, cercando Adomox, sendo heroicos.

— Ela está viva? — perguntou Peter.

— Está — respondeu Drax. — Ela é uma guerreira. Seu corpo e sua mente são fortes. Ela sobreviverá.

As facas de Drax apareceram em suas mãos num piscar de olhos, e ele assumiu uma postura de luta, seu olhar fixo em Adomox.

— Entretanto — disse ele, o lábio se curvando em nojo. — você, eu vou gostar de destruir.

Adomox jogou a cabeça para trás e riu.

— Ah, por favor. Como exatamente você planeja me manter aqui? Eu vou nivelar esta base e sumir antes mesmo de vocês conseguirem fazer um arranhão em mim.

— Sabe de uma coisa? — inquiriu Peter, sorrindo. — Eu realmente, realmente duvido disso. Você não faz ideia de com quem está lidando. — Peter levantou as armas e fez um sinal de aprovação. — Nós somos os Guardiões da Galáxia. Vamos ser heróis, pessoal.

Gamora se soltou, caindo com a espada apontada para a cabeça de Mox.

BASE EM MERCÚRIO
7801

INFELIZMEMTE, a espada de Gamora não conseguiu cortar a cabeça de Adomox por completo, mas ela conseguiu desferir o primeiro golpe, e esse foi um começo auspicioso.

— Agh! — gritou Adomox.

Ela se inclinou para a frente, virou Gamora por cima da cabeça, espada e tudo, e deu um salto para trás para manter uma distância segura entre as duas. Ela disparou duas rajadas de energia de suas palmas, das quais Gamora desviou com facilidade. O corte na junção do ombro e pescoço, onde a espada de Gamora havia arranhado a carne, brilhou fracamente e começou a se regenerar.

— Ugh, fator de cura, isso é péssimo — disse Gamora.

— Não é tão péssimo assim quando é você quem está se curando — retrucou Peter.

— Meu fator de cura não é nem de longe assim — respondeu Gamora, e saltou de volta para a luta, com a espada brilhando.

DIAS ATUAIS

— Deve ser legal — resmungou Peter, mas deixou para lá, saltando no ar com o impulso de suas botas a jato.

Groot ficou encolhido na porta, fazendo crescerem camadas extras de galhos sobre o corpo inconsciente de Suki para protegê-la da batalha. Ele precisava de cobertura e de uma distração. Peter traçou uma linha de raios de energia ao redor de Adomox, encurralando-a para que Gamora e Drax pudessem se aproximar, mas Mox saltou no ar, flutuando fora do alcance de ambos os portadores de lâminas e dos disparos de energia.

— Ei, Quill — chamou Rocket, e então correu em direção à zona de carregamento, com Peter fornecendo cobertura o tempo todo. — Tem algo estranho com aquele capacete. Ela é mais forte do que deveria ser.

— O que isso tem a ver com o capacete? Parece igual a qualquer outro capacete da Tropa Nova que já vi.

— Não, tem algo diferente nele. O capacete é como uma válvula que regula o acesso de um oficial da Tropa Nova à Força Nova. Já lutei contra oficiais da Tropa antes. Acredite em mim. Só ouvi falar desse nível de força em Richard Rider.

— Mas ele tinha total acesso à Força Nova — disse Gamora.

— Ela não é tão forte assim.

— Não, mas ela também *não* é fraca. Você já lutou com muitos Denarianos em sua vida, senhora?

— Sim, já.

— Então me diga que ela não está mais para um Centurião. Diga-me que ela não mexeu naquele capacete.

Gamora deu um salto mortal para se esquivar de um trio de rajadas de energia, depois se aproximou, atraindo Mox para um combate corpo a corpo em curta distância.

— Rocket está certo. Qual é a sua? — disse Gamora. — Você é Denariana, mas luta como um Centurião. Como um Centurião *forte*. Aquela coisa estranha de teletransporte mais cedo, foi *você*, não foi?

Ela se esquivou de um gancho poderoso de direita, lançando o ombro contra o estômago de Adomox e jogando-a por cima do ombro. Mox tentou voar para longe, mas Gamora agarrou seu tornozelo e a puxou de volta, lançando-a ao chão.

— Eu costumava lutar ao lado de Richard Rider — disse Gamora. — Eu sei algumas coisas sobre a Força Nova. É o suficiente para saber que algo não está certo com você.

Mox pousou se agachando e encontrou o olhar de Gamora de frente.

— O herói de guerra Richard Rider — zombou ela. — Richard Rider deveria ter compartilhado a Força Nova quando teve a chance, em vez de mantê-la só para si. Toda a Tropa Nova foi destruída no início da guerra, mas ele a reconstruiu? Não.

Ela se lançou contra Gamora, que recuou, dando espaço para Peter e Rocket efetuarem disparos. Mox ergueu os antebraços, canalizando um escudo de força dourada para desviar os disparos.

— Ele deveria ter encontrado uma maneira, deveria ter negociado com a Mente Mundial para compartilhar o poder. Em vez disso, ele nos deixou aqui neste posto avançado, soldados normais sem poderes, com poucas armas, com poucos homens, apenas para morrer pela causa, pelo seu planeta natal. Pelo *seu* planeta, Senhor das Estrelas. Por que eu deveria ter aceitado isso? Por que ele não compartilhou seu poder para que pudéssemos realmente lutar?

Ela disparou um feixe de energia em um barril de alguma coisa, coberto por rótulos de advertência, ao lado de Peter, e ele saltou com uma pequena ajuda das botas a jato. O calor e a pressão da explosão o fizeram girar de ponta a ponta, quase o jogando contra a parede distante.

— O destino de toda a Resistência estava condenado — Adomox gritou no rastro da onda de choque. — Não havia esperança de vencer, apenas de sobreviver. Se não fosse você ter matado

Thanos. — ela lançou um raio de energia em direção a Drax, e depois em Gamora. — e você e Richard com aquele plano insano para sequestrar a rainha Chitauri, e você...

Nisso, ela nem se deu ao trabalho de disparar, apenas olhou para Peter com uma intensidade ardente.

— Peter Quill, aparecendo aqui como algum grande salvador... se não fossem vocês três, seria exatamente assim que as coisas teriam acontecido. Eu teria sido a inteligente que pensou à frente, sobreviveu e teve um lugar com o novo regime. E todos vocês teriam morrido.

Groot se preparou e atacou com os dois braços, seus tentáculos crescendo rapidamente para formar poderosos chicotes.

— Mas você conseguiu o que queria depois da guerra. Você é uma Denariana — disse Peter, aproveitando a oportunidade fornecida por Groot, disparando fogo constante em suas aparentemente intermináveis barreiras enquanto ela bloqueava os golpes de Groot. Precisava mantê-la distraída e falante. Talvez ela cometesse um erro, revelasse algo útil. — Agora você tem o poder da Força Nova. Até mesmo um lugar no novo regime. Só não é com as pessoas que você achava que estaria trabalhando. Por que você ainda está lutando pela mesma velha causa?

Adomox riu.

— Sim, eu finalmente consegui minha parte da Força Nova. Quando já não importava mais. Mas fui mais paciente desta vez. Mostrei minhas cartas cedo demais durante a guerra. Mas agora? — Ela sorriu. — A guerra está voltando, Quill. Talvez não com os Chitauri, mas sempre haverá uma próxima guerra. E quando ela vier, estarei pronta. Vou destruir toda a Tropa Nova por dentro. Estarei do lado vencedor da história e destruirei o legado de Richard Rider em um único golpe.

— De jeito nenhum, senhora — protestou Rocket, lançando um punhado de granadas aos pés dela. Houve uma explosão de luz, e Peter viu Rocket balançando a cabeça. — Ela perdeu o juízo. Nunca pensei que estaria defendendo a Tropa Nova. E ainda assim, aqui estamos. A vida é estranha, não é, Quill?

— Com certeza é — disse Peter, um plano terrível tomando forma em sua mente. — Você acha que teremos um tratamento especial no banco de dados da Tropa Nova por isso? Você estava certo, vamos precisar de trabalhos melhores depois disso aqui.

— Quero que fique registrado — gritou Rocket sobre o som de seus tiros. — Nesta rotação, Peter Quill disse que eu estava certo.

Peter revirou os olhos.

— Ninguém precisa registrar nada, porque você nunca vai deixar ninguém esquecer.

— Verdade — admitiu Rocket, e então lançou outra bomba em direção a Adomox, que a chutou de volta.

Um breve momento depois deste jogo de batata quente, a bomba explodiu perto da *Milano*, perto demais para seu gosto.

— Ei, cuidado com a minha nave — gritou Peter.

— Minha nave — Rocket corrigiu automaticamente.

Peter deu uma olhada no cronômetro no canto da viseira; faltavam três minutos até a autodestruição. Eles precisavam de um plano.

— Ok, pessoal, reunião, estou aberto a sugestões — convocou ele, usando as botas a jato para se impulsionar até perto do teto e obter uma visão completa do campo de batalha.

Todos estavam dando o máximo: lâminas cintilando, espadas cortando, estilhaços voando, armas disparando, mas Mox lidava com tudo aquilo com facilidade.

— Ela está desequilibrada — disse Drax, lançando-se de volta contra ela.

Suas lâminas cintilaram na luz vermelha de emergência enquanto ele a empurrava de volta com uma série de golpes de espada, finalizando com um chute verdadeiramente impressionante no plexo solar. Se Drax fosse terráqueo, ele seria um lutador incrível na WWE.

— A Força Nova a deixou louca — disse Gamora, bloqueando um golpe com sua espada. — Richard costumava ter problemas também, antes de desaparecer. A Mente Mundial o ajudava a controlar isso, mas uma exposição excessiva à Força Nova pode destruir seu corpo e sua mente.

Adomox riu de forma insana, disparando uma dúzia de disparos de energia por todo o convés de pouso. Os escudos da *Milano* tremeram e Peter fez uma careta.

— Sim, considerando tudo, eu diria que ser moderada não é exatamente o ponto forte dela. Alguma ideia?

Groot firmou os pés no chão e cerrou os punhos, espinhos crescendo de seus ombros enquanto reunia sua força.

— Eu sou Groot. Eu... sou *Groot*.

— Ele está certo — disse Rocket. — Aquele capacete tem de sair.

— Você está planejando subir lá e arrancá-lo, então? — perguntou Peter com um sentimento de desânimo.

— Eu não — respondeu Rocket, tocando seu nariz.

Drax, Gamora e Groot conseguiram fazer o mesmo enquanto lutavam contra os avanços de Adomox. Impressionante... e irritante. Ele desejou nunca ter lhes contado sobre as regras de "eu não". Ele não desperdiçou a oportunidade de evitar limpar o único banheiro compartilhado da *Milano*. Naquela época aquilo valeu totalmente a pena! Agora, ele desejava ter guardado essa pequena curiosidade terrestre.

— Tudo bem — disse ele, ativando seu escudo corporal e avançando em direção a Adomox. — Distraiam-na.

— Eu sou Groot! — declarou Groot, atacando com novos tentáculos para prender os pulsos de Adomox atrás das costas.

Rocket arremessou uma bomba atordoante que explodiu com um brilho branco e intenso, deixando Mox momentaneamente atordoada, o suficiente para que Peter conseguisse ganhar velocidade e saltar em suas costas, com os braços envoltos no brilhante capacete dourado. Ele a puxou para trás, usando todo o seu peso, mas ela se inclinou para a frente, fazendo com que Peter tombasse sobre seus ombros e caísse no chão.

Drax avançou, segurando com firmeza suas lâminas, e conseguiu enfiar com profundidade uma delas no ombro de Mox, enquanto fingia um golpe com a outra, mudando a pegada da lâmina no último tick. Ele puxou a parte inferior do capacete para cima, revelando brevemente a bochecha sardenta dela, antes de ela revidar e dar uma cabeçada em Drax. Seu nariz irrompeu em sangue e ele recuou, segurando o rosto com uma mão. Ela lutou contra o controle de Groot, chutando Gamora para trás enquanto se aproximava para tentar tomar o capacete para si, um grito se formando em sua garganta até se transformar num rugido. Uma onda de energia dourada irrompeu dela, jogando todos para trás contra a parede mais próxima.

Os olhos de Adomox estavam selvagens, brilhando com luz azul-branca, o poder jorrando dela em ondas.

— A autodestruição começa em um minuto — anunciou o sistema automatizado da base.

E finalmente, isso pareceu fazer Adomox reagir.

— Bem — disse ela, ajustando firmemente o capacete de volta com seu braço bom. — Isso foi irritante, mas eu aprecio a ajuda de vocês. Os dados já foram apagados agora, então minha missão aqui está cumprida, suponho. Por mais que eu preferisse que você estivesse morto, você simplesmente... não é assim tão importante. Adeus, Senhor das Estrelas.

Com isso, ela juntou as mãos, mantendo-as a poucos centímetros de distância enquanto um brilho pulsante começava a se formar. Uma luz dourada cintilou e dançou em torno de suas mãos enquanto uma esfera luminosa crescia entre suas palmas.

— Agachem-se e protejam-se! — gritou Peter, pulando atrás de algumas caixas próximas, mas ele foi muito lento. A onda de choque o atingiu com um estrondo massivo. Peter cobriu a cabeça com os braços e apertou os olhos... enquanto ele flutuava pelo ar em direção às caixas, bateu a cabeça e foi para trás, sem peso algum.

O quê?

— Que flark aconteceu com a gravidade? — exclamou Rocket enquanto rolava sem parar além de Peter.

Quando Peter olhou para cima, viu a forma dourada brilhante de Adomox subindo no céu. Ele cerrou o maxilar, olhou para os outros e tomou uma decisão.

— Gamora, decole com a *Milano*. Eu vou atrás dela — disse ele, firme e determinado. —Rocket... Preciso da sua ajuda com uma ideia muito ruim.

INTERLÚDIO: 12 ANOS ATRÁS

BASE EM MERCÚRIO
7789

ÀS VEZES, uma aposta rende grandes recompensas. Às vezes, você não tem ideia de quão grande foi a perda até que todas as cartas estejam na mesa.

Ko-Rel sabia que seu plano para descobrir o traidor era arriscado. Se a pessoa se sentisse ameaçada, suas opções seriam basicamente se esconder, fugir ou enviar uma mensagem para que seus colegas Chitauri criassem uma "distração". Como nenhum dos três suspeitos se entregou de forma reveladora, Ko-Rel teve de assumir que a terceira opção estaria em andamento assim que o traidor pudesse se desvencilhar da rede burocrática que ela acabara de criar com suas ordens.

Até então, ela esperava que fosse tarde demais.

— Então, não me entenda mal — desculpou-se Peter enquanto corriam em direção à rampa de acoplagem da *Milano* que estava se abrindo. — Estou feliz por tê-la em minha nave novamente. A qualquer hora, de verdade. Mas... por que estamos aqui?

Ko-Rel desviou brevemente para levantar uma caixa pesada marcada como PERIGO: EXPLOSIVOS, e chegou à rampa da *Milano* antes de Peter, colocando-a dentro da nave. Assim que seus braços estavam livres, ela foi direto para a cabine de voo, chamando Peter enquanto o fazia.

— Você e eu vamos recuperar Mercúrio — disse ela.

Ela se sentou na estação de controle de tiro à direita da cabine, olhando para os controles de artilharia enquanto Peter se juntava a ela, piscando em confusão.

— O que, só nós dois? Se nós dois poderíamos ter resolvido tudo isso antes com uma caixa de explosivos, por que não fomos adiante?

— Porque estávamos com o pensamento errado e não tínhamos todas as informações — respondeu ela. — Agora temos tudo de que precisamos.

Peter deu um leve sorriso inconsciente enquanto os motores da *Milano* começavam a roncar.

— Então, não devemos reunir algumas tropas ou algo assim? — perguntou ele.

Ko-Rel balançou a cabeça.

— Essa é outra diferença. Quando estávamos planejando as operações inicialmente, não sabíamos que tínhamos um traidor vazando todos os nossos planos para os Chitauri. Até que o traidor seja capturado e isolado, ainda temos de assumir que todas as operações estão comprometidas. Só há duas pessoas em quem confio nesta base agora: você e eu. Então, somos tudo o que temos. Felizmente, somos tudo o que precisamos. Leve-nos para fora e para o nordeste. Voe baixo e devagar por enquanto.

As mãos de Peter vagavam pelos controles da *Milano* com a familiaridade e o conforto de quem poderia fazer aquilo vendado. Ele olhou para cima e encontrou o olhar dela, mesmo enquanto acelerava suavemente e os tirava dali.

— Você planeja me dizer para onde estamos indo, ou...

Ko-Rel deu uma olhada rápida nos sistemas táticos para se familiarizar e, em seguida, voltou a olhar para Peter enquanto respondia:

— Você sabe o que tem naquela direção?

Peter balançou a cabeça. Ko-Rel sorriu.

— As cavernas. Aquelas onde nos encontraram fazendo nossa última resistência. Um esconderijo bastante decente, no geral. Exceto por uma coisa mínima.

Ko-Rel projetou um mapa em sua tela e ampliou para mostrar a Peter.

— Uma coisa que nossos batedores conseguiram fazer antes que os Chitauri revidassem foi mapear a área imediata ao redor da base, incluindo o sistema de cavernas. E quando eu vi as varreduras, lembro-me de ter pensado: "Nossa, ainda bem que não ficamos lá, porque há uma grande falha nesse local".

Ela deu zoom na cordilheira e desativou a camada superior para revelar o sistema de cavernas logo abaixo, destacado em vermelho. Incluindo a segunda saída, cerca de um quilômetro e meio ao norte.

— Ah, sim, scut, isso teria sido ruim — concluiu Peter. — Teria sido uma pena se alguém usasse essa segunda entrada para, você sabe, se infiltrar e plantar explosivos ou algo assim.

— Teria sido catastrófico, eu acho — disse Ko-Rel. — Alguém deveria realmente mostrar aos Chitauri essa falha fatal em seu esconderijo. — Peter encontrou o olhar dela e sorriu. — É apenas justo, sabe?

— É o certo a fazer, realmente — concordou Ko-Rel.

Os motores da *Milano* ronronavam mais alto enquanto Peter os afastava da base, dando uma volta bem ao norte do sistema de cavernas. Um elemento de surpresa ou algo do tipo. Assim que atingiram uma distância segura, ele acelerou e ligou música, olhando para Ko-Rel em busca de aprovação. Ela ouviu por um momento, concordando com a cabeça.

— O que é isso? — perguntou ela.

— Star-Lord! — gritou ele sobre os instrumentos e então cantou junto quando chegou a parte do refrão.

— No guts, no glory! It's the name of the game, the price for fame, the story! If you wanna succeed, you gotta fight and bleed for your needs! No guts, no glory!

Ko-Rel levantou uma sobrancelha, recostou-se em seu assento e riu.

— Ok, o implante de tradução não pode estar entendendo isso corretamente. Sem o quê, sem glória?

— Coragem! — disse Peter, mexendo a cabeça ao som da música. — É como coragem, bravura, determinação, tudo isso.

— E o que isso tem a ver com entranhas, exatamente?

— Eu não faço ideia! — declarou Peter, e fez uma curva acentuada em um vale. — Whooooo!

Peter reduziu a velocidade de forma um tanto brusca, jogando ambos contra os cintos de segurança, mas pousou de modo perfeitamente suave, a apenas um quarto de quilômetro da entrada traseira do sistema de cavernas. A música continuou tocando enquanto eles soltavam os cintos e começavam o preparo, passando por músicas como "Space Riders", "Solar Skies" e "All For One". Peter sabia todas as letras de cor e as cantava com entusiasmo, soltando notas altas um pouco desafinadas com a confiança despreocupada de alguém que estava realmente sentindo a música.

Eles tiraram um tempo para verificar os trajes ambientais e dividir os explosivos, dando um pouco de tempo para ver se os Chitauri notaram a sua aproximação.

Porém, nada. Nenhuma nave decolando. Nenhuma tropa se aproximando. Nenhum aumento na comunicação que fosse detectável pelos sensores limitados da *Milano*.

— Vamos — disse Ko-Rel. — Quanto mais rápido fizermos isso, menos tempo o traidor terá para escapar e alertar seus companheiros

Chitauri. Os trajes não aguentarão o sol em plena potência por mais que alguns minutos, então precisaremos nos apressar.

— Você consegue, comandante — disse Peter, fazendo uma saudação. — Lidere o caminho.

Ko-Rel exibiu o mapa do sistema de cavernas em seu visor e correu pelo árido cenário mercuriano, segurando com firmeza o rifle de pulso. Cada passo em direção às cavernas acelerava seu ritmo cardíaco à medida que a força de sua inspiração e convicção cedia lugar à realidade das operações de combate. Aquilo determinaria o sucesso ou o fracasso deles, bem como o de cada combatente da Resistência no planeta.

— Então, o que faremos quando estivermos lá dentro? — perguntou Peter, à medida que a abertura da entrada traseira da caverna surgia à vista. Não havia guardas, confirmando a teoria de Ko-Rel de que os Chitauri provavelmente não sabiam sobre essa entrada, assim como eles mesmos não sabiam quando haviam se refugiado lá pela primeira vez. Ko-Rel tocou o lado de seu capacete para aumentar o zoom e escanear toda a entrada da caverna, mas não viu nada.

— Entramos e vemos com o que estamos lidando — respondeu ela. — Então vamos improvisar.

Peter olhou para ela e piscou.

— Ah. Esse é... na verdade, o meu tipo de plano. Vamos nessa!

Ko-Rel fez uma careta.

— Vamos nessa... de forma mais silenciosa, talvez?

— Ops — disse Peter, então baixou o volume de sua voz para sussurrar e repetiu: — Vamos nessa!

Se sobrevivessem a isso, seria um milagre. Ko-Rel revirou os olhos e liderou o caminho, adentrando a caverna.

Não havia absolutamente nada no primeiro quilômetro. Nenhum sinal de atividade ou estrutura Chitauri. Rochas, estalagmites, estalactites e uma grande quantidade de rególito poeirento. Levou cerca de vinte e cinco minutos para avançarem lentamente pelas cavernas até que, finalmente, ouviram um som. Ko-Rel fez um gesto rápido e se agachou atrás de uma pequena saliência. Peter imediatamente fez o mesmo, logo atrás dela, pressionado contra suas costas, enquanto ouviam. As vozes Chitauri aumentaram e se aproximaram, e o dedo de Ko-Rel se contraiu no gatilho, sua respiração se tornando profunda e suave.

E então as vozes se desvaneceram, seguindo em frente além de sua localização.

Atrás dela, Peter soltou um suspiro audível de alívio.

— Podemos começar a plantar as bombas agora? — perguntou ele. — Estou um pouco nervoso.

— É melhor não ficar tão nervoso com um monte de explosivos na mochila — Ko-Rel lembrou a ele.

Ela se inclinou para fora de sua cobertura e estudou os arredores. Havia o que, à primeira vista, parecia ser uma parede sólida de rocha, mas com uma fenda profunda perto de uma das paredes que atravessava para o outro lado, com luz artificial brilhando através dela. As vozes definitivamente vieram dali. Um ponto de ruptura natural entre as cavernas da frente e o restante do sistema.

— Eu diria que estamos em um bom ponto de partida. Você consegue passar por essa passagem estreita ali?

Peter também olhou para fora e assentiu.

— Eu consigo remexer o traseiro até passar, sem problemas.

Ele, é claro, teve de se virar e mexer o traseiro para demonstrar a Ko-Rel. Ela tirou um momento para analisar e depois deslizou a mochila do ombro e tirou duas cargas explosivas. Duas delas de um lado e duas do outro lado da parede provavelmente seriam suficientes para causar um desmoronamento e bloquear a saída de trás, se necessário. É bom ter opções. Ela colocou os dois explosivos e os sincronizou com o controle no visor de pulso, rotulando-os como "Grupo Um".

— Estamos usando temporizadores ou gatilhos? — perguntou Peter enquanto olhava através da fenda com os olhos semicerrados.

— Gatilhos — respondeu Ko-Rel. — Quem sabe por quanto tempo ficaremos aqui, ou em qual direção precisaremos sair.

— Eu, pessoalmente, voto que saiamos pelo mesmo caminho que entramos — disse Peter. — Se estamos saindo pela frente, é sinal de que algo deu errado.

E, no entanto, as coisas não dão sempre errado?

— Mexa logo esse traseiro, vamos embora.

Ko-Rel passou por Peter, segurando a mochila com uma mão e o rifle de pulso, com o dedo no gatilho, com a outra. Ela se virou de lado e se arrastou pela fenda, com o rifle à frente, é claro, raspando ao longo da parede rochosa, centímetro a centímetro. Quando finalmente estava perto do fim, ela colocou a cabeça para fora e olhou para ambos os lados. Nada. Sem movimento, sem som. Ela se espremeu o restante do caminho para fora e se ajoelhou com o rifle a postos, enquanto Peter fazia o mesmo para sair.

— Você se lembra do layout destas cavernas? Lugares onde eles podem esconder coisas úteis? — Peter sussurrou pelo comunicador.

— As vozes foram por aquele caminho, então vamos por este — disse ela, apontando.

Ela liderou o caminho por um trajeto que se ramificava em direção a uma luz brilhante. Ela colocou a cabeça dentro de uma sala iluminada, com o rifle à frente. O lugar se revelou uma cozinha de campo improvisada, com caixas de rações, elementos de aquecimento e seu sistema de filtragem de água. Grande descoberta a deste lugar. Se tudo o mais falhasse, eles poderiam privá-los de comida no planeta e matá-los de fome.

Ko-Rel entrou ali apressadamente e fez sinal a Peter para que colocasse um dos explosivos atrás das caixas de comida. Ela colocou a alça do rifle sobre o ombro e o girou para as costas, fora do caminho, e então se ajoelhou atrás do sistema de filtragem de água. Era um modelo mais antigo, que só podia suportar cerca de uma dúzia de humanoides. Bom ter suas suposições sobre o número deles confirmadas. Ela prendeu uma carga em sua fonte de energia, embaixo, longe da visão da porta.

Feito isso, ela se levantou e viu um Chitauri de pé na porta com uma arma apontada para a testa de Peter.

Peter levantou lentamente as mãos, rindo nervosamente.

— Relaxe, irmão — disse ele. — Estas são nossas novas formas de metamorfose. Estamos testando para outro ataque de infiltração.

Ko-Rel sentiu um pequeno pedaço de sua alma murchar e morrer. Aquilo nunca daria certo. Eles estavam condenados. Ela trocou seu peso para a outra perna, tentando manter o rifle pendurado em suas costas fora de vista.

No entanto, o Chitauri piscou, inclinou a cabeça e olhou fixamente.

— Mas restam tão poucos daqueles vermes. Eles notarão qualquer intruso. Eu pensei que tínhamos concordado que a infiltração estava fora de cogitação para quaisquer ataques futuros.

Ah. Bem. Pelo menos essa era uma boa informação a se ter. E, de alguma forma, esse plano ainda não havia ido por água abaixo. Ko-Rel se envolveu na conversa.

— Isso é verdade, embora tenhamos conseguido imagens do líder deles e de um dos piratas que ficou para trás. Achamos que replicar especificamente esses dois pode trazer algumas... oportunidades interessantes.

Para ela, isso soava bom o bastante, mas talvez esse fosse o problema. O Chitauri estreitou os olhos, olhando-a de cima a baixo e depois fez o mesmo com Peter.

— Quem está por trás dessas formas? — perguntou ele, em tom de suspeita.

Uh-oh.

— O quê? Você não me reconhece? — indagou Peter com uma risada, estendendo os braços.

— Não com essa carne feia, não. Volte ao normal.

— Ei, quem você está chamando de feio? — protestou Peter, e Ko-Rel mordeu a língua para não gemer em voz alta.

— Estamos quase terminando aqui — disse Ko-Rel, estendendo o braço em frente ao soldado Chitauri. — Dê-nos um minuto para finalizar essas formas e...

— Não. Agora.

E ele segurou o pulso dela com força, apertando o dispositivo de pulso falso que, na verdade, era real demais e que definitivamente não era um dispositivo de disfarce. Aquele com a lista de grupos de bombas ainda visível na tela.

Em uma distância próxima, um estrondo ecoante ressoou pelas cavernas. Um momento de silêncio, seguido de um estalo e uma série de estrondos maiores.

Um desmoronamento. Ah, droga.

— Bem, nós tentamos — observou Ko-Rel, e desferiu um poderoso chute no estômago do Chitauri.

Ela usou o impulso do chute para trazer o rifle para a frente, mas Peter foi mais veloz no tiro. Suas armas dispararam rajadas de energia dupla exatamente onde o pé de Ko-Rel havia acertado, e o Chitauri caiu com um buraco fumegante no estômago.

— Coragem — incitou Peter, abaixando-se atrás de uma mesa, para o caso de alguém vir investigar.

— Coragem, sim — respondeu Ko-Rel.

Ela arrastou o homem Chitauri pelos tornozelos para trás de algumas caixas de armazenamento e se encolheu lá, fora da vista de quem passasse. Ela olhou para o dispositivo de pulso e estudou a lista de explosivos, depois fechou os olhos em um breve momento de desespero.

— Aquela foi a primeira série de bombas que explodiram — continuou ela —, e a explosão ativou a segunda série também. Provavelmente todo aquele corredor de trás está bloqueado.

— Então, você está dizendo que sairemos pela frente — disse Peter, erguendo as duas armas de cada lado do capacete brilhante e com olhos vermelhos.

Ko-Rel verificou seu rifle e o estoque de bombas, então assentiu.

— Vamos sair pela frente. Mas, primeiro, o mais importante. Vamos chamar alguns reforços para variar.

Ko-Rel tocou seu comunicador.

— Aqui é a comandante Ko-Rel. Preciso que cada ser disponível capaz de segurar uma arma se dirija às coordenadas que estou prestes a enviar. Trajes completos de ambiente. Vamos expulsar os Chitauri.

— Sim, eles vão correr como se estivessem com o traseiro em chamas — debochou Peter, gargalhando. — Porque é isso mesmo! Eles literalmente estarão em chamas. Esta é a melhor missão da minha vida. Mal posso esperar.

Ko-Rel fez alguns cálculos rápidos mentalmente. Um minuto para as tropas se reunirem. Outro minuto para embarcar na nave e decolar. Um rápido voo de dois minutos diretamente até lá, sem trajetos sinuosos para obstruir o ponto de origem. Com uma margem de manobra, no melhor dos cenários, eles teriam cerca de cinco minutos. E muito mais tempo no pior. Uma vez que chegassem, teriam talvez dez minutos no máximo antes que seus trajes cedessem ao calor do dia de Mercúrio.

Era a melhor chance que eles jamais teriam.

— Entendido? Alguém? — perguntou Ko-Rel.

— Sim, senhora, já estou cuidando disso — respondeu uma voz ofegante.

Ko-Rel franzia a testa.

— Tenente? Você está bem o suficiente para liderar essa operação?

Um ofegante "Hah" veio em resposta, logo sendo abafado pelo burburinho das tropas se reunindo. Tudo bem, então.

— O relógio está correndo — anunciou Ko-Rel a Peter, dando um tapa em seu braço com as costas da mão. — Vamos nos mover.

— Vamos explodir mais coisas — disse Peter, e seguiu adiante.

Eles se arrastaram pelos túneis, colocando explosivos sempre que encontravam um alvo interessante. E não houve mais encontros com criaturas parecidas com lagartos.

— Pensei que haveria mais daqueles bastardos escamosos vagando por aí —conjecturou Peter.

Ko-Rel deu de ombros.

— Bem, é um grande sistema de cavernas e só há, o quê? Dez ou doze deles? Vamos lá, estamos nos aproximando da abertura da caverna. Eles devem ter alguma estação de operações por perto...

Ko-Rel se interrompeu e piscou. Bem na curva, dez Chitauri estavam em um círculo solto ao redor de uma tela mostrando uma imagem da base principal.

— Ah, flark — exclamou ela.

Peter sorriu.

— Estamos testando algumas novas formas de metamorfose para...

Os Chitauri sacaram as armas e abriram fogo, e Peter saltou de volta pelo corredor lateral de onde vieram.

— Okay, deixa pra lá — disse ele. — Você consegue nos tirar daqui?

Ko-Rel enfiou o rifle na curva e disparou descontroladamente enquanto exibia o mapa do sistema de cavernas em sua tela de interface.

— Infelizmente, a única saída é passando por eles, isso por causa do desmoronamento da caverna — explicou ela.

— Bem. — Peter pegou a bolsa de explosivos de Ko-Rel e adicionou o que restava à sua própria reserva, depois pegou uma carga de sua bolsa e a levantou. — Que tal causarmos alguns estragos a caminho da saída?

— Parece maravilhoso — disse ela. — Os reforços devem estar aqui a qualquer minuto. Vamos nos encontrar com nossos amigos.

Peter fez a contagem regressiva — três, dois, um — e juntos eles saíram do esconderijo, na luz fraca ao longe que marcava a entrada da caverna, a saída para o ardente dia de Mercúrio. Ko-Rel manteve o dedo no gatilho, disparando até que seu rifle emitisse um aviso de superaquecimento, então mudou para uma pequena arma lateral até que esfriasse. Atrás dela, Peter alegremente lançava bombas em tudo o que parecia importante e as detonava assim que estavam a uma distância segura.

— Com licença!

BUM!

— Perdão!

BUM!

— Passando por aqui!

BUM!

— Os comentários são realmente necessários? — perguntou Ko-Rel.

— Pare de interferir no meu processo criativo! — reclamou Peter.

BUM!

A alegria caótica de Peter criou obstáculos suficientes para que eles ganhassem um pouco de vantagem sobre seus perseguidores. Ao chegarem à entrada da caverna, Ko-Rel diminuiu a velocidade e depois parou. Os Chitauri haviam erguido uma barreira de força quase idêntica àquela que suas forças haviam montado quando se refugiaram nessas mesmas cavernas. Uma linha de oito pilastras de projeção de escudo com caixas de metal pesado estava entre eles e o sol ardente que significava liberdade e reforços. Desativar apenas uma pilastra deveria ser o suficiente para derrubar os escudos.

Era hora de aprender algumas lições da Escola do Caos de Peter Quill.

Ko-Rel mirou a pilastra mais próxima e apertou os gatilhos das duas armas. Raios de energia foram disparados, enegrecendo o invólucro na base da pilastra. E nada mais. Aquela maldita coisa era mais resistente do que parecia, absorvendo todos os disparos dela e de Peter sem titubear.

— Nova estratégia — interveio Ko-Rel. — Me dê cobertura.

Confiando em Peter para proteger sua retaguarda, ela procurou na bolsa o último explosivo e o fixou na base da pilastra, depois correu de volta em direção a Peter.

— Vamos — disse ela, ofegante, segurando-o pela manga da jaqueta e o puxando para trás de uma saliência rochosa próxima.

Sem hesitar, sem calcular o momento perfeito, ela acionou o comando de detonar.

BUM!

A terra logo além de seu abrigo cintilava com pedaços de estilhaços metálicos. O mais importante, porém, era que o zumbido característico da barreira de força tinha desaparecido. O caminho estava livre.

— Vamos lá — convocou Ko-Rel, puxando Peter pela manga novamente.

Ela disparou uma rajada de explosões de energia em direção aos perseguidores que se aproximavam rapidamente e então correu em alta velocidade em direção à abertura da caverna. Seus músculos queimavam e sua respiração era ofegante enquanto ela forçava o corpo a seguir em frente, até que o calor escaldante da luz solar de Mercúrio se abateu sobre ela.

A visão que cumprimentou Ko-Rel arrancou uma risada triunfante de seus lábios.

Cerca de vinte e poucos combatentes da Resistência saltavam das portas abertas da nave antes mesmo de pousar. Tropas treinadas atingiram o solo e se formaram em linha defensiva, rifles e escudos de força portáteis prontos para a ação, preparando-se para proteger seus camaradas menos acostumados à batalha. Engenheiros, médicos e os três oficiais de inteligência desceram da nave assim que ela tocou o solo, trazendo rifles sobressalentes e armas menores.

O traidor provavelmente estava bem ali, no campo de batalha junto com eles, mas uma pessoa sozinha não poderia fazer muito no meio de uma multidão armada, especialmente com o destino dos seus senhores lagartos já selado. A pessoa não teria coragem.

E assim, com total confiança, Ko-Rel virou as costas para o traidor e encarou o inimigo claro e iminente, os onze Chitauri restantes que os haviam seguido para fora das cavernas e agora se aproximavam diretamente contra a linha de frente.

— Isso é tudo! — Ko-Rel exclamou para seu pessoal. — Esses lagartos são tudo o que resta do nosso inimigo neste planeta. Vamos ACABAR COM ELES!

Os combatentes da Resistência rugiram em aprovação e abriram fogo assim que o inimigo estava dentro do alcance. As tropas de frente afastaram o fogo inimigo com escudos de força portáteis, protegendo os combatentes menos experientes atrás deles, que se concentraram principalmente em encher o ar com tantos tiros de energia quanto possível.

Peter deu um soquinho amigável no ombro de Ko-Rel em reconhecimento, então saltou para o céu, ativando as botas a jato que ela nem fazia ideia que ele usava. Ele voou em zigue-zague para atacar os Chitauri pela retaguarda, um padrão repetido de tiros automáticos cor-de-rosa fazendo os lagartos romperem a formação. Atrás dele, uma explosão residual de seus explosivos já plantadas fez um último Chitauri correr para se juntar ao restante do grupo.

— Alerta de fogo! — uma voz chamou pelo comunicador. — Heavies se aproximando!

Era a tenente Chan-Dar, a segunda em comando do falecido capitão Lar-Ka e, Ko-Rel agora se lembrava, sua especialista-chefe em armas pesadas. Montada em uma cadeira flutuante, com a perna quebrada em uma contenção, com uma arma absolutamente ridícula presa ao ombro.

Uma arma que estava audivelmente carregando para uma explosão muito grande.

— Recuem e fechem os olhos se vocês valorizam as suas retinas! — a tenente bradou enquanto o zunido alcançava um tom constante.

As tropas se afastaram apressadamente e Chan-Dar disparou. O recuo quase fez a cadeira flutuante tombar para trás quando uma enorme esfera de energia crepitante foi disparada em direção ao grupo maior de seis soldados Chitauri. A última coisa que Ko-Rel viu antes de fechar os olhos foi os Chitauri se atropelando para escapar.

Então, a explosão os atingiu com um retumbante BUUM, acompanhada por um flash tão brilhante que Ko-Rel podia ver sua forma através das pálpebras. Poeira e partículas de rocha caíram sobre todos eles, e a onda de choque foi forte o suficiente para derrubar Ko-Rel de joelhos. Ela cambaleou e se ergueu, piscando furiosamente contra as manchas que dançavam diante de seus olhos.

Quando a visão de Ko-Rel se clareou, apenas três Chitauri permaneciam em pé.

Suas mãos estavam erguidas em rendição.

Ko-Rel perdeu o fôlego por alguns instantes, e ela procurou Peter, que a olhava de volta. Ela não conseguia ver a expressão dele através da máscara vermelha em seus olhos, mas de alguma forma... Ko-Rel apenas sabia que um sorriso bobo iluminava a sua face.

— Peguem eles — ordenou Ko-Rel.

Tropas da resistência cercaram os Chitauri restantes, forçando-os a se ajoelhar, amarrando suas mãos e confiscando suas armas. Um brado de júbilo surgiu de todos os outros combatentes

da Resistência reunidos, erguendo armas no ar e se abraçando com tapas nas costas. Eram tão poucos deles.
Acabou. *Acabou.*
Mercúrio era deles novamente.

MERCÚRIO
7801

PETER ativou as botas a jato e disparou para o céu atrás de Adomox, desejando toda a sorte do universo para evitar que suas botas explodissem. Afinal, elas foram projetadas para flutuar, e não para voar. Rocket, mestre inventor e agente do caos em geral, havia dedicado alguns preciosos ticks para fazer uma modificação bastante improvisada nas células de energia, proporcionando-lhe energia extra suficiente para pelo menos se libertar da fraca atração gravitacional de Mercúrio.

Se seus pés explodiriam no processo, isso ainda estava para ser confirmado.

Peter queria olhar para trás, queria ter certeza de que os outros tiveram a chance de voltar para a nave e recuperar o fôlego apesar da explosão que Mox havia provocado, mas não havia nada que pudesse fazer para ajudá-los. Ele tinha de confiar

DIAS ATUAIS

que eles seriam capazes de se cuidar. Peter não conhecia nenhuma arte marcial sofisticada, e ele não era uma árvore poderosa que pudesse se regenerar de um estilhaço, ele não tinha superforça ou superinteligência.

No entanto, ele era o único do time com botas a jato realmente turbinadas.

Verificando pela terceira vez se o seu escudo estava ativo, Peter fez uma curva para cima e para fora do gigante buraco que eles tinham aberto no teto do hangar de pouso, correndo atrás de Adomox. Mesmo com a proteção da armadura e do escudo, o calor se infiltrava, mas ele ignorou o instinto gritante de se virar. Adomox ainda estava muito à frente, correndo sem sinais de diminuir a velocidade. Peter mirou as armas nela, apertou um interruptor e segurou os gatilhos, lançando uma série de disparos de energia. Um deles acertou Adomox apesar da distância; não foi forte o suficiente para causar danos reais, mas o bastante para surpreendê-la e fazê-la girar por alguns ticks enquanto olhava para trás. A viseira de Peter aumentou o zoom o suficiente para que ele pudesse ver a irritação visível na expressão da boca e no estreitamento dos olhos dela. Surpreendentemente, ela não revidou, apenas disparou um único raio de volta para Peter e então voltou a subir com uma rajada de energia renovada.

Peter gemeu em frustração e acelerou atrás dela, sofrendo com o agudo chiado que as botas produziam.

— Como está indo o temporizador de autodestruição, pessoal? Vocês já estão na nave?

— Quarenta e cinco ticks — disse Gamora, com a voz tensa. — Acabamos de entrar a bordo.

— Mais ou menos — titubeou Rocket. — Quarenta e cinco ticks... mais ou menos.

Três preciosos ticks se passaram enquanto todos processavam aquilo.

— Ok, mas você cronometrou seus explosivos para detonarem *depois* da autodestruição, certo, Rocket? — perguntou Peter.

Outra pausa em total silêncio.

— Certo, Rocket? — questionou Peter, uma nota de desespero em sua voz.

— Bem, se eu fizesse isso, Quill, eu não teria a satisfação de tê-lo explodido completamente por conta própria, não é? — Rocket respondeu com raiva, o som das suas pequenas patas peludas batendo constantemente em sua estação a bordo da *Milano*, criando uma trilha sonora constante sob suas palavras. — Eu não achei que configurar cinco ticks mais cedo faria *tanta* diferença.

— Bem, *faz, sim* — gritou Peter. — Faz uma diferença realmente grande, uma que chega a *mudar vidas*!

— Você consegue controlá-los de forma remota? — inquiriu Drax.

— Claro que consigo — respondeu Rocket, ofendido.

Se Peter pudesse dar um tapa na própria testa sem perder velocidade, ele o teria feito.

— Ai, meu Deus, então *por que você não está fazendo isso?* — indagou ele.

— Porque — replicou Rocket — levaria mais de quarenta e cinco ticks para acessar remotamente e assumir o controle, e até lá não faria muita diferença, não é mesmo? *Estou fazendo o meu melhor*, então pare de me encher o saco!

O reconfortante e familiar ronco da *Milano* preenchia o canal de comunicação enquanto os motores eram ativados, e Gamora não esperou nem um instante para acelerar e levá-los ao ar. Não havia sentido esperar os motores aquecerem. Em mais alguns momentos, eles estariam bem aquecidos. Por causa da explosão e tudo mais.

Bom, pensou Peter. *Deve ser tempo suficiente para se afastar da explosão. Eles ficariam todos bem.*

Provavelmente.

... *Talvez.*

Peter respirou fundo e disparou outra rajada de tiros. Ele havia se aproximado um pouco de Mox devido ao deslize cometido por ela anteriormente, mas suas botas a jato modificadas às pressas não eram páreas para o acesso veloz que ela tinha à Força Nova. Ele simplesmente não conseguia encurtar a distância entre os dois. Enquanto passavam pelas tênues ramificações do que poderia ser considerada uma atmosfera em Mercúrio, Peter avistou um brilho de luz refletida em algo metálico em órbita ao redor do planeta.

Uma nave. A nave de Adomox. Não é de se admirar que ela tenha conseguido se aproximar deles sorrateiramente. Ela deixou sua nave em órbita e desceu voando por conta própria, um alvo muito menor. Provavelmente, Suki também estava distraída com os Guardiões que se aproximavam naquele momento.

— Pessoal, a nave dela está aqui em cima — declarou Peter. — Se ela conseguir chegar lá, vai escapar, sem dúvida.

— Bem, então não a deixe chegar lá — respondeu Rocket.

— Ah, certo, ótimo, obrigado! — disse Peter sarcasticamente. — Eu não fazia ideia de que era tão fácil assim!

Rocket resmungou:

— Não banque o espertinho comigo, Quill. Se você não pode machucá-la porque ela tem uma Força Nova, *tente a nave.*

Ah. Isso era... na verdade, uma ótima ideia.

Peter fez um looping para a direita para obter um ângulo claro ao redor dela, apontando as armas para o invólucro do motor da nave. Sua viseira aproximou o zoom, dando-lhe uma visão dos danos que ele estava causando... e que não eram muitos. Ele estava muito longe. Mox alcançou sua nave e entrou nela, os motores ligando apenas um tick depois... perfeitamente sincronizados com uma explosão dupla massiva vindo de trás de Peter, as explosões perfeitamente espaçadas em cinco ticks.

Bum-BUM!

A onda de choque atingiu Peter, mesmo à distância que ele estava, lançando-o para a frente em direção à nave de Adomox. Os motores de Mox brilharam enquanto a nave avançava, jogando Peter de volta na direção oposta. Peter não estava particularmente interessado em viver como uma bola de tênis, sendo lançado de um lado para o outro entre coisas que poderiam matá-lo. Ele disparou uma última enxurrada de tiros de despedida nos motores em retirada, enquanto chamava pelo comunicador:

— Ei, pessoal? Vocês conseguiram sair da base a tempo? Estão bem?

O silêncio que se seguiu foi brutal.

— Estamos aqui — Gamora finalmente respondeu, parecendo um pouco sem fôlego.

Algo no peito de Peter relaxou um pouco ao ouvir isso.

— E como está minha nave? — perguntou ele.

— *Minha* nave está bem — respondeu Rocket. — Um pouco chamuscada na parte traseira, nada que um bom banho não resolva. Você vai subir a bordo ou quer ficar flutuando por aí um pouco mais?

Peter olhou para trás e viu a nave de Adomox acelerando em direção ao ponto de salto, com os motores deixando um rastro fraco de algo ruim. Ele a viu partir, desejando com todas as suas forças que a nave explodisse espontaneamente antes de ela escapar. A nave foi ficando cada vez menor à medida que se aproximava do portal e Peter prendeu a respiração.

A nave de Adomox rompeu o horizonte do portal de salto e desapareceu.

Ela se foi.

Peter soltou o ar e fechou os olhos. Ela havia escapado novamente.

— Vamos lá, Quill — disse Rocket.

Peter suspirou e desviou o olhar do distante portão de salto, voltando-se para a nave que tinha sido sua casa nos últimos quinze anos. Uma nave que ele agora compartilhava com um guaxinim, uma árvore, um assassino em série e a mulher mais mortal da galáxia. Após um turno exaustivo, ele mal podia esperar para sentir o convés da *Milano* sob seus pés e curtir algumas músicas legais de *Star-Lord*. E, apesar de tudo, seus *talvez-amigos* estariam nos beliches logo ao lado: meditando, polindo lâminas, construindo bombas, cuidando de um jardim.

E isso soava... bom.

Além disso, ele realmente precisava tirar aquelas botas possivelmente explosivas dos pés.

— Toc-toc — disse Peter, acionando as botas a jato *bem* suavemente, apenas o suficiente para guiá-lo até a escotilha traseira.

O selo se rompeu com um sopro, e Groot estava logo adiante, estendendo o braço para ajudá-lo a entrar.

— Eu sou Groot — manifestou ele, sorrindo. Peter sorriu de volta.

— Obrigado, amigo.

INTERLÚDIO: 12 ANOS ATRÁS

BASE EM MERCÚRIO
7789

O HANGAR estava cheio de vida com a agitação de empacotar equipamentos e pessoal equivalentes a uma base militar inteira. Quando Ko-Rel esteve ali pela primeira vez, após os Saqueadores terem expulsado os invasores Chitauri, a baía estava repleta de corpos, manchas de sangue e vísceras.

Hoje, o clima estava consideravelmente mais leve. Era como se a energia trazida por Peter tivesse se espalhado e multiplicado, contagiando cada um dos membros do regimento. Bem, cada um dos sobreviventes. Embora houvesse muito a lamentar, uma nova gama de possibilidade se mostrava em cada caixa carregada e bolsa de equipamentos guardada. Eles haviam retomado Mercúrio. Cada posto avançado, cada base avançada. Os Chitauri haviam deixado o sistema por completo, em parte devido aos esforços no solo do planeta... mas também devido ao progresso da guerra em outros lugares da galáxia.

As coisas estavam alcançando um ponto crítico. Havia chegado a notícia de que um guerreiro Katathiano chamado Drax havia matado Thanos. Chitauri Prime tinha um alvo gigante pintado sobre si e, embora estivessem deixando uma força simbólica para manter a base, a maioria do seu povo estava indo para a nova linha de frente. O boato era de que a filha de Thanos, Gamora, tinha grande influência na mudança das marés. Ko-Rel tinha cruzado brevemente com ela quando estava sob o comando de Richard Rider, e embora tenha desconfiado da mulher a princípio, não pôde deixar de respeitá-la.

As pessoas diziam coisas terríveis sobre Gamora, cuspindo enquanto ela passava, excluindo-a da camaradagem militar, que era um dos poucos pontos positivos nessa guerra eterna. E mesmo assim ela lutava. E mesmo assim servia à Resistência com um foco inabalável e sem um pingo de arrependimento visível. E esse era um tipo especial de força, muito além da pura destreza física que a mulher demonstrava no campo de batalha.

A maior parte do pessoal de Ko-Rel estava ansiosa para deixar para trás a poeira cinza de Mercúrio, seja para lutar mais perto de seus próprios lares ou para fazer parte da campanha final contra Chitauri Prime. No entanto, ela estava preocupada com alguns deles. Suki Yumiko ainda não estava lidando bem com a morte de Hal-Zan, e acabou por se tornar hostil com alguns membros da equipe de inteligência. Ela ainda não estava convencida de que estava errada, mas sem provas, não havia mais nada que pudesse fazer.

Embora muitos outros também estivessem sofrendo, Suki era certamente quem estava em pior situação na equipe. Felizmente, Tasver estava melhorando. Seu sarcasmo sombrio começava a diminuir, e ele havia começado a falar com os outros novamente. Ela havia fornecido recursos a todas as pessoas, encaminhando-as para conselheiros e até recomendado dispensas para alguns deles. Eles precisavam de cada pessoa possível para o empurrão final da guerra, mas isso não significava que poderiam ignorar completamente o bem-estar de seu pessoal.

Outro ombro esbarrou contra o de Ko-Rel, desviando momentaneamente sua atenção de sua reflexão. Ela olhou para o lado e viu Peter sorrindo para ela, levantando as sobrancelhas.

— Tendo pensamentos profundos? — perguntou ele.

Ela sorriu, mas não respondeu de imediato. Peter não entenderia o nível do cuidado e do orgulho que ela sentia por aquelas pessoas. Não era o mesmo tipo de feroz proteção e alegria que ela havia sentido por seu querido filho depois que ele nasceu, mas era ao menos algo relacionado a isso. Aquelas pessoas não eram seus filhos, mas eram seu pessoal, e ela pretendia garantir que fossem bem cuidadas. Era seu dever como comandante.

Mesmo com toda a bravura e habilidade de combate de Peter, ele ainda não era um líder. Ele havia inspirado o pessoal dela, mas, quando a situação apertava, ele ainda era jovem de uma maneira que ela já não era mais. Embora a diferença numérica em suas idades fosse pequena, a diferença em suas experiências era vasta. Seu filho havia partido, mas ela sempre seria mãe. Ela nunca perderia esse senso de maior responsabilidade.

Por outro lado, Peter... bem, ele ainda precisava de alguém para lhe dizer o que fazer. O garoto era como aquelas armas que ele mesmo adorava exibir por aí, fazendo truques e imitando sons de *"pew pew"* quando achava que ninguém estava olhando. Peter precisava de alguém para direcioná-lo e então puxar o gatilho. Ela não estava interessada em ser essa pessoa e, de qualquer forma, ele não estava interessado em seguir na direção que ela gostaria de apontar. A Resistência poderia aproveitá-lo, se ele estivesse disposto.

Se ele estivesse disposto. Mas ela nem se deu ao trabalho de perguntar, porque ela já sabia. Ele estava voltando para os Saqueadores, de volta a uma vida livre entre as estrelas, saqueando comboios de suprimentos e desfrutando de um nível de flexibilidade moral que Ko-Rel simplesmente não tinha.

E, na verdade... estava tudo bem. Ela não tinha ilusões sobre quem Peter era e também não tinha ilusões sobre si mesma. Ela não estava interessada em preencher o vazio de luto deixado por seu filho e marido com um caso passageiro durante a guerra. Foi divertido, mas ela estava pronta para seguir em frente. E Peter? Ele tinha conseguido tudo o que precisava dela. Um pouco de diversão, um pouco de algo diferente, um pouco de heroísmo. As coisas funcionaram bem para todos os envolvidos. E agora era hora de partir.

— Apenas pensando na minha gente — disse ela. — A guerra não acabou. Tempos difíceis ainda estão por vir para eles.

Peter murmurou em concordância, embora se balançasse nos calcanhares com energia reprimida.

— Mas, no fim, eles vão vencer.

Se ao menos as guerras pudessem ser vencidas usando apenas otimismo. De alguma forma, Peter Quill havia apodrecido em uma prisão Chitauri por quatro anos e emergido ainda sendo capaz de enxergar o melhor do universo. Ko-Rel deu um pequeno sorriso e observou um dos outros oficiais colocar a mão no ombro de um colega e trocar uma palavra em voz baixa com ele. Quando se separaram, ambos pareciam mais animados, trabalhando em conjunto para carregar uma das naves auxiliares. É dessa forma que as guerras são verdadeiramente vencidas. Não no campo de batalha, mas nos alojamentos. Ko-Rel assentiu.

— Eu acho que você está certo, Peter — concordou ela. — Com certeza ganharemos no fim.

O canto da boca dele se curvou em um sorriso, mas ele se moveu inquieto de um pé para o outro, o olhar vagando para o céu visível através do teto retrátil da plataforma de pouso. Ko-Rel sentiu pena dele.

— Você pode ir, sabe. Não precisa esperar pelo restante de nós. Você tem a *Milano* — observou ela.

Peter deu de ombros.

— Eu sei. Estou indo. Só achei que deveria...

Ele se interrompeu com um gesto vago. Ko-Rel retribuiu com outro, e ele riu.

— Sim, ok, tudo bem. Estou indo. — Ele colocou as mãos nos bolsos e olhou para o lado. — Você ainda tem o Chewie?

— Ainda está na escrivaninha do meu quarto. Ele me observa dormir. Para ser honesta, é um pouco assustador — confessou ela, lançando-lhe um sorriso. Peter riu.

— Não se preocupe, Chewbacca é um homem casado. Ele vai respeitar sua privacidade. Caso contrário, sua esposa, Malla, poderia arrancar os braços dele.

Ko-Rel revirou os olhos e conteve um risinho.

— Vou me lembrar disso — disse ela.

Houve um breve momento de indecisão, em que ambos pairaram ali, de forma desajeitada, olhando nos olhos um do outro. Deveriam se beijar uma última vez? Se abraçar? Apertar as mãos? Como exatamente a gente se despede de um caso de guerra que não significou nada, mas também foi exatamente o que você precisava naquele momento e que ajudou a vencer uma batalha crítica?

A resposta foi, aparentemente: ombros encolhidos, um aceno discreto e um sorriso travesso que ela não esqueceria tão cedo.

— Até mais — despediu-se ele.

Ela sorriu. Talvez. Um dia, quando ambos estivessem um pouco mais velhos e mais sábios, e Peter um pouco menos propenso a cometer crimes, talvez eles cruzassem seus caminhos novamente.

Peter deu alguns passos para trás, depois se virou e seguiu até a *Milano*. Por um momento, Ko-Rel o observou, com a cabeça erguida, um salto em seu caminho, e a vasta galáxia aberta diante dele.

Então ela se virou, seguiu adiante para a nave mais próxima e foi ajudar a carregar. Seu pessoal a olhava com gratidão, então voltavam ao trabalho, empilhando caixas ao seu lado. Tinham um prazo a cumprir e não havia tempo a perder.

Tinham uma guerra para vencer.

POSTO AVANÇADO, TROPA NOVA, VIA LÁCTEA 7801

PETER ficou lado a lado com Gamora, olhando para a enfermaria limpa e branca que atualmente abrigava o corpo machucado, porém vivo, de Suki Yumiko. Eles a levaram diretamente para o posto mais próximo da Tropa Nova e apresentaram seu corpo ensanguentado e desmaiado à equipe médica, embora tenha sido necessário o uso de um pouco de persuasão para que Groot se convencesse que era seguro deixá-la. Agora, seus cabelos negros se espalhavam sobre os lençóis brancos, e ela dormia inquieta, a testa constantemente franzida.

— Ela tem sofrido tanto e por tanto tempo — disse Gamora.

Ela tinha um braço apoiado no vidro, a testa descansando contra o pulso, a expressão... não

DIAS ATUAIS

exatamente suave, mas faltava a impassividade que ela se esforçava para mostrar na maior parte do tempo.

Peter concordou em um murmúrio, incerto do que dizer em resposta. A pessoa que ele era há doze anos (egoísta, impulsivo, sequer um adulto funcional) não pensou sobre Suki depois que Mercúrio ficou para trás. Inferno, mal pensava nela, em Adomox e Tasver enquanto todos estavam sob suspeita de traição e, portanto, colocando-o ativamente em perigo. Ele apenas havia seguido a liderança de Ko-Rel, participando onde a ação era necessária, interpretando algum tipo de herói de cinema. Para ser honesto, ele não tinha pensado nas pessoas. Ele não tentou ser um líder. Ele não precisava ser, pois Ko-Rel estava lá, e ela era dez vezes o líder que ele jamais seria.

Ele teria de se sair muito, muito melhor pela sua nova equipe.

Gamora se afastou do vidro com um suspiro e olhou para Peter com a mesma expressão solene.

— Suki merecia justiça — anunciou ela. — Hal-Zan também. É enfurecedor saber que Adomox ainda está lá fora com acesso a todo esse poder. Ela vai se manter discreta por um tempo, mas, Peter, você sabe que ela vai fazer exatamente o que prometeu. Toda a Tropa Nova está em perigo, sem mencionar o restante da galáxia, se ela continuar aumentando o acesso à Força Nova.

Peter enfiou as mãos nos bolsos da jaqueta e deu de ombros.

— Nós fizemos tudo o que podíamos, não é mesmo? Contamos ao Centurião responsável sobre tudo, e Suki confirmará nossa história quando acordar.

Gamora abriu a boca para protestar, então a fechou mais uma vez e balançou a cabeça tristemente.

— Não parece o bastante.

— Sim — concordou Peter. — Realmente não parece.

Dentro do quarto de Suki, outra porta se abriu e uma médica Kree de pele azul-escura entrou. Ela fez uma varredura e verificou as leituras nos equipamentos de monitoramento, em seguida, realizou um breve exame físico. Quando terminou, ela ergueu o olhar e encontrou os olhos de Peter através do vidro. Ela abriu um leve sorriso.

— Só um tick — disse ela, movendo os lábios em silêncio e levantando o dedo, e então saiu pela outra porta para encontrá-los.

— Ela vai ficar bem — acalmou-os a médica, aproximando-se deles com um visor portátil na mão. Ela analisou informações e depois olhou novamente nos olhos de Peter. — Pelo menos fisicamente. Vocês a trouxeram aqui a tempo.

Peter deu um meio sorriso torto diante do orgulho que aquelas palavras causaram.

O olhar de Gamora permaneceu em Suki por um momento, e então ela se virou para a médica.

— Vocês têm serviços de saúde mental disponíveis para ela, assim que estiver curada? Ela mencionou procurar ajuda para lidar com o luto, e parece que se envolveu com pessoas ruins. Ela vai precisar de ferramentas para evitar que isso aconteça novamente.

A expressão da médica suavizou, e ela assentiu.

— Sim. Temos um oficial médico especializado em recuperação de trauma. Ela vai ter o tratamento de que precisa. E, espero eu, um emprego, se ela puder ser liberada para o serviço. A Tropa Nova sempre teve o hábito de receber antigos combatentes da Resistência em suas fileiras. — Ela ergueu as sobrancelhas, parecendo ter se lembrado de algo, e levantou o dedo, para pedir que esperassem. — Além disso, ela acordou brevemente na sua checagem da tarde e me pediu que entregasse isso a você — disse, revirando o bolso por um momento e estendendo em seguida um chip de dados.

Peter sorriu e aceitou o chip, então o segurou para Gamora com a sobrancelha arqueada.

— Justiça, afinal, não é mesmo?

Gamora conteve um sorriso e voltou os olhos para Suki.

— Parece que sim.

— O que é isso? — perguntou a médica.

— Um download dos dados da base Mercúrio — retrucou Peter. — Ela estava procurando provas concretas que pudessem servir para prender Adomox. Ela disse que encontrou o que precisava, então aposto que o cara da segurança com quem conversamos mais cedo vai querer isto aqui.

A médica estreitou os olhos.

— Com certeza. A Tropa Nova a encontrará e fará justiça. Não consigo acreditar que confiamos nossas vidas a ela.

Algo naquelas palavras fez o cérebro de Peter reagir, então, por um momento, ele analisou a médica com mais atenção. A pele azul-escura, os olhos verdes, o cabelo preto cortado rente às orelhas.

— Ei, espere aí um segundo... você me parece familiar. Eu a conheço?

Ela sorriu.

— Eu me chamo Chan-Dar.

Peter se animou, sua memória fazendo a conexão quase instantaneamente, pela primeira vez.

— Você também estava em Mercúrio! De armas pesadas para medicina, hein? Esse é um salto e tanto.

— Sim, eu sei — assentiu ela, esfregando inconscientemente a perna direita.

Peter de repente teve um flashback daquela noite terrível, retirando um enorme fragmento de entulho de seus ossos ensanguentados e despedaçados.

Chan-Dar deu de ombros.

— Eu já tinha experimentado minha cota de destruição no fim da guerra. Decidi tentar a sorte consertando as coisas em vez disso. Isso atrasou minha promoção, mas agora sou capitã e médica.

— Sim... isso, isso é bom. Fico feliz por você — parabenizou-a Peter.

— Obrigada. Eu também — ela respondeu, depois fez um pequeno aceno de despedida. — Fique bem, Peter Quill. Obrigada por trazer Suki de volta para nós.

— Obrigado por cuidar dela — agradeceu Peter com um aceno de despedida.

Ele se virou para dar mais uma olhada em Suki, machucada de muitas maneiras, mas se recuperando. Ela ficaria bem.

E os Guardiões também, se ele tivesse algo a ver com isso. Onde quer que Ko-Rel estivesse lá fora, ela estaria orgulhosa de como ele havia mudado sua postura uma vez que conseguiram estabelecer seu negócio de heróis com firmeza. Toda essa confusão pode não ter acontecido como planejado, mas certamente terminou de forma auspiciosa. Até mesmo heroica, pode-se dizer. Eles haviam feito algo realmente valioso, e esperançosamente isso seria o suficiente para que Drax e Gamora ficassem por um tempo.

— Vamos lá — ele disse para Gamora. — Os Guardiões da Galáxia precisam ter uma reunião de equipe.

— Para decidir nosso próximo destino? — perguntou Gamora.

— Exatamente. Alguma sugestão?

Gamora riu.

— Qualquer lugar, exceto Contraxia.

PETER tropeçou na rampa da *Milano*, cabelo bagunçado e ainda um pouco zonzo, e foi imediatamente saudado pelo cheiro do café-da-manhã e pelo olhar pulverizador de almas de Gamora.

— Tinha de ser Contraxia? — perguntou ela pela milésima vez enquanto Rocket deslizava para o assento à sua frente com um suspiro dramático, uma xícara de algo quente e malcheiroso em uma pata.

— Olha, moça, você teve a chance de nos dar uma ideia melhor e não nos deu nada, então feche a matraca.

— Eu sou Groot — disse Groot enquanto subia a rampa vindo da área de serviços que ele próprio havia reivindicado.

— Sim, ok, mas Lugar Nenhum não conta como opção, o que não é nossa culpa.

— Eu sou Groot.

Rocket suspirou novamente, com ainda mais drama.

— Tá bom. Eu e Groot estamos felizes por não cruzar com o Colecionador. Sim, nós apreciamos isso, eu acho. Mas, na realidade, a palhaçada do Quill com aquela amiga engenheira é a maior razão de ficarmos afastados por um tempo.

— Olha, Contraxia é tão boa quanto Lugar Nenhum para nossos propósitos — assegurou Peter enquanto se sentava ao lado de Gamora. — Há trabalhos a serem feitos e pessoas para comprar nossas coisas. O que mais você quer?

— Um planeta com menos memórias traumáticas e que não cheire a fornicação? — sugeriu Gamora, cheirando o ar na direção de Peter e se afastando algumas polegadas.

— Dado os eventos das últimas poucas revoluções, vou rebaixar o incidente do bule de chá de "traumático" para "moderadamente perturbador" — disse Peter, pensando em Suki.

Eles tiveram de partir antes que Suki acordasse, mas Peter deixou um meio de contato caso fosse preciso. Ele transmitiu os dados, conforme prometido, e confirmou com o Centurião responsável que o status dela como veterana da Resistência garantiria um lugar na Tropa Nova, caso ela algum dia se sentisse preparada para isso. Pessoalmente, Peter achava que ela poderia se sair melhor em algum lugar mais distante do combate e das constantes lembranças de tempos de guerra, mas o que ele sabia?

Saber que Adomox ainda estava lá fora, em algum lugar, incomodava Peter, depois de ela tê-lo enganado não apenas uma vez, mas duas, no passado e presente. A prova estava lá, em algum lugar, naquela enorme pilha de dados de guerra que Suki havia recuperado. Imagens de segurança baixadas, registros de comunicação, até informações detalhadas sobre quem tinha acessado quais arquivos e quando. Suki encontraria isso, assim que estivesse bem novamente, e desta vez ela teria uma equipe de analistas da Tropa Nova para apoiá-la. Adomox tinha se escondido, mas ela ressurgiria. E quando o fizesse, descobriria que a Tropa tinha sido alertada sobre suas atividades passadas e seus planos futuros. Conspirar para tomar conta de toda a Força Nova certamente a levaria a uma sentença pesada. Onde e quando ela reapareceria... bem, quem poderia saber? Se os Guardiões cruzassem seu caminho novamente, no entanto, eles não hesitariam em acabar com ela.

Ou, eles não hesitariam em pelo menos tentar muito, muito duro. Claro, Yoda já dizia: "Tentar, não", mas Yoda nunca havia lutado contra um oficial da Tropa Nova com um capacete adulterado com suco dourado demais.

— Bem — Gamora falou com um tom mais suave. — Se precisamos estar aqui, será que podemos ter um plano melhor para não acabarmos deixando nossa marca usual de "improvisação", como Peter diz? Para onde vamos tentar arranjar um novo trabalho?

Drax resmungou pensativamente.

— Na noite passada, eu tive um debate acalorado em um bar com um homem tolo que achava que poderia me derrotar em batalha.

— Era uma batalha de bebida, Drax — corrigiu Peter. — Ele pensou que poderia beber mais que você.

Drax pausou.

— Ah. Então suponho que não deveria tê-lo atingido.

Peter ignorou o comentário.

— Não, ele era meio bobo, e de qualquer forma teria acabado com a cara no chão se tentasse beber mais que você.

— Essa conversa tem algum propósito? — perguntou Rocket. — Você e Peter foram a um bar, ficaram bêbados e bateram em alguém, nós entendemos. Mas como isso nos ajuda a ganhar dinheiro?

— Porque, uma vez que esse homem tolo recuperou a consciência, suas conversas inúteis eventualmente produziram informações úteis — explicou Drax. — Você já ouviu falar da Rainha Monstro de Sekarf Nove?

Peter estremeceu, batendo o joelho na parte de baixo da mesa e derramando a bebida de Rocket.

— Aaaah, não, de jeito nenhum. Já ouvi o suficiente para saber que lidar com ela é território para quem precisa de um último recurso.

— Eu tenho quase certeza de que estamos nesse território, Quill — disse Rocket com um resmungo. — Na verdade, acho que moramos nesse território agora.

— Não moramos, não — insistiu Peter.

— Podíamos arranjar uma pequena cabana precária — continuou Rocket. — Fazer amizade com os vizinhos, comprar um terreno no cemitério local, e realmente nos estabelecermos nesse estilo de vida de último recurso.

— Não estamos tão mal assim, vamos lá — protestou Peter.

Rocket zombou.

— Ah, é? E quantas unidades você tem, Quill?

Peter hesitou.

— Zero, ou novecentos e oitenta e oito mil, depende.

— Unidades *de dinheiro*, Senhor Bundão, eu nem deveria precisar...

— Bem, você também não pensou em perguntar antes...

— Podemos por favor só... Drax, que tipo de trabalhos essa Rainha oferece? — perguntou Gamora, tentando desesperadamente evitar a inevitável briga.

Peter jurava ter visto um sorriso se insinuando antes de ela se virar, no entanto.

Drax estreitou os olhos para Gamora por ela ter ousado falar com ele, mas mesmo assim respondeu à pergunta:

— Ela é a Rainha dos Monstros. Ela compra monstros. Está bem claro no nome. Sempre achei você uma traidora cruel e dissimulada, mas não percebi que você também era tão desatenta.

Gamora suspirou e desviou o olhar de Drax.

— Ok, Rainha dos Monstros, e não uma rainha monstruosa, entendi.

— É uma colecionadora respeitada e uma líder poderosa. Você deve demonstrar deferência, traidor — rosnou Drax.

— Então, um monstro! Deve haver muitos desses por aí. Para onde vamos? — disse Peter para evitar a briga iminente.

— Não é qualquer monstro — observou Drax. — Para ser digno da Senhora Hellbender, deve ser um monstro de força excepcional. Claramente devemos aproveitar essa oportunidade para viajar até Maklu IV e enfrentar o lendário Fin Fang Foom!

A reação dos outros quatro Guardiões foi instantânea.

— Não — disse Gamora.

— Eu sou Groot.

— Há! — Peter riu antes que pudesse se conter.

— Você está louco? — reclamou Rocket. — Deixa pra lá, pergunta redundante.

— Ok, eu realmente sei algo útil — anunciou Peter. Os olhares céticos se voltaram para ele. — Então, na noite passada, eu, hã... fiz uma amiga. E essa amiga... ela estava me contando uma história maluca sobre um monstro realmente raro.

— E onde se supunha que essa criatura mítica estivesse localizada? — indagou Rocket, com os braços cruzados.

Peter assumiu uma postura mais séria.

— Na Zona de Quarentena. — Os olhos de Rocket se iluminaram.

— Aooooah.

Algumas rotações atrás, a reação inicial de Peter teria sido exatamente a mesma: sonhar com o doce e suculento saque que aguardava quem conseguisse entrar na Zona de Quarentena. Ele teria visões de cifrões, voos elegantes e a emoção de invadir e saquear. Agora, porém...

— Sim. Sinceramente, não estou muito feliz com essa linha de reviver memórias de guerra que estamos seguindo agora. Voar através de um antigo cemitério de naves cheio de sucata de guerra, logo depois de ter terminado um tour na antiga base Mercúrio, não soa exatamente como minha ideia de diversão no momento. Mas...

Rocket olhou para ele, com muito mais compreensão do que Peter jamais teria esperado.

— Você tem uma ideia melhor? — questionou ele.

— Eu... não... tenho — Peter deu de ombros e olhou de volta pela janela frontal da espaçonave.

— Talvez eu tenha uma ideia de como atrair esse monstro — disse Rocket, correndo para a bancada de trabalho para vasculhar sua extensa coleção de peças e bugigangas técnicas. — Mas há um grande problema com esse plano. A Zona de Quarentena inteira é uma zona de não voo, de acordo com a Tropa Nova.

— Ah, bem, nesse caso, acho que é melhor encontrarmos outra coisa para fazer, porque nós nunca desrespeitamos a lei — Peter disse em um sotaque ofendido de dama sulista. — Que ideia absurda!

Rocket zombou.

— Ah! Por favor. O que eu quis dizer é que precisaremos de um jeito de ultrapassar a enorme barreira de energia que está bloqueando o lugar inteiro.

— Ah, agora, sim, esse é o Rocket que todos conhecemos e não odiamos — disse Peter.

— Talvez eu consiga resolver isso — interveio Gamora, pensativa, puxando as pernas para cima e as cruzando. — A barreira de energia. Eu tenho um contato aqui que talvez possa ajudar. Por um preço.

— Oh, você fez um amigo durante o seu pequeno truque da chaleira da última vez? — questionou Rocket alegremente. — Tenho certeza de que ele ficaria muito feliz em ouvir você...

Gamora se lançou sobre o encosto do assento e agarrou Rocket pelo focinho, mantendo sua boca bem fechada. Ele recuou e tentou mordê-la, depois se arrastou de volta para cima da bancada de trabalho. Gamora reagiu prontamente.

— Não me teste, besta vil — reprovou ela, embora seu tom fosse provocativo.

— Ah, me perdoe, senhora assassina — disse Rocket. — Mas, falando sério, eles pedem uma demonstração de dança exótica e essa foi a sua escolha?

Gamora cobriu o rosto com as mãos por um breve momento.

— Peter acabara de nos ensinar o ritual naquela manhã, estava fresco na minha mente! — explicou ela, deixando as mãos caírem. — O que todos vocês teriam escolhido?

— Isso é fácil — declarou Drax. — Eu teria escolhido o passo de cortejo Katathiano, é claro. Eu ficaria feliz em demonstrar. Sou considerado bastante hábil nisso, e certamente funcionou bem com minha esposa. É um ritual extremamente erótico com muita ênfase na apresentação do...

— I'M A LITTLE TEAPOT SHORT AND STOUT — Peter cantou a plenos pulmões antes que Drax pudesse terminar aquela frase terrível, horrível, sem graça e muito ruim.

— *Here is my handle* — continuou Rocket em tom zombeteiro, voltando-se para Gamora.

— Eu sooou Groot — concluiu Groot, perfeitamente afinado e fazendo um bico de bule com um dos braços.

A música continuou, Rocket e Groot fazendo a "dança" de maneira desajeitada e quase sincronizada enquanto desfilavam pela sala de recreação. Peter, nervoso, fez um gesto com as sobrancelhas para Gamora, que revirou os olhos.

— Você não vai participar? — perguntou ela. — É a dança ancestral de vocês, humanos.

— Ah, vocês todos dançam muito melhor do que eu — Peter enfiou as mãos nos bolsos e olhou para as botas, depois de volta para ela. — Então, parece que temos outro trabalho em andamento, se você acha que consegue obter aquele código. Acho que isso significa que vamos tentar de novo? Ficar juntos pelo menos para mais uma missão?

Gamora se virou para olhar para Peter e deu de ombros, tentando e falhando em esconder seu pequeno sorriso.

— Claro, uma a mais não faz diferença. Ei, pelo menos nunca fico entediada junto a vocês.

E com isso, ela foi se esconder em seus aposentos, notavelmente não executando a dança do bule junto com eles.

Peter sorriu e a observou partir, admirando sua tripulaçãozinha improvisada e seus passos de dança. Pode ser uma coisa estranha para se orgulhar, mas era isso que ele sentia.

Talvez *esta* fosse a missão que finalmente consolidaria sua reputação. Guardiões da Galáxia: heróis de aluguel, capturadores de monstros, amigos da Rainha dos Monstros. Ascendendo no universo.

O que poderia dar errado?

AGRADECIMENTOS

ESCREVER Guardiões da Galáxia é como a realização de um sonho para mim. O que, é claro, me deixou completamente aterrorizado para de fato começar a escrita em si, e muito mais para terminar o que você agora tem em mãos. Estes agradecimentos são principalmente uma série de sinceros "muito obrigado" chorosos a todas as pessoas que tiveram de me ouvir resmungar, chorar, me enfurecer e duvidar de mim mesmo a cada passo do caminho. Desculpe por ter sido totalmente insuportável por um tempo, amigos. Considerando que tive de assinar um acordo de confidencialidade e por isso nem mesmo pude contar os detalhes sobre os motivos das minhas reclamações, todos vocês se saíram incrivelmente bem, e este livro não existiria sem vocês.

Saudações para Steph, Jamie, Stephanie, Becky, Kat e Leigh — vocês são os melhores.

Para o meu maravilhoso agente, Eric Smith: obrigado/ desculpe/ obrigado novamente. A realização de um sonho nerd para nós dois!

Meu maior agradecimento é destinado a Mike Rowe, uma fonte de conhecimento sobre a Marvel e Guardiões da Galáxia com um coração enorme, que pacientemente atuou como minha Enciclopédia Marvel sem nunca saber por que tive uma necessidade tão intensa e repentina de reler arcos de histórias específicos de anos atrás. Você é um herói, meu amigo, e seu apoio significa tudo para mim. Tenho sorte de conhecer você. Seus sonhos são possíveis.

Agradecimentos adicionais aos amigos, colegas escritores e fãs da Marvel, Tom Torre e Sean Easley, que também tiveram de me aturar durante o esboço e a elaboração deste livro.

Para toda a equipe da Eidos-Montréal, especialmente Mary DeMarle, Jean-François Dugas e a todos que participaram daquelas chamadas no Zoom comigo: eu valorizo o tempo de vocês e a disposição em compartilhar comigo a sua história. Eu amo essa versão dos Guardiões, e todo o cuidado e a atenção aos detalhes que vocês dedicaram realmente transparece.

Agradeço também às pessoas da Marvel, especialmente Caitlin O'Connell, Bill Rosemann e Loni Clark. É uma honra fazer parte desse universo.

A equipe da Titan Books é responsável por dar forma a este livro, e muitos agradecimentos vão para o editor-chefe George Sandison, por me trazer a bordo, e para o editor Craig Leyenaar, por conduzir o projeto.

Agradeço também a Davi Lancett, pela ajuda de última hora, a Dan Coxon, pelas edições de cópia (desculpe pelos hifens), e aos muitos designers, artistas, diagramadores, coordenadores de relações públicas/marketing e outras pessoas que trabalham duro nos bastidores e a quem não tive o prazer de conhecer. Para o meu bebezinho: obrigado por ouvir uma sequência interminável de audiolivros e filmes da Marvel enquanto você mamava, brincava e crescia até ser uma criança maior. E por me deixar vestir você de Capitão América Deadpool Claus. Provavelmente você não ficará marcado para a vida.

E, como sempre, terminamos com N: Minha parceira que sofreu tanto e teve de conviver comigo durante esse processo. Agradeço por não me assassinar por causa deste livro, enquanto eu dormia. Você teria todo o direito. Eu te amo.

SOBRE A AUTORA

M. K. ENGLAND escreveu de *The Disasters* (2018), *Spellhacker* (2020), *The One True Me & You* (2022) e outros romances futuros. Crescida na Costa Espacial da Flórida, observava os lançamentos de ônibus espaciais pelo quintal. Hoje em dia, seu lar é a zona rural da Virgínia, onde há muitas vacas, mas uma trágica falta de foguetes. Entre sessões de maratona de escrita, MK passa seu tempo com fandons, dando críticos golpes na mesa de jogos, cuidando do jardim ou alimentando seu vício em vídeo games. E sendo, provavelmente, maior amante de *Star Wars* que você.

Acompanhe seu trabalho em:
www.mkengland.com.

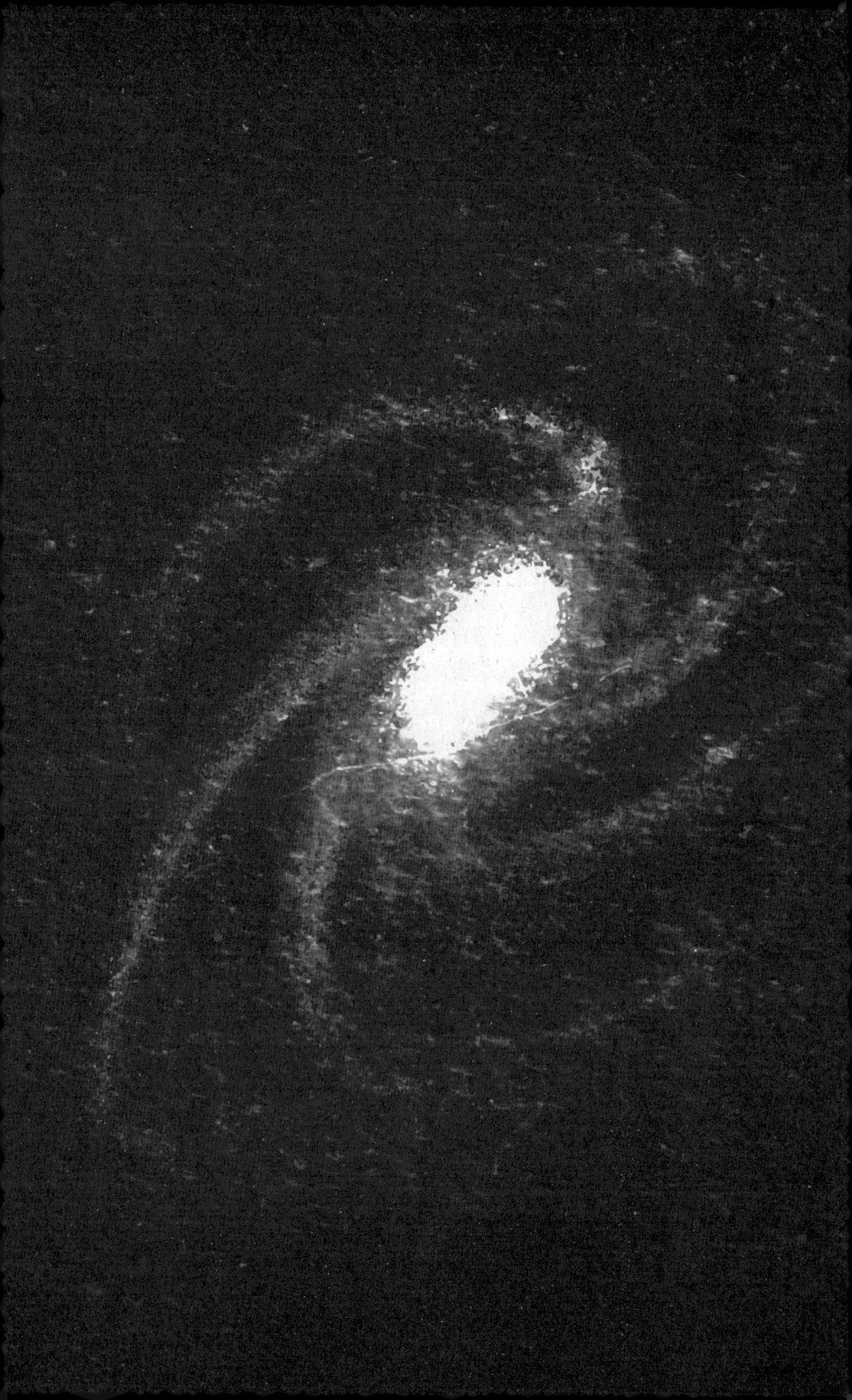

grupo novo século

Compartilhando propósitos e conectando pessoas
Visite nosso site e fique por dentro dos nossos lançamentos:
www.gruponovoseculo.com.br

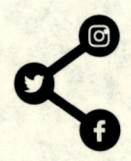

:ns

- facebook/novoseculoeditora
- @novoseculoeditora
- @NovoSeculo
- novo século editora

gruponovoseculo.com.br

Edição: 1ª
Fonte: Lora